農華似錦

1

文創風 875

琥珀糖 著

風文創 875

目錄

序

琥珀糖

《農華似錦》這本書，不是我寫的第一本書，但是書裡的男主角，卻是我所有作品中最喜歡的男主角。

他高大威猛，一心為民，有著一腔熱血和赤子之心，以及對女主角獨有的溫柔和寵愛。

他有血有肉，形象躍然紙上，每次寫到興起時，我都覺得暢快淋漓，彷彿透過文字，隔著時空和他進行了一場交流。

朋友閱讀後告訴我，這是我刻畫最好的男主角，我也深有同感。

我覺得他身上融合著金和木的屬性，肅殺又慈悲！

肅殺和慈悲是兩個天差地別的詞語，但是我從來不覺得它們互相衝突，這兩個詞放在男主角身上，沒有任何違和，反而讓我覺得就該如此！

我喜歡在夜間寫書，夜深人靜的時候，只開一盞夜燈，準備一杯奶茶，坐在窗邊創作。

創作的時候總是能夠很輕易地影響我的情緒，我會為了書中的人物哭，為了書中的人物笑，有時候書中人物受了委屈，我還會跟著憤怒。

朋友這時候就會笑話我，她覺得書中的人物都是我創造的，如果覺得憋屈，把這個人物拿掉就好。

可我並不這麼覺得，我覺得一本書就是一個完整的世界，每一個人物都在這個世界中各司其職，他們有自己的人生軌跡，有自己的發展。

而我只是以一個旁觀者的身分，看著世界的變化，然後記錄下來，僅此而已。所以我沒有資格憑藉自己的喜好，決定讓誰離開。

在晚上碼字的時候，我養的兩隻貓咪會很乖，一隻乖乖地窩在我腳邊，一隻躺在我腿上，陪我一起碼字。

經常寫到開心的時候，我就會忘了時間的流逝，這時候兩隻貓就開始搗亂，往電腦桌上一躺，小爪子胡亂按我的鍵盤，敲出一行錯字。

我只能無奈地笑了笑，卻也知道該休息了。

揉揉被貓咪睡麻了的腿，然後起來活動活動身體、伸個懶腰，看著窗外的點點燈光，以及頭頂的燦爛星子。

碼字從來不是一件寂寞或孤獨的事情，每一個夜晚，都有貓咪的陪伴，以及星月的守候。

窗外的馬路上，有三三兩兩剛下夜班的上班族，也有轎車不時開過。

大家都和我一樣，在為了夢想努力，而頭頂的星空，則是夢想的守護者。

我對星空有一種無法言說的喜愛，總覺得星辰充滿了浪漫色彩，每一次仰望星空，都讓我忍不住猜測，書中的那些人物，是不是也存在於我頭頂的這片星空某處？

隨著故事的深入展開，我開始忍不住相信，書中的世界和人物，他們都真實存在，而每一次的遙望星空，都是一次和他們的遙遠會晤。

我熱愛著書中的每一個角色，也感謝他們豐富了我的精神世界。

其實寫這本書的時候，從來沒有想過能夠出版，所以現在十分開心。

希望臺灣的讀者朋友們能夠喜歡這本書、喜歡書中的人物，你們的喜歡，會是我最大的動力。

第一章　穿越農家

「好疼……」

榮華疼得「哼」了一聲，掙扎著睜開眼睛，眼珠左右轉動，疑惑地皺眉。

這是哪裡？

身上蓋著厚重的棉被看上去很破舊，灰撲撲的被罩洗得發白，聞著有一股霉味。床邊的黃泥牆撲簌簌地往下掉著泥巴渣，頭頂上方竟然是茅草屋頂？

說實在的，作為二十一世紀新青年的榮華，還真沒見過茅草房！

這房間不大，黃泥土牆、茅草頂，堪稱簡陋。一張木床放在屋裡就佔據一大半的空間，床邊擺著一個做工粗糙的衣櫃，除此之外，就是一些破舊的小東西。

榮華很想用「古香古色」來形容這間屋子，但是她做不到，這就是一間窮困潦倒、家徒四壁的屋子。

不對，她不是死了嗎？

她想起不久前經歷的那場恐怖空難，依舊心有餘悸。

大學畢業的榮華第一次坐飛機，結果遇到空難事故，飛機墜毀在太平洋。

榮華，女，農業大學畢業生，得年二十一歲，在此次空難事故中屍骨無存。

屍骨無存，那現在這算什麼？

穿越，抑或是重生？

還沒有接受眼前的事實，厚重的門簾被挑開，呼嘯的風吹了進來，讓榮華打了個冷顫。

榮華扭頭去看，只見一大一小兩個小蘿蔔頭手牽手走了過來。

小男孩七歲，穿著帶補丁的對襟棉衣，因寒冷而縮著脖子，長得虎頭虎腦、很機靈的樣子；小女孩四歲，臉頰通紅，鼻尖也是紅彤彤的，看上去十分可愛，只是臉色蠟黃，看上去有些營養不良。

二弟榮嘉、三妹榮欣……

如水般的記憶突然浮現，榮華一下子抱住腦袋，腦海中多出許多不屬於她的記憶。

榮華，大煜王朝筠州城安平縣平安鎮桃源村村長之女，因遭到表姊榮草推下枯井，在室外低溫環境中活活凍死，年僅十三，香消玉殞。

榮華現在徹底明白自己的處境：她穿越了！

她們同名同姓，同樣年紀輕輕卻紅顏薄命，只不過一個死於天災，一個死於人禍。

「姊姊，妳醒啦！」

榮嘉和榮欣開心地蹦了過來，兩個小腦袋都湊到榮華身邊，趴在床頭，親暱地蹭著她。

榮華覺得身上疼得厲害，不想動，就輕輕「嗯」了一聲。

榮欣個子小，她踮起腳尖努力伸出手，又瘦又小的手掌輕輕覆蓋在榮華的額頭上，認真地眨巴著眼睛，然後欣喜地喊道：「姊姊，妳額頭不燙啦！娘說妳額頭不燙了，身體就好了，就能繼續抱欣兒了，姊姊是不是？」

她的聲音十分可愛，可是小手被凍得冰涼，樣子也很瘦小，和旁邊的榮嘉一樣，都是面黃肌瘦、營養不良的樣子。

這麼懂事的兩個弟妹，榮華看著心酸不已，輕聲說道：「沒錯，姊姊很快就好了，欣兒不要擔心。」

上一世的她是個孤兒，從小在育幼院長大，沒有親情的缺憾在此刻似乎被他們填滿了。榮華在心底發誓，一定要讓弟妹過上好日子！

「姊姊，妳先休息，我去告訴娘。娘知道妳醒了，一定很開心！」榮嘉幫榮華拉好被角，正要離開。

榮華立馬喊住他。「嘉兒，娘身體不好，告訴她我醒了，讓她不要擔心就行，不必過來看我，現在天冷，她來回走動，只怕病情要加重。」

「好。」榮嘉乖巧地點頭，然後拉著妹妹離開了。

等他們離開後，榮華開始梳理腦海裡的記憶，就有些頭疼，主要是這一大家子有些棘手。

榮老爺去世後，榮家如今是榮老太太榮柳氏當家。榮家雖然窮，但人丁興旺，榮老太太育有三子一女，長子榮耀祖便是原主的父親。榮耀祖有兩女一男，二叔家有兩子兩女，三叔家有五個女兒，四姑家有一女一男，全部加起來，榮家總共有二十二口人。

按理說大家各自娶媳婦、生孩子，都是各過各的小日子，又住在同一個村子裡，彼此往來也方便。但是在原主的記憶裡，二叔、三叔、四姑家，都是跟著原主爹爹過日子，原因無他，因為她爹是村長，又是榮家長子，其他三房便指望著他養家。

不分家在一起過日子也沒什麼，榮家人口多、地也多，一大家子和和美美地發家致富奔小康，也很好。

但是其他三房不是這麼想的，他們有地不種、有農活不做，好吃懶做、好逸惡勞，在桃源村仗勢欺人，宛若吸血蝙蝠一樣吸附著榮耀祖。

一個小小村長，要供養家裡二十幾口人，別說村長，就算是縣長，也能被榨乾。

榮華皺了皺眉，這樣的一大家子，不分家留著過年嗎？

將記憶梳理完畢後，榮華就知道，想分家太難了，首先爹爹這一關就過不了。

這個村長爹爹，既迂腐又愚孝，對榮柳氏言聽計從，絕不忤逆。榮老太太不許分家，爹爹就這樣憑一己之力，養了一大家子許多年，其他三房就更加懶惰，長此以往，榮家窮得快揭不開鍋了。

娘親生三妹榮欣時，因為家裡窮，身體沒養好，體弱多病，如今娘親病得厲害，就是當初落下的病根。

如果不是因為爹的愚孝不肯分家，家裡也不至於窮得看不起病，導致娘的病越拖越嚴重。

想要接濟親戚們，除了看自己的能力，也要看親戚值不值得接濟。像榮家其他幾房，這種親戚說是吸血蝙蝠也不為過。

榮華做事很有條理，率先在腦海裡羅列出當下要做的事情。

賺錢是首要的，既然她來了，必定會替原主好好孝順爹娘、疼愛弟妹。

因為奶奶不喜歡她，所以原主對奶奶的感情很淡薄，榮華也不喜歡其他三房，故而從一開始就打定主意，以後一定要分家。

榮華在床上躺了五、六天，覺得身上不太疼了。這一日，她喝過藥後自己下床，活動活動身體。

房間裡昏暗而破敗，但最起碼還能擋風。

桃源村在大煜王朝最北方，地理位置比較特殊，冬天特別冷，北風吹在臉上，就跟刀子割人似的。春節剛過去沒多久，現在還在正月裡，想要等到天氣暖和，起碼要到四月，還有得捱……

房間裡唯一值錢的東西，是破舊被子下的一張皮大氅。

榮華一看到皮大氅，有個問題突然自心底冒了出來：那個救她的年輕男子是誰？

原主被榮草推下枯井身亡後，榮華就穿越過來了。她當時迷迷糊糊，只記得被一個年輕男子救起來，印象最深的是那個男子囑咐她，不許告訴任何人，今天見過他。

榮華都來不及答應，便昏迷過去了。醒來後，她本想好好謝謝那個人，但是前幾天和娘親聊天時才知道，救她的人根本沒有露面，只是用皮大氅將她包好後放在榮家大門口。

不過在此之前，對方已經替榮華請大夫抓了藥，要不是這上好的藥，榮華不可能好得這麼快。因為家裡窮得都快揭不開鍋，根本沒有閒錢給她看病，若用這麼一副營養不良的身體硬撐，大概只有等死的命。

「真是個喪門星！老的病，小的也病，家裡現在窮得快吃不起飯了，就是這兩個喪門星害的！」

「吃個飯還要人端到床上吃，不知道的人還以為咱們老榮家啊，出了個千金大小姐啊！」

「要我說啊，榮華這個丫頭片子本來就是個賠錢貨，現在還一副要死不活的樣子，不如發賣出去得了。她長得跟個狐狸精似的，不知道從哪兒學來那下賤的營生，眼珠子一轉就會勾引人，要是賣到那些地方，都不需要別人教，就知道怎麼勾引男人，肯定能比別人多賣幾兩銀子。」

罵罵咧咧的聲音不意外地響起，來自榮華的四姑榮珍寶。

自從榮華醒後，榮珍寶都會在大白天這麼罵個一、兩個時辰，口口聲聲想要把榮華賣出去。

提起榮珍寶，榮華就覺得頭疼。榮老太太在家裡說一不二，最偏心自己的四女兒榮珍寶。四姑家的大女兒榮草，就是把原主推下枯井致死的禍首！

奶奶偏寵四姑，也偏寵榮草，就算她說出真相，大概也討不了好，還惹得一身騷，這件事需從長計議。

榮華想了想，決定榮草害死原主的這件事先暫時不提。然而，聽著榮珍寶的罵聲，榮華忽地覺得很有意思。

她女兒榮草想殺了榮華，她則想把榮華賣出去，四姑一家可真奇葩啊！

榮珍寶本是嫁出去的人，但是在婆家太能興風作浪，最後被婆家趕了出來。她回到娘家後，將自家兒女都改姓榮。

榮珍寶和榮草都靠榮耀祖供養，白天的時候榮耀祖出去巡視鄉土不在家裡，榮珍寶就想賣了他女兒？這是什麼白眼狼啊！

原主並沒有得罪過她們，雙方也沒有利益衝突，她們究竟為什麼，一定要置人於死地？

榮華活動了一會兒，覺得冷，又躺回床上。

剛躺好，厚重的門簾子再度被人掀開。掀開也就罷了，來人還挑著不放下，任憑呼嘯的北風嚎叫著，瞬間趕走屋子裡本就沒有多少的熱氣。

榮華冷得哆嗦了一下，再次聽見榮珍寶罵罵咧咧的聲音。

「榮華，妳是癱了還是瘸了，天天躺床上不幹活？妳還真以為自己是千金大小姐？我告訴妳，妳就是一個賠錢貨，一個賤命、賤骨頭，給我起來幹活！」

榮華聽到四姑榮珍寶這樣說，忍不住輕笑了一下。

過去一大家子二十幾口人的衣服，是原主洗；二十幾口人的飯，是原主燒；二十幾口人的家務活，全部都是原主做；那二叔、三叔也不知羞，貼身的衣物還讓姪女洗呢！

原主性格軟弱，她若是不做，二嬸、三嬸還有四姑，就明裡暗裡指桑罵槐，對著她的娘親冷言冷語。

原主不願娘親受苦，便都自己做了。一個十來歲的小姑娘，差點被這一大家子的家務活給累死！

她才病了幾天沒幹活，榮珍寶就受不了啦？

榮華當作沒聽到，理都不理她。

榮珍寶祭出殺手鐗，臉色有些猙獰地威脅道：「榮華，咱們家裡的活兒，妳個賤蹄子偷懶不幹，我就只能喊妳娘去做了。」

以往她們一說這話，原主就乖乖去幹活，但是現在可不一定了。她這些天都沒吃飽過，身體還發虛得厲害，怎麼可能去幹活？

而且以前原主幹的活兒已經夠多了，現在想讓她大冷天給其他三房洗衣做飯，想得美！

榮華將身子縮在被窩裡，聲音輕輕柔柔、軟軟糯糯地飄了出來。「四姑，妳盡可以去喊我娘幹活，只是我要提醒妳一句，只要妳敢喊，我爹爹就敢把妳打出去！」

「好啊妳，反了天了，敢這樣和我說話！」

站在門口的榮珍寶，氣憤地把掀起的門簾子一扔，怒氣沖沖地走進來。門簾子晃蕩了兩下，又服貼地擋著北風。

「妳給我起來！」榮珍寶直接走到榮華床前，就要拖著榮華下床，口中恨聲罵道：「小賤蹄子騷貨，竟然還敢和我頂嘴？今天我就讓妳知道，什麼叫孝順長輩！」

「四姑，妳要是覺得我娘和我都病著，我們大房沒人幹活，妳可以去找我爹爹啊！讓我爹爹去做就好了，要是沒有其他事，就請妳出去吧！」

榮華說完，翻了個身，將被子拉過頭頂，準備再睡一會兒。

要是榮珍寶真的蠢到去找榮耀祖，榮華可是樂見其成。

正好讓爹爹知道，他白天不在家，她和娘親過著什麼樣的日子。這一大家子都靠爹爹養著，他們還有臉欺負她和娘親，真是不要臉！

榮珍寶面容扭曲，猙獰而可怖。她不知道忽地想到了什麼，陰狠的聲音從牙縫裡擠了出來。「榮華，妳必須死！」

被子蒙頭的榮華一愣，手下意識摸向枕頭下面，下一秒她就感覺到隔著被子被人捂住了臉！

口鼻被捂住，大腦缺氧的感覺傳來，榮華想著：剛穿越過來沒多久，她可不要再死一次！

「榮華，妳必須死！不能讓妳個賤骨頭，擋了我家草寶兒的潑天富貴！」

榮珍寶瞪著一雙眼睛，表情猙獰恐怖，死死捂住被子，恨不得立馬悶死榮華。

榮華劇烈地掙扎了一下，手指摸到枕頭下面的剪刀，伸出被子，反手就是一剪刀扎了上去！

「啊！」伴隨著一聲殺豬般的慘叫，榮珍寶鬆開手。

榮華一把掀開被子，大口呼吸了幾下，然後舉起剪刀就朝榮珍寶身上戳去。

原主被榮草害死，現在榮草的娘又想殺了她？

榮華覺得有必要，讓她們知道什麼叫做殺人償命！

榮珍寶慌忙轉身就跑，捂著血流不止的手，哭喪似地嚎叫著。「殺人啦！榮華殺人啦！」

榮家正房堂屋裡，除了榮耀祖外，一大家子二十多口人都在。

此時榮老太太，心疼地握住自己小女兒榮珍寶的手。

榮草在一旁怒目而視，瞪著榮華。

二叔、三叔家的人或站或坐，臉上帶著看熱鬧不嫌事大的笑容。

「榮華，妳給我跪下！」

瘦老的老太太氣憤地喊叫，聲音嘶啞如同烏鴉嚎叫。

榮華倔強地站著，不肯跪下，把心一橫決定豁出去了。「奶奶，我已經說過很多遍了，是四姑想要捂死我，我才反手傷了她。不僅是四姑，就連我這次重病，都是因為榮草把我推到井裡想要害死我，要不是我被人救了，只怕現在早就死了，所以這根本就不是我的錯，我為什麼要跪下？」

榮老太太氣得七竅生煙，伸手指著榮華。「好，好得很！妳真是翅膀硬了，妳爹都不敢這麼和我說話！」

「娘，您別生華兒的氣，她不是故意的。」榮華的娘親王氏將女兒護在身後，虛弱的她此時「咚」一聲跪下，為榮華求情。「娘，求妳原諒華兒吧！她是病得糊塗了，才傷了四妹。」

「哼，她可沒有病糊塗，這個沒心肝的狼心狗肺、忘恩負義的白眼狼，她就是想殺我！」

榮珍寶眼神凶狠，站在榮老太太身邊，彷彿有了靠山，她高抬著下巴，頤指氣使。

榮華扶住娘親，用力把她扶了起來。「娘，妳跪什麼？錯的又不是我們，是四姑榮珍寶，還有榮草想要殺我，既然大家都不信我的話，不相信她們動手殺我的事實，那我們就報官好了。是非對錯，讓官府來評論。」

她本來一開始不想把事情鬧這麼大，但是既然榮珍寶和榮草不給她活路，那就誰也別想好過！

「報官？」

榮草一下子慌了，和榮珍寶對視了一眼。

不能報官啊！

榮珍寶抓著榮老太太的手，急切地說道：「娘，妳聽聽這個賤蹄子說的是人話嗎？咱們要是報官抓自家人，不怕被人笑話？」

「那四姑妳動手殺自家人，妳就不怕被人笑話？還是說妳的良心被狗吃了？」

「娘，妳看看榮華這個蹄子，她都敢當著妳的面罵我！」

榮珍寶一陣呼天搶地的哭嚎。

榮華冷眼看著，心底一片冰涼。

這些人不在乎榮珍寶和榮草有沒有動手殺她，他們也不在乎榮華。奶奶偏寵四姑，榮華幾乎可以預見到這件事的結果，所以她不想再辯白，直接轉身，平靜地開口。「我去報官。」

「站住，不能讓她出去！」

榮老太太大手一揮，讓人把堂屋的門關上，隨後指著榮華，一雙渾濁的老眼裡還含著黏稠的眼屎。

「榮家的事，我說了算，不需要報官！」

榮珍寶湊在榮老太太耳邊，一雙吊梢眼裡閃爍著陰險的光，低聲說道：「娘，不如把榮華賣出去得了，把她賣了，還能賣點錢給妳好好看看身子。」

「就是啊，外婆，榮華她一點都不孝順長輩，不如賣出去算了。」

榮珍寶和榮草妳一言我一語，已經確定了榮華的命運，就是被自己的奶奶發賣出去。

二弟榮嘉和三妹榮欣聽見她們這麼說，眼淚立馬湧出來。兩個小傢伙一左一右拉住榮華的手，哭得唏哩嘩啦。

「不要賣掉姊姊，我們會乖乖聽話的，求妳們不要賣掉姊姊。」

「以後家裡的活兒，我們都會多做點，求求妳們了。」

王氏再次跪下去，淚眼朦朧，苦苦求情。

「娘，不要啊！華兒是妳的孫女，妳怎麼能賣了她？」

榮華掃視著眼前這一群人，目光平靜又冷漠。「我只問妳們一句，妳們賣了我，不怕我爹爹找妳們麻煩？」

榮珍寶湊在榮老太太耳邊，嘀嘀咕咕不知道說些什麼，說完之後，她看著王氏，表情陰狠。「大嫂，妳自從嫁到我們榮家，就像個喪門星一樣，硬生生把我們榮家拖垮了。妳天天吃藥，就是個藥罐子，妳活著就是個拖累，不如自己死了算了！」

「好，很好，妳們想把我賣出去，又想把我娘逼死，這樣我爹爹連老婆、孩子都沒了，就能全心全意養著妳們了，是不是？」榮華看著榮老太太，目光裡的厭惡直接表現出來，嫌棄地繼續說著。「但是我醜話說在前頭，榮珍寶，妳自己摸著良心，妳現在住的這間屋子，是誰的？」

榮珍寶脖子一梗。「是我娘的！」

「放狗屁，這是我爹爹的！」

榮華打量這間寬敞明亮的青磚、實木大瓦房。

榮家人口多，但蓋的房子卻沒什麼講究，原先都是黃泥糊的泥巴房，用茅草鋪成的屋頂，後來榮耀祖考中秀才，朝廷有封賞，才有如今的大瓦房。

大煜王朝推崇以文治天下，考中秀才者都有朝廷封賞，雖然這封賞不多，而且一層一層發下來，也沒剩幾個錢。

榮耀祖就是拿著這些賞錢，替榮老太太蓋了三間寬敞的大瓦房。榮老太太住東廂房，榮珍寶和榮草住西廂房，堂屋則是平常大家吃飯的地方。

而其他人，包括榮耀祖自己，都是住黃泥茅草房。茅草房夏天不遮蔭、冬天不聚陽，住在裡面簡直就是煎熬。

榮華感覺自己被這群奇葩氣得太陽穴突突直跳，她揉了揉太陽穴，目光不善地瞪著榮珍寶。「妳們不要忘了，是我爹爹養著妳們、供著妳們。奶奶，妳吃的、喝的、住的，哪一樣我爹爹不上趕著把最好的給妳？我爹爹是愚孝，但這不代表他可以任由妳們拿捏。妳們趁我爹爹不在，想要賣了我、逼死我娘，如果我爹爹知道了，妳們覺得他會怎麼做？榮珍寶，妳不要得意，我爹爹是愚孝，他不會對奶奶如何，不代表不會對妳如何。妳們一個個靠我爹爹養著，竟然還做出這種事，真是讓我覺得噁心！」

榮草知道今天想要賣掉榮華很難，她臉上露出急色，直接朝榮華跑了過去，張手就抓。

「妳個小不要臉的，敢罵我娘，我非打死妳不可！」

說話間，又尖又長的指甲就往榮華臉上抓，意圖將人毀容。

「不要打華兒！」

王氏急忙護住榮華，卻被榮草一腳踢開，甚至榮草踢倒她之後，還踩了兩腳。

榮華氣急，她早有準備，直接從懷裡掏出剪刀，對準榮草的手腕就是一剪刀劃下去。

由於劃得又深又狠，榮草細皮嫩肉的手腕，頓時一股血就噴了出來。

「啊！」又是一聲殺豬般的慘叫，榮草哆嗦著手，扯著嗓子哭喊著。「娘，我的手！」

「反了天了，反了天了！」

榮老太太氣得跺腳，喊來另外兩個兒子。「老二、老三，把榮華和她娘這兩個蹄子給我拴起來，賣出去！老大那裡，我來說！」

榮華將娘親扶起，隨後把娘親和弟妹護在身後，她拿著那把剪刀，指著眼前的這些人，一字一句地道：「我看誰敢！你們要是敢動我娘和我弟妹一根手指頭，我就把誰的手指頭剁下來，塞到你們嘴裡，讓你們吃下去！我說得出，就做得到，我看誰敢上前碰我娘！」

原主身板雖小，但榮華在二十一世紀什麼沒見識過？

她氣沈丹田，喊得氣勢十足，吼完後就用力把剪刀往木桌上一戳，剪刀「啰嚓」一聲直接立在木桌上，讓人看得心底發虛。

雖然身體本能地害怕著，榮華卻一分也不能退，因為她退了，娘和弟妹就危險了。

榮珍寶捂著榮草的手腕，血還是止不住，一個勁兒往下流，她氣急地喊道：「二哥三哥，你們上啊！你們五大三粗的還怕一個女娃娃？」

二房和三房的人猶豫著，一個都沒動。榮草就是前車之鑒啊，他們倒不是收拾不了榮華，但是誰先上去，榮華一戳一個準，他們都不願意做第一個被戳的人。

二叔父看著眼前這糟亂的場面，突然聽到門外響起什麼動靜，立馬說道：「都是一家人，怎麼就鬧這麼大？華兒是我的親姪女，珍寶是我的親妹子，榮草是我的親外甥女，咱們都是一家人，有什麼話不能坐下來好好說？」

榮珍寶梗著脖子，恨不得將榮華殺了，咬著牙罵道：「我和她沒話可說，今天有她沒我，有我沒她，這家裡必須賣出去一個！」

房門突然被推開，榮耀祖渾身寒氣地走了進來，視線一掃榮珍寶。「四妹，妳要賣誰？」

榮耀祖進來時，手裡拎著一袋米和兩顆白菜，米袋裡還裝了幾顆雞蛋，他皺著眉頭看著眼前的鬧劇。

本該躺在床上養病的娘子王氏，此時搖搖欲墜地摟著一對兒女，本就蒼白的臉色更是變得發青。

榮嘉和榮欣哭得上氣不接下氣，可憐兮兮地哀求著，而他的大女兒榮華，手持剪刀，護在他們身前。

一向溫和的華兒都被逼到手持利刃的地步，他不在家時，自己的妻兒究竟受了多少苦？

榮珍寶縮了縮頭，轉身瞧見自己女兒的手，又梗著脖子喊道：「大哥，你自己看看，榮華跟瘋了一樣要殺我和草寶兒，你看看我們手上的血，止都止不住！今天大哥你要是不給我個交代，這事沒完！」

「華兒他爹，不是這樣的，不是……」

王氏生怕榮耀祖信了榮珍寶的話，若是榮耀祖也信了，要將女兒賣掉，那她可怎麼活！

王氏急著解釋，榮珍寶在一旁大聲吼道：「大嫂，所有人的眼睛都看見了，你們還想抵賴？榮華不僅想殺我和草寶兒，剛剛還對娘耀武揚威！大哥，你自己看著辦吧！」

「不……不是的！」

王氏一口氣沒上來，虛弱地跪倒在地上，無力起身。她臉上皆是淚珠，絕望地喘息著。

榮嘉和榮欣可憐兮兮地跪在王氏身邊，哭得撕心裂肺。「娘，妳怎麼了？」

榮華看著原主的爹爹榮耀祖，約四十多歲的年紀，一派老學究的模樣，身上穿著洗得發白的灰色棉衫，臉上帶著愁容。

榮嘉跪在地上，膝行至榮耀祖面前，抱著他的腿哀求道：「爹爹，求你不要賣掉姊姊，姊姊現在病了，她做不了的粗活，我可以做！」

四歲的榮欣一雙清澈的眼睛裡都是眼淚，她哭得更凶，一邊抱著榮耀祖求情，一邊抽噎著。「爹爹……爹爹不要賣了姊姊，我也可以做。」

榮耀祖心痛地皺著眉。小兒子不過七歲，小女兒不過四歲，如此小的年紀，卻懂事得讓人心疼。

將米糧、雞蛋、白菜遞給二弟，榮耀祖彎腰將體弱的王氏扶了起來。他扶起王氏，又拉起榮嘉、榮欣，喚了榮老太太一聲娘親後，才看向榮華。

「華兒，這是怎麼回事？妳自大膽說，若是有人欺負妳，爹爹自會替妳討回公道。」

榮華心底鬆了一口氣，她擔心爹爹愚孝到不辨是非，但此時看來，還有轉圜的機會！

榮華眼中泛出淚水，撲通一聲跪在榮耀祖面前，快速說道：「爹爹，前些日子表姊榮草喊我出去，說是那邊荒地裡有草藥，可以給娘親治病，我便去了。可是到了荒地，她不由分說就把我推下枯井，我在井裡差點死去，幸好後來被人救起。我本來不願說出這些事情，只因不想讓奶奶和爹爹為難，可是沒想到剛剛四姑榮珍寶進我房間，喊我起來做活，並威脅我若是不做，就喊娘起來做。我不願娘親病體勞累，可是我身上痛得厲害，實在是沒法做活，誰承想四姑竟然要活活悶死我！

「我情急之下，才用剪刀傷了她。沒想到四姑倒打一耙，反而說我要殺她，表姊榮草更是在一旁加油添醋，意圖將我和娘親賣出去。不僅如此，榮草還衝過來打娘親，為了保護娘親和弟妹，我只能用剪刀傷了她。」

見榮華說得淚眼矇矓、楚楚可憐，榮珍寶聽得咬牙切齒，潑皮無賴地喊道：「好妳個榮華，竟然把屎盆子往我頭上扣！我告訴妳，這麼大的屎盆子，我可不接，我和草寶兒可沒做過這種事！」

「做沒做過，報官後自有官府來查，究竟是妳說謊還是我說謊，報官一查便知。四姑，妳推三阻四不敢報官，擺明就是心虛！」

榮華說得鏗鏘有力，內心是又氣又恨，一定要讓榮珍寶和榮草付出代價！

見二房、三房的人一個個噤聲不言，榮珍寶有些慌了，卻依舊梗著脖子不肯放棄。「家醜不可外揚，妳想丟人現眼，別拖著我們一家子丟人！」

榮草眼神閃爍，捂著自己流血的手腕，怨毒的眼神恨不得將榮華萬箭穿心，她咬著牙開口道：「榮華，妳說我和娘親要殺妳，總要有一個理由吧？妳空口白話張嘴就胡扯，憑什麼說我和娘親想殺妳？莫不是妳自己做了什麼見不得人的事，所以才鬧了這一齣，以此來掩蓋吧？妳那天晚上被人裹著丟到家門口，誰知道妳是真的掉井裡被人救起來，還是幹什麼去了。娘，妳說是吧！」

榮草示意自己娘親，榮珍寶立馬反應過來，接話道：「對！說不準妳就是和哪個野男人滾到一塊兒去，為了不被我們發現，才說自己被榮草推到井裡，一定是這樣！」

見榮珍寶說得信誓旦旦，王氏一下子就急了，她一向柔弱，向來輕言軟語，此時卻彷彿不要命般掙扎著衝上去，淒厲地喊道：「不許這樣說華兒，她沒有！」

榮華冷眼瞧著，這榮珍寶和榮草真是狠毒，殺她不成，便欲毀容，毀容不成，現在又準備毀她清白。

這一樁樁一件件，真是夠歹毒！

「妳說沒有就是沒有？我看得清清楚楚，榮華這兩天走路不太對勁，肯定是和哪個野男人在坡上滾了！我說榮華啊，妳要是想男人了，妳和我們說啊，幹麼自己去找男人幹出這些不要臉的事呢？」

看著榮珍寶喋喋不休的歹毒嘴臉，榮華氣得太陽穴突突直跳，她看著一旁的剪刀，打算趁其不備，直接戳死她得了！

榮華還沒動，榮耀祖就先動了。

榮耀祖扶住娘子王氏，然後幾步併作一步，跑到榮珍寶面前，掄圓了胳膊，「啪」的一聲巨響，一巴掌就狠狠地甩在榮珍寶的臉上。

榮珍寶只感覺一陣風襲來，然後臉頰上火辣辣的疼。她一瞬間眼冒金星，兩隻露著凶光的眼睛暈成鬥雞眼，像是被割了喉嚨的公雞，喉嚨裡發出咯的一聲，重重摔在地上。

「娘！」榮草大喊了一聲。

榮耀祖已然又揚起胳膊，「啪」的一聲，狠狠地打在榮草的臉上。

榮草被搧得暈頭轉向，身子翻了一圈，連一聲喊叫都沒發出，直接白眼一翻，暈在了榮珍寶身邊。

榮耀祖這兩巴掌，那是用了十成十的力氣，他這樣的舉動，任誰都沒有想到，就連榮華，都愣在原地。

沒想到爹爹竟然如此向著自己，爹爹好樣的！

榮老太太瞧著自己最心疼的小女兒和外孫女，一個、兩個都被搧暈了過去，頓時怒氣攻心，拿著枴杖就敲往榮耀祖的頭上。「你個天殺的，是不是要連我這老婆子也給打殺了？」

榮華急忙衝了過去，擋在榮耀祖面前。

榮嘉、榮欣和王氏都撲了過去，攔著榮老太太，不讓她的枴杖落下。

榮耀祖雙目之中似乎泣血，看著自己的娘親，搖頭嘆息道：「娘，妳真的想逼死我嗎？」

許是榮耀祖的眼神太過悲涼，榮老太太愣了一下，拿著枴杖要當頭敲下去的手便僵住了。

二房、三房的人慌忙來勸，好說歹說才將榮老太太哄了下來。

榮老太太急忙去看榮珍寶和榮草。

被搧暈的母女倆緩了好一會兒才醒過來，只覺得眼冒金星，眼前圍著的人都在不停轉圈，還有重影。

榮珍寶抱著頭懵了一會兒，才反應過來發生了什麼事，頓時扯著嗓子「嗷嗚」哭了出來，哭聲響亮，非常人能比。

榮珍寶哭，榮草也哭，眾人看她們哭得中氣十足，便知道沒事了。

榮老太太氣憤地坐下來，一大家子也跟著入座，各個神色莫名地瞧著榮耀祖。

堂屋極寬敞，可榮家幾房人多，此時全部聚在一起，看起來密密麻麻。

榮華也瞧著自家爹爹，眸中有些期待，此時若能一舉分家，那便最好不過！

她扶著娘親和弟妹坐在一旁，視線掃過榮珍寶和榮草後，眼眸漸冷。

榮珍寶頭髮散亂著，嘴角淌著血，一邊臉腫得老高，此時仍處在不知所措的狀態。榮草更不用提，整個人恍恍惚惚的，只一個勁兒哭。

不等其他人說話，榮耀祖便寒著臉，沈聲道：「四妹，都說長嫂如母，妳對大嫂也該如同對待娘親一般尊重，我不指望妳能日日侍奉在妳大嫂的病榻前，但最起碼別給她添亂。還有，母親身體不好，妳不能侍奉病榻、勤勉奉上就算了，反而處處惹她煩心，鬧得家裡雞犬不寧，妳若惹得母親病情加重，四妹，別怪我不能容妳。」

一旁榮老太太本來氣得上氣不接下氣，險些要暈過去，聽到這裡，竟然自己順了氣，不喘了！

榮耀祖越想越氣，握緊拳頭，恨鐵不成鋼地低吼道：「華兒作為妳的晚輩，妳說的話是身為一個長輩能說的嗎？妳是她的親四姑，竟然口口聲聲毀她清白！毀了華兒的清白，對妳們有什麼好處？爹早逝，娘偏寵妳，竟寵得妳一大把年紀卻毫無家教，不知倫理綱常。長兄如父，這一巴掌，我是替爹教訓妳！」

說完榮珍寶，他又轉向榮草，一臉失望地搖頭。「榮草，妳一個未出閣的姑娘家，怎麼心眼這麼多？妳故意誘導妳娘親說出那般不堪的話，意圖毀了華兒清白，妳從何處學來這些渾話？我娘子病重，榮草作為小輩竟然敢公然毆打長輩，這一巴掌，我是替妳爹爹教訓妳！」

榮草哭得抽抽噎噎，還意圖辯解，哽咽道：「我沒有……」

「這一屋子的長輩們眼沒瞎、耳沒聾，哪個長輩不是吃過的鹽比妳吃過的飯都多！妳在我們眼前玩心眼，是覺得我們都是蠢的，只妳一個人聰明嗎？」榮耀祖氣得身體微微顫抖。

榮草不敢說話，只撲到榮老太太懷裡哭，一雙眼睛裡都是怨毒。

榮華抱著弟弟、妹妹，聲音輕巧地飄了出來。「這可不是玩心眼兒，她們是想要了我的命。」

榮草身子僵了一下，哭聲都小了兩分。

她是真的怕榮華報官！如果報官的話，她的一切都完了！

榮老太太枯瘦的手撫摸著榮草的後背，輕聲安慰著她，隨後又望向榮華，老而渾濁的一雙眼睛，投射出精明的光以及不加隱藏的嫌棄。

「剛剛草寶兒說得對，妳說草寶兒和珍寶兒都要殺妳，那她們為什麼一定要害死妳？」

「老大，她們兩個沒道理做這件事情。」榮老太太看向榮耀祖，再轉向榮華。「榮華，妳是不是看不過我對珍寶兒她們好，所以才故意說瞎話騙人？」

聽到榮老太太的話，榮華心裡一片冰涼，為原主感到悲哀和不值。

榮老太太是原主的親奶奶，而原主也早已被榮草害死，可此時此刻，榮老太太還是在維護榮珍寶和榮草，甚至為了維護她們而質疑榮華，真是讓人心寒啊！

榮珍寶和榮草做的那些事，一樁樁一件件，榮華絕不原諒，但是她也覺得疑惑，這兩個人為什麼一次又一次想要置她於死地？

榮華抬起頭，坦然地望著榮老太太懷疑的目光，然後看向榮耀祖，忽然紅了眼睛，傷心欲絕地開口道：「爹，我也不知道四姑和表姊為什麼這麼做，只是她想要活活悶死我的時候，說出了一句話，說不能讓我擋了表姊的潑天富貴。」

此話一出，二嬸、三嬸像是突然明白了什麼，都不約而同的「哦」了一聲，大家的目光都看向了榮珍寶。

榮華不知道榮珍寶為什麼會說這句話，但此時看情形，這屋子裡的人都知道。

「原來如此，四妹好盤算啊，呵呵。」榮耀祖冷笑了一聲。「八字都還沒一撇的事，竟然能讓妳對親姪女下毒手。」

榮珍寶打死不認，直接往地上一坐，開始打滾哭嚎。

榮華朝在地上打滾不休的榮珍寶翻了個白眼，然後站了起來，期待地看著榮耀祖。

「爹，我們報官吧！」

只要報官，調查清楚後，就能把榮草、榮珍寶這兩個沒心肝的玩意兒抓起來。大煜律法嚴謹，她們兩個一定吃不了兜著走！

「不能報官！」榮老太太將枴杖往地上一杵，一錘定音。「老大，不能報官！」

見長子不說話，榮老太太就解釋道：「老大，我這也是為了你考慮啊，你是村長，若你報官抓了自己的妹妹和外甥女，這傳出去你還怎麼做人？」

榮耀祖木著一張臉，不為所動，榮老太太氣得將枴杖狠狠地杵地。

「好！好！果然是有了媳婦就忘了娘，你不想想是誰把屎把尿把你撫養長大，是誰一直供你考取功名，如今你倒好，連娘的話都不聽了。行，你去報官，你去把你妹妹和外甥女都給抓起來，我養了你這麼個白眼狼，我不如死了算了！」榮老太太說完，就一頭往牆上撞。

榮耀祖慌忙去拉，只是榮老太太還沒撞到牆，就已然暈了過去。

於是一家子呼天搶地，哀號聲不斷，就聽榮珍寶「爹啊娘啊」喊得最慘。這樣雞飛狗跳一陣子之後，總算是請來了郎中。

郎中看過診後，只說榮老太太急火攻心，要好好靜養，避免讓她動氣，開了兩帖藥便走了。

第二章　亂世當道

榮老太太躺在床上，醒過來後哭嚎聲就沒停過，哭說自己命苦，再說榮耀祖不孝，又罵她死去的丈夫，後悔當日不該嫁給他。

榮華一直冷眼看著這場鬧劇，她覺得那榮老太太丹田有力，哭了整整一個時辰也沒見心慌氣短，可見身體多硬朗，哪裡像是急火攻心的人。

哭了一個時辰的榮老太太，此時依舊中氣十足，她躺在床上，指著榮耀祖。「你要是敢報官，我就直接一脖子勒死！那是你親妹妹，你怎麼能報官抓她？想當初，你爹死得早，是我一人把你們四個拉拔大的！你現在翅膀硬了，連我的話都不聽了，是不是？」

哭鬧聲和爭執聲吵得榮華頭疼，她揉了揉太陽穴，心裡也知道，報官想來是不可行，分家也是遙遙無期。

榮耀祖愚孝，對榮老太太言聽計從，就算她堅持報官，為了榮老太太，他也絕不會答應。

榮華很想不管不顧地直接衝出去報官，可是一看娘親無助的目光，她只能心疼而作罷。娘親軟弱，平時說話都是輕聲細語，可是今天在榮珍寶誣衊她、毀她清白時，娘親卻爆發了那麼大的能量，和榮珍寶正面起爭執。

榮華在現代社會沒有親人，來到這裡，弟弟、妹妹和娘親都十分關心她，她也不願意讓娘親在自己和爹爹之間左右為難。

榮華忽然覺得悲哀，榮老太太口口聲聲說榮珍寶是她的女兒，不惜以命維護，可她何曾想過，榮華也是榮耀祖的女兒？

榮草害死的原主，才是榮耀祖的親生女兒，她只是後來者而已。可原主已經死了，花骨朵一樣的年紀，死在那個冰冷的枯井底……

只過了這麼半日，榮華就覺得不如再死一次得了。原主在這樣的家庭裡生活了那麼久，真不知道她是怎麼捱過來的。

哭鬧聲漸歇，爭吵聲也變得無力。

榮耀祖從東廂房出來，他步履蹣跚地走到榮華面前，語帶無奈。「華兒，爹爹對不起妳，郎中說妳奶奶的病需要靜養、不能生氣，所以我不能不聽她的，不過妳四姑和榮草已經向我保證，以後會好好對妳，妳放心。」

榮耀祖的臉上布滿深深的掙扎和無力，生活的重擔和全村的生計壓得他喘不過氣來，本想回到家中能有一絲溫暖，可家裡也無一日安寧。

榮老太太拚命壓榨他，還要用孝義綁架他，榮耀祖感覺自己不知何時，就會被徹底壓垮。他已處在崩潰的邊緣。

榮華看向他，眼前這個四十多歲的男人，一瞬間老得彷彿五、六十歲。

榮耀祖低著頭，肩膀縮著，充滿了痛苦和絕望。他眼角的皺紋很深，髮間斑白，眼睛渾濁而無奈，眼角也有淚。

根據原主的記憶，榮華知道，從一開始，爹爹只是想做一個讀書人而已，可是後來的一切都和他想像的不同。

面對爹爹的窘迫和為難、無力和掙扎，看著他痛苦的眼神，榮華忽然覺得心底傳來一陣針扎般的疼痛。

那是原主的執念，原主總是願意體諒。

榮華很想說出「不」字，她不願意，她一定要報官，她一定要討一個公道……可是她說不出話來。

此時她的意願和原主起了巨大衝突，心口的鈍痛越發明顯，她一時間竟然失去了身體的控制權。

從醒來後，榮華就知道原主的執念未消，心臟總是時不時發疼，可她沒想到，此時此刻，那一縷執念竟如此強烈。

原主不希望因為自己而引得家裡大亂，她不希望娘親為難，她不希望爹爹為難，她希望息事寧人，她希望家裡和睦。

原主總是如此毫無底線地不計前嫌，卻沒想過，自己都已被害死了。

原主願意原諒，可是她不願意啊！

榮華冷著臉，努力想要開口說話，心底卻湧起一股強烈的悲哀和難過，那是原主的情緒。

她嘆了口氣，覺得心酸。如果表面上的家庭和睦，是原主最後的願望，那麼她應下就是了。

心裡剛閃過這個想法，榮華發現自己又能說話了。

榮華搖了搖頭，聲音清淡。「沒事。」

沒關係，為了不讓爹爹和娘親為難，不能報官也沒關係。

就算報了官，榮珍寶和榮草死不承認，照樣瞎扯，還不一定會判死罪。反正她們兩個生活在自己的眼皮子底下，榮華總有辦法收拾她們。

殺人償命！榮華不會忘記她們做過的事情。

對於爹爹選擇這個結果，榮華並不意外。在原主的記憶裡，榮耀祖幾乎從未違抗過榮老太太的任何話。或許在榮耀祖眼裡，榮華哪怕被榮草、榮珍寶害了，可人還好好地活著，並不是什麼頂天大事，所以可以原諒，當作什麼事都沒發生。

心口處的疼痛又忽地消失了，某些執念消散得無影無蹤。

許是對家人太過失望，榮華覺得身體一鬆。

原主的執念消散，不再執著下去。她為爹爹和娘親，做了最後一件事，然後徹底放下了。

這樣的一家人，沒有什麼好放不下的。

榮華走到門口，掀開門簾子，看向外面的清朗天空。

榮華，願妳下輩子平安喜樂。

榮華放棄報官後，榮耀祖要求四姑母女向榮華道歉。

可惜榮珍寶死鴨子嘴硬，死不鬆口，堅持不承認這件事。

榮華倒無所謂，官都不報了，這一句道歉聽不聽也沒什麼關係。

榮耀祖感到生氣，扶著搖搖欲墜的王氏回房時，回頭朝榮珍寶低吼了一句。「妳大嫂的病需要靜養，以後無事，妳不要來房裡打擾她！」

榮華在一旁扶著王氏回房，離開時，還聽到身後嘀嘀咕咕的說話聲，那些聲音聽在耳裡，讓她覺得厭煩和噁心。

不過，出了這麼檔事後，榮珍寶總算安生了幾天，榮華也能好好休息，將身體養好了。

在這段期間，榮華也曾想過自己硬氣一點，直接帶著娘親單獨另過，但是娘親對爹爹用情至深，肯定不會答應。

除了娘親的意願之外，經過實際考察後，她還是只能徹底放棄這一個想法。

因為這裡不是歌舞昇平的盛世年代，而是亂世。

除了大煜王朝，還有其他五個國家，是六國並立的局面。

榮華和榮耀祖聊天時，將得來的資訊七拼八湊的，知道目前大煜的國力。

十年前，六國混戰，一時間各國死傷無數，民不聊生。

大煜王朝三七一年，六國各有損傷，最終歇戰，簽訂了和平條約，約定十年內各國不得挑起戰爭，休養生息。

今年是大煜王朝三七六年，距離簽訂和平條約才剛過幾年，戰亂對這個國家帶來的影響還未褪去。一場戰爭，勞民傷財，更何況是持續了數年的六國混戰，大煜國庫空虛，流民無數，無法安置。

而桃源村所在的筠州城，處於大煜王朝極北之地，是大煜的邊境之城。

大煜王朝地理位置特殊，極南多澇，極北多旱。筠州城年年乾旱，民不聊生，戰亂的後遺症加上天災，農作物年年顆粒無收，對於面朝黃土背朝天的桃源村村民來說，幾乎是滅頂之災，光桃源村裡每年都有餓死的人。

離開桃源村，處處都是流民，生逢亂世，榮華一個小姑娘，覺得還是留在桃源村比較保險。

更何況，做錯事的不是她，憑什麼離開家的人是她？

榮華很喜歡弟弟、妹妹和娘親，而且她也發過誓，會讓他們過上好日子。

原主的執念已經消失，將自己爹娘、弟妹都交給了榮華。

榮華覺得讓他們一輩子平安喜樂是自己的責任，然而，目前這個局勢，如果離開這個家，她並沒有把握會迎來什麼局面。

所以榮華覺得，當下最重要的事情是賺錢！

身體養好了，榮華便想出門在村子裡轉悠轉悠，看看自己想的幾種賺錢方法可不可行。

榮華穿上厚厚的對襟棉襖，將自己包得嚴嚴實實，才掀開門簾子走出去。

一走出房間，外面呼嘯的寒風如刀子似地颳到臉上，榮華瞇著眼睛，恨不得掉頭鑽回被窩裡。

北風又冷，颳在臉上又疼，她開始懷念自己在現代時所住的地方。

那裡是江南水鄉，空氣濕潤、鳥語花香，一年到頭也遇不到一次這麼凜冽的寒風，十分宜居，江南水土將她皮膚養得白白嫩嫩。

榮華摸了摸自己的臉，明明才十三歲的年紀，皮膚該是水嫩嫩的，可是摸上去卻覺得有些粗糙。

這北風一颳，黃沙滿天飛，住在這裡，別說皮膚不好，只怕高原紅都要有了。

她抱著膀子，努力迎著風往外跑。現在剛吃過午飯，天氣又冷，大家都縮在屋裡不願出門，院子裡靜悄悄的。

榮家這一大家子住在一個院子裡，屋子的蓋法也沒有什麼章法可言。

榮老太太的三間大瓦房建在院子正中間，大房、二房、三房的黃泥土屋圍著大瓦房，這些屋子外面都用泥巴糊了個歪歪扭扭、半人高的院牆。

按照傳統宅第格局，榮老太太住的是正房，他們住的是偏房。

這一道院牆，將原本應該是四個家庭的人，徹徹底底拴在一起。

幸好每棟土屋的格局都有三個房間，若僅有兩間，孩子、父母各一間，就一個門，裡外進出都不方便。

不過隨著各房的孩子們越來越大，土屋也越住越不方便。三房有五個孩子，幸好都是女兒，擠在一起睡也沒什麼；但二房是兩個兒子、兩個女兒，孩子大了，住在一起就顯得擁擠。

榮耀祖當初一心考取功名，所以成婚很晚，二叔、三叔先成親，孩子們都比榮華大，只是都還沒成家。

榮華一邊悶頭跑，一邊思量著，究竟該怎麼在這亂世之中掙錢。

她不求多，只想先勉強掙點，最起碼吃頓好的。來這裡快半個月了，她一頓葷腥都沒沾到，整個人都是飄的，覺得自己都快被風吹走了。

掙錢來蓋房子這些遠的不說，她現在就想吃頓肉而已！

按照腦海裡的記憶，榮華先在村子裡轉了一圈，然後走到村外。

這麼冷的天，可能大家都待在屋子裡烤火，她這一路上竟然也沒遇到半個人。

到了村外，榮華才真切感受到什麼叫做窮困潦倒。

倒是沒想到，桃源村連土地都這麼貧瘠……

她本來是想出來轉轉，看能不能找到什麼吃的，但此時一瞧，別說吃的，什麼都沒有。地面上都是枯死的乾草，農田裡一片荒蕪、土地乾裂，讓人看著怵目驚心。

榮華盯著不遠處的樹木，覺得那樹都一副無精打采、半死不活的樣子。這樣的地方，確實像是會餓死人的樣子。

榮華轉身離開，根據記憶，朝村外的市集走去。

說是市集，不過是幾個村子之間輪流擺攤的地方，今天擺在這個村，明天擺在那個村，是有定數的。

今天擺攤的地方是在隔壁的桃花村，榮華估摸著兩村距離不到三里地，就悶頭走了過去。

迎著北風走了半個時辰，終於走到市集上，榮華覺得自己的臉都被風颳麻了，她使勁搓了搓臉，迎頭走向攤販。

此時是下午，按理說擺攤的人都該回去了，但如今日子不好過，大家都指望著能多賣點東西出去，現在還有不少人在這裡擺攤。

榮華一路走過去，發現在這裡擺攤的都是上了年紀的人，略一思量，她便明白其中道理。

在這裡買東西的人，一般都是附近村民，大家都差不多一樣窮，哪能指望他們買什麼東西，所以那些年輕力壯、腳程快的人，都跑去鎮上擺攤。鎮上富人的購買力比村民們強多了，留在這裡的都是年紀大走不動、沒辦法去鎮上的老人。

除了一些賣菜的攤販，綜觀來說大多都是賣手工藝品。不過說是手工藝品，其實就是自己編的竹簍、背簍、菜籃子等編織品。

這些編織品製作細緻，以現代人的眼光來看，榮華覺得很精美。只不過寥寥幾個來逛市集的人，卻沒有看這些編織品一眼。

因為這些編織品太多了，而且這兒的村民幾乎人人都會編織。

大煜王朝的居民手都巧，他們似乎天生就有編織天分，能力一等一的強。就拿王氏來說，她幾乎從小就會編東西，後來家裡太窮，也曾想編織點東西貼補家用，可惜不太好賣，都堆積在家裡。

編織品市場飽和，為什麼又非要編這個東西來賣呢？

因為人人都會編東西，又不會做其他的，不編東西來賣，又能做什麼呢？想要賣東西，大家第一個想到的，都是編織品。

市集不大，從這頭走到那頭，也就一百多公尺。榮華數了一下，基本上有八成的人，都是賣編織品。

榮華抱著膀子，又緩慢走了出去，她問了一圈價格，而編織品最便宜，一個銅板就能買一個洗菜、裝菜的籃子，兩個銅板能買一個小竹簍，但還是沒人買。

「哎喲！」

一聲虛弱的呻吟響起，榮華抬眼一看，就瞧見一個衣衫襤褸的老奶奶正艱難地撐著小板凳站起來。她第一次沒站起來，努力了三次才堪堪站穩。

滿頭白髮且看上去有七、八十歲的老奶奶，開始整理那些編織品。她彎著腰，艱難地將小的編織品一個一個放回大背簍裡。

寒風一吹，瘦小的老奶奶差點站不住，卻又像是習慣了，搖搖晃晃的就是沒被吹倒。

榮華覺得心酸不已，大家的日子本就不好過，冬天就更加難熬。她立馬跑過去，幫著老奶奶把編織品都裝了起來。

老奶奶將裝了所有編織品的大背簍揹在身上，榮華急忙去扶背簍，只見老奶奶腰都快彎到地上，顫顫巍巍的，到底是將背簍揹了起來。

老奶奶對著榮華一笑，露出一口稀疏的牙齒，笑得慈祥極了。

榮華幫忙扶著背簍，和她一起走，老奶奶走得極慢，一邊走一邊和榮華聊天。

「我家不在這個村子，住得遠，所以現在就要收攤回去了，不然收得晚了，人走得慢，晚上天黑了都走不回去。

「以前年輕的時候，一趟來回也就一個時辰。現在不行了，人老了，要歇好幾趟才能走到家。

「今年生意格外不好做，一整天了，一個都沒賣出去……」

一路上，老奶奶絮絮叨叨的，像是許久都沒人和她說話，所以和榮華說了很多。

最後，老奶奶長嘆了一口氣，像是在安慰自己，又像是在期望著什麼，輕聲希冀地說：「等冬天過去了，就好了。」

榮華認真聽著，忍不住想到自己在現代社會雖是個孤兒，但國富民強，哪怕是個孤兒，待在育幼院裡，即使沒有家人的關懷，不過吃的、喝的、教育的方面，她未曾受過半點委屈，天天吃得飽、穿得暖。

如今到了這麼窮困潦倒、民不聊生的地方，她真的有點不適應。她剛醒的時候，無法置信竟然會有人活活餓死，但後來她信了。

因為這些天，連她自己都快餓死了。

榮華很想幫助這個老奶奶，但是她身上連一個銅板都沒有。何況除了這個老奶奶，那一條街上擺攤的都是老人，除了這條街，還有其他地方，又怎麼幫得過來？

怪只怪生逢亂世，每個人都活得好不容易。

或許像老奶奶說的一樣，等冬天過去，萬物復甦，春天到來後，一切都會好起來。

由於不順路，榮華和老奶奶到了岔路口就要分開。

老奶奶慈祥地看著榮華。「小姑娘，今天多謝妳了。」

見老奶奶笑得溫和，然後步履蹣跚地往前走。榮華不知怎的，腳步像是灌了鉛，一直站在原地看著她的背影。

老奶奶為了將背簍揹起來，頭幾乎低到地面。

榮華能從老奶奶的兩腿間，看到她倒垂下來的滿頭白髮。

老奶奶停下來歇了歇，又艱難地揹起背簍往前走。

榮華突然想到，不知道什麼時候老奶奶停下來，可能就再也揹不動、走不動了……

這個認知讓她心酸不已。

「華妹妹？」

一聲驚喜的呼喊，令榮華回過神來。回頭一看，就瞧見一個又黑又壯的小夥子駕著一輛驢車，正驚喜地看著自己。

透過腦海裡的記憶，榮華想起了他是誰。這是村東頭穆家的小兒子，因為排行老八，所以叫穆八牛，今年十五歲。

榮華喊他。「八牛哥。」

「華妹妹，冷不冷啊？快上車。」穆八牛十分熱情。

榮華猶豫了一下，看著那驢車挺擋風的，她實在是被風吹得冷死了，就朝穆八牛道了謝，跳上驢車。

跳上車之前，榮華又看向那個老奶奶。

穆八牛也看到了那個老奶奶，待榮華坐穩後，他手中鞭子一抽，驢車就朝老奶奶駛去。

穆八牛幫老奶奶把背簍抱上車，然後讓老奶奶坐上來，把她送回家。

在路上時，他還拿了一塊餅給老奶奶吃，老奶奶像是許久都沒吃飽過，就著水吃下，一臉滿足。

穆八牛也請榮華吃，但榮華沒吃。她這兩天身子有些不舒服，不太敢吃涼餅和涼水。

送老奶奶返家時，穆八牛還跟她買了幾個小背簍，老奶奶一臉感激。

老奶奶到家門口拍門拍了半天，兒媳婦才出來應門，沒有一點好臉色，直到見老奶奶顫巍巍地拿出十個銅板時，兒媳婦臉上才露出笑容，讓老奶奶進屋。

榮華看著，一句話也沒說。

回村的路上，穆八牛嘿嘿一笑，憨厚地撓了撓頭。「這麼冷的天，讓婆婆自己出來擺攤，我以後啊，才不娶這樣的臭婆娘。」

榮華「噗哧」笑出來，點了點頭。「沒錯，這樣的媳婦要不得。」

像是想起什麼，榮華又對穆八牛說道：「八牛哥，你人挺好的，剛剛那麼幫老奶奶。」

穆八牛嘿嘿一笑，撓了撓頭，驕傲地挺直了虎背。「那是我哥哥教我的，我哥哥說了，要力所能及幫助有需要的人，這樣才是一個強大的人。」

「你哥哥人很好。」

「那當然！」穆八牛一臉驕傲。

榮華笑了笑，不再說話，她還在想著以後該怎麼掙錢。

其實她心裡有一個主意，編織品在這裡市場飽和，不代表在別的地方也市場飽和。

筠州城是邊境之城，鄰近袁朝和楚國，原主對於其他國家的記憶沒有多少，只隱約聽人提過，袁朝人驃悍，卻不善於做這種精緻的手工藝品，若是把編織品賣到袁朝去，肯定會暢銷。

只是六國混戰之後，大家彼此警惕，各國之間並無往來，也嚴禁有人偷渡。她想做生意，只能鋌而走險！

提起袁朝，榮華就覺得扎心，桃源村所在的筠州城距離袁朝不過幾十里地，為何沒讓她生在袁朝？

穿越過來至今，榮華最不能接受的是，大煜王朝沒有小麥。是的，沒有小麥！

小麥是袁朝的特產，因六國之間都是敵對關係，所以各國貨物並不流通，袁朝的小麥也就沒有流傳過來。

沒有小麥，就沒有麵粉，就很難有麵條、麵包、包子、餃子等等麵食！

榮華是非常典型的麵食主義者，也是米飯愛好者，一天不吃米飯、麵食，她就渾身難受。

但是大煜沒有麵粉，沒有麵粉就算了，大煜最貴的東西，反而是主食——米。

這一點榮華覺得更無語，因為小麥不是大煜王朝內的物種，所以大煜沒有就算了，可是大煜主要種植的農作物就是稻穀，結果稻米在他們這裡反而是最貴的。

大煜王朝並不是特別適合種稻穀。依榮華來看，這裡的環境變化太過極端，應該稻米、小麥混種。

南方多水多雨，就種稻米，北方少水多旱，就種小麥，剛剛好。

由於大煜沒有小麥，筠州城這樣的苦寒之地，依舊是種植稻穀，結果可想而知，筠州城除了個別一些地之外，基本上種不出稻穀，所以米的價格在這裡就貴得離譜，她這些天，幾乎都沒吃飽過。

讓一塊乾地種出稻穀，這真是難為稻穀了……

榮華對大煜的政策十分無語，但是大煜皇室嚴令禁止各國往來，也嚴禁物資交換，如此故步自封，她也無可奈何。

乾土地種稻穀，怪不得有那麼多人餓死，這真是讓人頭疼的問題。更頭疼的是，大煜不僅沒有小麥，包括玉米、黃豆、馬鈴薯、紅薯等抗旱性強的農作物，都是袁朝的特產。

袁朝和筠州城相鄰，氣候環境相似，可是袁朝因為抗旱性、抗寒性農作物多，那裡的百姓生活可幸福多了。

小麥雖是袁朝的特產，但稻米卻不是大煜王朝獨有，而是六國都能種……這真的是太讓人傷心了。

榮華最愛吃的東西，幾乎都在袁朝，這讓她對袁朝的嚮往，幾乎要溢出胸腔了。

她真的好想大吃一頓！

「華妹妹，我們到村子了！」穆八牛響亮又狂放的嗓門傳來。

榮華應了聲，從想像中的美食抽回思緒，她舔了舔嘴角，跳下驢車。

榮華以為自己是在現代，還身強體壯，卻忘了這具身體又瘦又小，天天吃不飽很是虛弱，此時這一跳，當下眼前一黑，腿腳沒力氣險些要摔倒，幸好被聽到動靜走出門的穆大娘給扶住。

穆大娘是個道地的農家婦女，她有一個參軍的兒子，每個月都讓人捎回餉錢，所以穆家人口雖然比榮家還多，日子卻過得極好。

穆大娘也是白白胖胖的，一臉福相，此時扶著榮華，大著嗓門喊道：「華兒，妳這是怎麼了？是不是前些天摔傷了，身子還沒好？」

榮華揉了揉太陽穴，緩了一會兒覺得好多了，便站好身體，搖了搖頭，溫和笑道：「穆大娘，不是的，身子早就好了，就是還有些虛罷了。」

「看這小丫頭瘦得……」穆大娘一臉心疼。

大家都住在一個村子裡，彼此都熟悉，榮華算是穆大娘看著長大的，所以榮家什麼光景，她自然清楚。

穆大娘心疼地握住榮華的手，問穆八牛。「你怎麼和華兒在一塊兒？」

穆八牛笑起來憨憨的，一邊笑一邊說：「我趕車回來的時候，剛好看見華妹妹，就捎著她了。」

「趕集上午就該回來了，華兒怎麼耽擱到下午了？有沒有吃午飯？」

「穆大娘，我是吃過午飯去的，因為想去看看，有沒有什麼小生意能做。」榮華說話聲音輕輕的，主要是因為沒力氣。

穆大娘一聽，便知道榮華的意思，她不由得嘆了一口氣，暗罵了一句榮家那幾個不要臉的，竟然要這麼一個小姑娘出來賺錢養家。

穆大娘又問起榮華母親的身體狀況，榮華一一答了。

見她溫和有禮貌，聲音又軟又甜，穆大娘是越看越喜歡，拉著榮華的手都不捨得放開了。

只是時間晚了，再不回去，榮華擔心那幾房的人又弄出什麼么蛾子來誣衊她，便提出告辭。

穆大娘相當好心，請榮華留下來一起吃晚飯。

雖然穆家的飯菜很香，榮華真的很饞，但她還是婉拒了。

若是年紀還小，她自然可以大大方方留下來，但榮華現在不是小孩子，在這個國家十二歲就及笄了。

她，一個及笄還沒出閣的姑娘家，在別人家裡吃飯，而且別人家裡還有沒娶親的兒郎，這傳出去對她名聲不好。她既然已經來到這裡，自然要按這裡的風土民情來生活。

穆大娘也沒強迫她，只是越看她越覺得順眼。榮華長得白淨，長相隨她母親，溫婉柔和，雖然年紀還小，但很有古典美。

而且穆大娘也知道，榮華跟著榮耀祖讀了不少書，所以現在越看，越覺得榮華有一種富家小姐的氣質。舉手投足間，不膽怯、不羞澀、落落大方，她相當滿意。

榮華覺得奇怪，這穆大娘看自己的眼神，怎麼跟看兒媳婦似的？

穆大娘滿意地拍了拍榮華的手，讓她待著別動。「妳先等我一下，我馬上過來。」

穆大娘風風火火地衝進院子，進了灶房，過沒一會兒又挎著個竹籃走出來，遞給榮華。

「這個妳拿回去。」

榮華一看，竹籃裡竟然是一大塊豬肉，還有十幾顆雞蛋，精米、精麵不等！

竟然有麵啊！

白花花的麵啊！

榮華一下子就心動了，但是這麼多東西，她猶豫了片刻，正考慮要不要收。

穆大娘見她沒接過去，直接遞給穆八牛。「你幫華兒挎著送過去，她身子弱，可能提不動。」

穆八牛點頭接過竹籃。

榮華又看了一眼竹籃裡的東西，看樣子穆家那個參軍的哥哥在軍營裡做得極好。

她是真的饞了，感動地對穆大娘說：「大娘，這就算我借的，我回頭一定還妳。」

「這傻丫頭，說什麼還不還的，妳有空多來陪我說說話就行。我們老穆家啊，兒子多、閨女少，我就喜歡妳這小丫頭。」

「好。」

榮華乖巧地答應了，心裡卻將這件事記下，發誓以後一定雙倍還給穆大娘。

穆八牛送榮華回榮家，到家門口時，她把竹籃提過來，和穆八牛揮手道別。手中竹籃沈甸甸的，這是幸福的重量啊！

院子裡，瓦房的堂屋門都關著，榮華悄聲走進院子，偷偷回到自己房裡。此時，娘親、弟弟和妹妹都睡著，榮華將雞蛋全部撿出來，藏進衣櫃裡。

榮家人口多，她不可能帶著娘親、弟妹吃獨食，竹籃裡的東西吃不了多久，榮華只能把容易藏的雞蛋藏起來，到時候給娘親他們吃。

將雞蛋藏好後，她挎著竹籃來到灶房，剛好這時候堂屋門打開。

二嬸看到榮華挎著竹籃子，吸了吸鼻子，敏銳地嗅到肉的味道。她急忙衝過來一看，看到那塊肉的時候，眼睛都直了。

除了過年的時候吃了一點肉，她都多久沒吃到肉了！

二嬸直勾勾盯著肉看，不停地吞嚥口水，問榮華。「妳這肉哪裡來的？」

「肉？哪裡有肉？」

三嬸也推開房門衝了過來，看到肉的時候，「嗷嗚」一聲，差點翻白眼暈過去，興奮地喊道：「真的是肉！」

這一下子，連榮老太太都出來看榮華手裡的肉。

榮珍寶和榮草一左一右扶著榮老太太，臉上裝作不在意，其實眼睛恨不得長在那塊肉身上。

在鬧饑荒、餓死人的年代，有肉吃真的是幸福得發狂。

她們真的太久沒吃到肉了，如今都吃不飽了，哪能吃到肉啊！

以前日子也沒這麼難過，現在是越來越不行了。此時有肉吃，她們恨不得伸手摸一摸、張嘴舔一舔。

在眾人渴望的目光中，榮華直起腰桿子，輕聲說道：「這是穆大娘送我的，說我和我娘身體不好，要多補補。」

榮草一下子就急了，搖晃著榮老太太的胳膊，聲音焦急。「外婆妳看，她要吃獨食！」

榮華輕笑了一聲，榮草一門心思要害她，表面上又裝得人模人樣，其實還不是沈不住氣，隨隨便便就急了。

她看都沒看榮草一眼，平靜地說：「但我想著大家都好久沒吃肉了，所以這肉，我們就一起吃吧。」

「還是華兒好。」二嬸立馬順勢誇起榮華。

榮華不置可否，自己這麼說就是希望這些人明白，這些吃食是她的。不能讓這些人吃了她的東西，還不討她的好。

榮華一直都知道，掌握了經濟權，也就掌握了話語權。她現在還沒能掌握經濟權，但以後一定會的！

二嬸說她來做飯，榮華拒絕了，好不容易能吃頓肉，她想自己下廚。大煜雖然沒有麵粉，但是只要有錢，想吃自然是能吃到的。走私客這種角色，無論何時何地，都永遠存在。

榮華倒了三斤麵粉出來，加水和了，揉成麵團，又揪成小塊、擀成麵片，隨後將麵片切成約兩指寬的寬麵，放在一旁備用。

豬肉大概有五斤，肥瘦均勻。榮華取了一部分，將肥肉剔了下來，切成小塊。用大火燒熱鍋子後，將白色的肥肉倒了下去，只聽「嗞啦」一聲，油花四濺。

白色的肥肉在高溫下立馬變得捲曲，油脂迅速分泌出來，香味濃郁。溫暖的香氣吸入腹中，榮華覺得自己又真正活過來了。她一邊吞口水，一邊榨油，兩斤肥肉很快就榨了乾淨，得了一大碗豬油，和大半盆油渣。

小小灶房裡擠了很多人，吞嚥的口水聲不時響起。

榮華看他們饞得厲害，就拿出一個碗，分了一碗油渣出來。

「你們拿出去吃吧，不要都擠在這裡。」

一碗油渣被哄搶，二房的大兒子個子最大，抱著碗就跑了出去，大家一哄而散，都追著油渣跑了出去，還能聽到三嬸的叫罵聲。

「小賤蹄子，不知道給老娘留一點？」

人都走了，榮華自己捏了一個油渣吃了起來。油渣炸得酥酥脆脆又油滋滋的，簡直香極了，她一連吃了七、八塊才停下來。

「姊姊，什麼這麼香？」

榮嘉和榮欣揉著眼睛跑了進來。

榮欣眼睛睜得大大的，饞得差點流口水。

榮嘉也是一樣，目不轉睛地盯著那些油渣。

榮華替他們裝了一小碗，遞給榮嘉，輕聲道：「趕緊吃，不然待會兒有人要來搶你們的。」

榮嘉立馬拿了一塊，剛出鍋的油渣有些燙，他張著嘴吹了吹，餵給榮欣。

榮欣吃得開心極了，榮嘉又拿了一塊吹了吹，伸手過來要餵給榮華。

榮華急忙道：「我吃過了。」

榮嘉堅持，榮華便蹲了下來，張嘴吃了。

她覺得心裡暖暖的，弟弟真乖。

榮嘉又打算去餵給娘吃，榮華急忙哄他。「你吃你的，我已經幫娘留了！」

她看得出來，榮嘉也饞得不行，可這孩子卻先想著她們。

聽榮華這樣說，榮嘉才開始吃起來，品嚐到美味的油渣後，臉上露出滿足的笑容。

榮華看著弟弟、妹妹臉上的笑容，決定以後一定要一直給他們做好吃的！

等油渣不太燙了，她拿一塊乾淨的手帕出來，裝了一些包起來，塞進榮嘉懷裡，讓他拿給娘親。

榮嘉和榮欣乖乖點頭，立馬朝房裡跑去，榮華才繼續做飯。

肥肉已經全部變成油渣，榮華將豬油舀了出來，再將一旁用鹽醃過的瘦肉洗乾淨，放在鼻尖一聞，用鹽醃過的瘦肉，果然沒有一絲異味。

鍋中留了一勺油，榮華將切成片的瘦肉倒下去，油花四濺，「噼哩啪啦」響，她一邊躲著油花，一邊快速翻炒。

蘿蔔切片和瘦肉一起翻炒，隨後又加入油渣，快熟的時候再倒水，大火燜煮，水開放麵。水滾三次後轉小火，蓋上鍋蓋燜一會兒，蘿蔔肉湯麵便煮好了。

這是她在育幼院的時候，冬天最喜歡吃的一道料理。滿滿一大碗肉湯麵吃下去，整個人都是暖的。

掀開鍋蓋，繚繞的蒸氣夾雜著香味冒出來，榮華深吸了一口氣，覺得香氣逼人。

現在麵湯已經剩沒多少了，湯汁和寬麵完全融合在一起，濃稠又黏膩，可又不會讓麵條糾結成一團的地步。

這種麵啊，冬天吃正好！

麵煮好後，榮耀祖剛好回來，聞見屋裡的肉味，驚了一下，沈聲問道：「哪來的肉？」

榮華隨意說道：「是穆大娘送的。」

榮耀祖沈思了一會兒，搖了搖頭。「以後不要收別人家的東西。」

「好。」

榮華乖巧應下，給他盛了一大碗麵，麵上還有好幾塊油渣。

榮耀祖本來還想說教兩句，但是聞見這肉香味，一句話也說不出來了。他接過大碗公，忍不住「呼嚕」扒了好幾口。

榮華笑了下，又給娘親和弟妹盛了麵，直接端到房裡。

因為她不想看見其他榮家人，覺得沒意思，還是看著娘親開心一些。

王氏還躺在床上，榮華在她的碗裡放了好幾塊肉，然後和他們一起用餐。

她自己揉的麵團，很有彈性、很勁道，豬油的香味濃郁，蘿蔔煮得軟爛。

來到這裡這麼多天，這是榮華吃過最好的一頓飯，她感覺自己像是餓死鬼投胎，吃得停不下來。

一碗吃完，她又盛了一碗。

榮嘉和榮欣吃得滿臉油光，像隻小花貓。

待吃完飯，他們兩個小蘿蔔頭便捂著肚子，吃撐了，倒躺在床上。

榮華覺得好笑，卻發現自己肚子也撐得不行，便膩在娘親懷裡。

她發現娘親吃了一碗肉湯麵後，臉上都紅潤不少。

正房堂屋裡也是一樣，大家都只顧著吃麵，一句話也不說。

榮珍寶和榮草更是恨不得把頭埋進碗裡。

俗話說：「半大小子，吃窮老子。」榮家人口多，所以榮華煮的麵多，每個人吃兩大碗公都是夠的。

這天晚上，每個人都吃得很飽。

榮華負責張羅料理，她自然不會再去刷碗，吃飽喝足後便沈沈睡去。

許是因為吃得飽，一整晚肚子裡都是暖呼呼的，被窩裡也不冷，她睡了一夜好眠。

第三章　越過邊境

清晨，榮華醒得很早。

以前早飯是由她張羅，但現在她不煮了，便是二嬸和三嬸帶著自家丫頭輪著下廚。榮珍寶和榮草向來不做家務，現在她們又說自己有傷，恨不得吃飯都要別人餵。不過，昨晚吃東西的時候一點也看不出來有傷，她們搶肉搶得最多。

一想起嬸子們煮的飯菜味道，榮華覺得嘴裡發苦。不知道早飯會被煮成什麼樣子，還是決定自己下廚。

她先去父母的房間看了看，爹爹早已出門了，娘親還睡著。

弟弟、妹妹睡在娘的身邊，嘴邊帶著笑意，嘴裡時不時嘟囔兩句。「好吃，姊姊好吃……」

父母的臥室裡放著一個火盆，火盆上吊著一個不太精緻的陶壺，陶壺可以燒水，火盆可以取暖。

榮華從衣櫃裡摸出四顆雞蛋，放在陶壺裡，在火盆裡加了柴火後，才去灶房。

今天做早飯的人是二嬸，榮華讓她負責燒火，自己煮了粥，在粥裡放了油渣和豬油，又把有些蔫了的白菜切碎，放進粥裡。待米煮爛後，便是黏稠的油渣白菜粥。

只喝粥是止不住餓的，榮華又和麵，用豬油擀了幾張餅。餅皮金黃伴著豬油香，粥又煮得濃稠軟爛，榮華同樣將料理端到房間內，和自家娘親、弟妹一塊兒吃。

吃飯的時候，她摸出陶瓷裡的雞蛋，一個個剝開，然後每人一顆。

王氏要推讓，卻被榮華三言兩語給說服了。

吃早飯的時候，榮華心裡想著賺錢的事，她隱晦提了一下自己想賺錢的想法，卻沒想到王氏竟然很贊同。

榮華本來還擔心，娘親會說出女子要三從四德、不可拋頭露面的話來，沒想到她十分開明。

也是，這裡並不是她歷史書上學過的朝代，不應該先入為主認定這裡和她學過的歷史一樣。

榮華沒有坦承自己想做偷渡走私，只是委婉提了一下，想了解一下其他國家的風土民情。

王氏告訴她。「按理說這些事情，妳爹爹是知道的，但他太忙，妳白天都見不到他。妳待會兒吃過飯，可以去問問王夫子，他是咱們村裡除了妳爹之外，最有學問的人了，自然什麼都知道。」

榮華自然知道王夫子，她曾在王夫子那裡讀過書。

榮耀祖堅信讀書能讓人脫貧致富，所以當上村長後，立馬去請了一個夫子回來。他又在村裡集資，建了一個學堂。村裡的孩子在這個學堂讀書，不需要付費，王夫子的衣食住行由村裡負責。

王夫子很有學識，曾經還周遊各國，後來年紀大了，便在桃源村隱居下來。

不過榮華知道，桃源村如今經濟緊縮，榮耀祖一直擔心王夫子會離開。

村裡已經這樣了，若是連教書先生都沒有，孩子們不能學習知識，那是真的一點指望都沒有了。所以他最近天天著急上火，夜裡都睡不好，榮華經常能聽見他長吁短嘆。

喝下最後一口粥，榮華說道：「娘，我待會兒就去請教一下夫子。」

她要趁著王夫子還沒離開前，趕緊去問清楚。

榮華將碗筷收拾了，端回灶房。

走到灶房山牆處時，她恰好聽到二嬸和三嬸在裡面說話。

「好不容易有點肉吃，大哥又把剩下的肉拿去給王夫子了，村裡其他家孩子能不能唸書，和他有什麼關係？真的是閒來無事瞎操心。」這是三嬸的聲音。

榮華昨天沒把瘦肉全部用完，還剩半斤。

「大哥怕夫子走了，所以現在家裡有什麼好的，他都先送去給夫子。」二嬸解釋道。

「呵，那死老頭子要走，他送半斤肉就能讓老頭子不走了嗎？」

三嬸的怨念很深，罵了好幾句話，榮華不想再聽，伸腳踢了一塊石頭，發出一陣聲響。

灶房裡的罵聲停了。

榮華停了一會兒，這才走進去，將碗筷擱下。

「喲，是榮華啊！榮華，妳爹把肉送給別人了，妳說氣不氣人？那肉可是送給妳的，妳去說說妳爹啊！」

聽著三嬸有意挖苦，榮華隨意笑了下。「爹爹是一家之主，他想做什麼便做什麼，我並沒有什麼意見。」

這句話堵得她們變了臉色。

榮華沒再說什麼，轉身走了出去。

隱約間聽見二嬸似乎和三嬸說了句。「榮華這丫頭好像變得不太一樣了。」

「哪裡不一樣，還不是和她娘一樣，一副病死鬼的樣……」

榮華腳步一頓，本想回嘴，還是忍著不去理會了。

她算著時間，現在恐怕榮耀祖還在王夫子那裡，若是遇見了，只怕很尷尬。

於是，榮華在房裡教弟弟、妹妹讀了一會兒書，半個時辰後才出門。

桃源學堂在村子的正中央，是一間大院子，院裡有三間特別寬敞的大瓦房，周邊還種著桃樹、李樹，寓意桃李滿天下。

如今還在正月，所以學堂不開，等到快出正月時，夫子才開始教書。

榮華敲了敲院門，王夫子的聲音傳了出來。「誰啊？」

「王夫子，我是榮華。」

過了一會兒，院門打開，只見王夫子是一個有些瘦小的老頭，身高大概一百六，留著一把山羊鬍子，穿著青色棉衫，很有「之乎者也」的儒者風範。

王夫子的目光炯炯有神，正打量著榮華。

「華ㄚ頭，今兒怎麼過來了？身體好了嗎？」他一邊說，一邊請榮華進去。

「身體已經好了，今天來是有事情想要請教夫子。」

榮華禮貌回答，隨王夫子一起走進院子，又走進正堂。

畢竟是原主讀書好幾年的地方，她也很熟悉這裡。

王夫子讓榮華坐下，榮華一眼瞧見，正堂桌子上擺著兩碗茶，碗裡還冒著熱氣。她轉眼一掃，瞧見夫子住的房間，似乎堆了不少吃食補品，像是剛送來的。

榮耀祖拎來的半斤肉也在其中，但那半斤肉，在那些好東西中顯得十分寒酸。

茶杯還冒著熱氣，禮品又像是剛送的，說不定來給夫子送禮的人還沒走。

榮華接過夫子遞來的茶時，突然茅塞頓開，桃源村這幾年的光景一直不好，夫子卻一直沒走，或許是有其他原因。

榮耀祖十天半個月才能送來半斤肉，榮華不相信夫子是為了這半斤肉才留在這裡，此時看來，還有人在供養著夫子。

會是誰呢？

誰會在背後默默供養著夫子呢？

榮耀祖從未提過這件事，說明他也不知道，桃源學堂只教本村的孩子，那麼供養夫子的人，自然是本村人。

放眼看去整個桃源村裡，有能力如此供養夫子的，想來只有穆家。

穆家那個從軍的哥哥，每個月都會寄很多餉錢回家，他似乎在軍中混得很好。

除了他，榮華想不到別人。

雖然從未見過那個穆家哥哥，榮華卻覺得他是個頂好的人。他教穆八牛幫助弱小，默默地供著夫子，讓夫子繼續為村中孩子傳授知識。

他雖遠在軍中，卻一直心懷故土。

「華丫頭，妳今天來找我，可是有哪裡不懂的？……華丫頭？華丫頭？」

王夫子拿木尺在榮華頭上敲了一下，榮華才回過神來。

她想得太入迷，走神了！

榮華不好意思地一笑，收回思緒，連忙說明來意。

「夫子，我此次來，是想請教你一下，其他五國的風土民情。」

王夫子一愣，放下木尺，摸了摸自己的山羊鬍子，驚奇道：「妳怎麼想知道這個？」

「好奇。」

王夫子想了想，喝了口熱茶，擱下碗時點了點頭。「這也沒什麼，妳想知道，我就和妳說。」

榮華洗耳恭聽，夫子便娓娓道來。

「在這片陸地上，除了大煜王朝以外，還有其他五個國家，分別是鄰近的袁朝、楚國，還有隔壁的大周、白國、澤國。

「大煜王朝在陸地的中部，袁朝在西北部，楚國在東北部。白國在袁朝、楚國之後，是極北之地。大周在東部。澤國在南部，是極南之地。

「而筠州城和袁朝、楚國的邊境相連，相距不過幾十里地而已，但是風土民情卻是大不相同。

「大煜南方多雨，經常有洪澇，而咱們這裡，則總是乾旱。大煜的農作物不多，很多糧食作物也不太適合咱們種植，所以許多人都過得苦；袁朝的農作物種類最為豐富，且民風驃悍，多戰馬，國民善騎射，體格強壯，那裡出產戰馬、小麥、馬鈴薯、玉米；楚國多山脈，特產為金玉、礦石，所以楚國人都極為富裕；白國是冰寒之國，出產豐富的木材；大周國家面積不大，只有咱們大煜的一半，特產為藥材；澤國在極南，多雨多水，靠海為生，經常有洪患，以漁獲、珊瑚等海裡的特產聞名……」

王夫子極為詳細地為榮華講解，從風土民情講到各國關係，又論及政治問題。

榮華聽得有些入迷，這是一個瑰麗的地方，儘管科技落後，但正因如此，才可讓她施展拳腳。

她一定要賺錢！尤其自己所在的地理位置如此具有優勢，從桃源村，無論去袁朝還是楚國都很方便，只要能夠突破邊境線……

榮華暢想著以後自己日進斗金的情形，臉上露出笑意。

王夫子看清榮華臉上的憧憬神情，他撫摸著自己的山羊鬍子，喝了一大口茶後，笑呵呵地問道：「丫頭，妳想知道的，我都告訴妳了，現在妳可以告訴我，妳究竟想做什麼了吧？」

王夫子氣定神閒，臉上是一副早已洞察一切的表情。

榮華思索了一下，低聲問道：「夫子，我問你一個問題，你說我如果去別國做生意，可不可行？」

王夫子面色一變，立馬壓低聲音，耷拉的眼皮都瞪得大了些，低喝道：「妳這丫頭，可知大煜皇室嚴令禁止走私邊境，以物易物交易！」

榮華也壓低聲音，靈動的眸子裡閃過一絲疑惑。「夫子，既然如此，那為什麼咱們大煜還有麵粉流通呢？麵粉可是袁朝的東西。這說明走私偷渡客一直都有，只要有市場、有需求，總有人做這些事。」

「這樣做太危險了！」

榮華莞爾一笑，明媚的笑顏閃著自信的光芒。「既然別人可以，那麼我也可以！」

夫子瞧著榮華那自信的模樣，沈默一會兒，低喃道：「可妳是姑娘家……」

「男人可以做的事情，女子也可以！」

榮華說得鏗鏘有力，目光望向外面寒風呼嘯的天地，流露出幾分無奈。

「夫子你知道嗎？爹爹告訴我說，村裡的好幾位老人，若不是靠村民接濟，只怕撐不過這個冬天。可是這年頭，家家都不好過，大家又能接濟他們多久呢？我知道大煜的禁令，正是因為知道，我才覺得無法理解，明明有更好的辦法使得百姓都能吃飽飯，為什麼朝廷就不願意呢？若是能夠引進袁朝的小麥，能夠使多少人不必餓死，連我這個鄉下丫頭都知道，他們為什麼就不願意做呢？

「我知道走私到別國以物易物這件事有風險，如果被皇室知道，殺頭的死罪免不了。可是天高皇帝遠，我偷偷地做，皇室又怎麼能知道這裡的事？現在這光景，我只想讓全家吃飽肚子，若是等朝廷的救濟來活命，恐怕大家都要餓死了。

「我曾聽過一句話：『大鵬展翅九千里，看不到地上的螻蟻。』我們過得如何，朝廷才不會管，我們只能想辦法自救。現在什麼都不做，是等死而已；若是做了後被發現，也是一死。既然早晚都是個死，我寧可做個撐死鬼，也不要做餓死鬼！」

榮華從來不知道什麼叫逆來順受、聽天由命。只要想想辦法，總有活下去的機會，總不至於讓自己活活餓死。

如果不是穆大娘送米麵給她，她真的都快撐不住了。之前臥病在床的時候，每天喝的粥，只有幾十粒米，她每天只能多喝點米湯，身體還是很虛，根本下不了床。

如今吃了兩頓飽飯，她臉色才好看了一些，可是穆大娘給的米麵有限，如果她不想辦法換取吃食，往後還是要挨餓過日子。

她不想挨餓，只是想吃飽飯，僅此而已！況且她只掙點小錢，小心注意著點，就不會引起別人的注意。

這番話讓王夫子動容不已，他不敢相信，榮華竟然有這樣的志氣！

「好一個『大鵬展翅九千里，看不見地上的螻蟻』，我竟想不到，丫頭妳如此有膽色。」王夫子滿臉都是欣賞和震撼，眼睛裡亮著光，希冀地看著榮華。

榮華有些不好意思地笑了一下。「心有多大膽，地有多大產嘛！人總是要變通的。不過夫子，麻煩你不要告訴我家人這件事，他們肯定不會允許我這麼做的。」

「但是妳一個女孩子家，總歸是不方便，如果妳家裡的兄弟們能幫妳一把和妳一起，會方便很多。」

夫子的話說得在理，但是榮華想到家裡的幾位堂哥，覺得他們要是靠得住，家裡也不至於窮成這樣子，實在是家門不幸啊！

榮華搖了搖頭，又和夫子說了一會兒話，便提出告辭。

她現在就想去邊境線上附近踩點，研究怎麼樣才能跨過邊境線，為接下來的偷渡做準備。

實在不行的話，她就做一套吉利服，就算是匍匐前進幾十里，她也要去做生意。

榮華準備離開時，王夫子竟然起身相送。

榮華立馬請他留步。「夫子別送了，外面多冷呢，我幫你把院門關上就好。」

「好。」

夫子越看榮華，越是覺得順眼，像榮華這樣有膽色、有魄力又有腦袋的丫頭，鄉下真心不多。

榮華快步走出院子，然後回身把院門關上。

但是北風呼嘯，不一會兒又把院門吹開。

王夫子看著榮華的背影，突然察覺到什麼，回頭一看，便看到身穿黑衣的年輕男子已經從房間裡走了出來，他慌忙拱手行禮。「將軍！」

被王夫子稱作將軍的男子，面無表情地看著榮華遠去的背影。他面容剛毅，渾身一股肅殺之氣，僅僅只是站著，就讓人心裡發慌，小腿肚直打顫。

明明是一張很年輕的臉，卻有著風霜。

他眉眼凜冽又野，薄唇抿成一條線，身上的戾氣讓王夫子不敢抬頭看他。

他從千軍萬馬中殺出，從屍山血海中活下來。他手染萬千鮮血，卻護了大煜王朝百姓安穩。

六國混戰，大煜國土一分未讓。他殺出一條血路，成了大煜最年輕的將軍。

他姓穆，穆良錚，千古良將，鐵骨錚錚。

當年穆家因為孩子太多，時常吃不飽飯。為了活命，小小年紀的他選擇去參軍，只為了軍營裡一口吃的。

參軍本來是為了不被餓死，後來戰亂起，他一步步走到今天，只是為了活下來。從當年那個十三歲的半大小子，變成今天人擋殺人、神擋殺神的穆大將軍——僅僅提起他的名字，就足以讓敵軍聞之喪膽！

王夫子悄悄抬頭看穆大將軍的臉色。

明明極冷的天氣，王夫子的額頭上卻流下幾滴冷汗。伸手擦去冷汗後，他低著頭看地。這穆將軍的氣場太過強烈，他站在穆將軍身邊，感覺連呼吸都不該有，氣都不敢喘一下，莫名的膽怯。

這是穆良錚無數次從屍山血海裡浸染出來的氣場。

穆良錚瞧著榮華的背影，漫天黃沙飛舞、寒風凜冽，那小女孩卻在風沙中將脊背挺得筆直，像一根青竹，像一棵筆直的松。

榮華剛剛說的話讓他驚訝。

參軍前，他對榮華的印象，只記得是小小一團，軟軟的且冰雪可愛。參軍之後，他總共見了榮華兩次：一次是在枯井裡將她救起，一次就是剛剛。

在枯井裡見到她時，也是那樣一團，但和小時候不同，是乾瘦的一團，像是衰敗的枯草，沒有一點生氣。幸而現在看著，好像多了些生機，臉上不再是一片菜色。

良久，榮華的背影已經隱沒在一片黃沙中，他低沈略有些沙啞的聲音響起。「有點危險。」

「什麼？」

王夫子抬起頭，就聽到穆大將軍又重複了一遍。「她一個人，有點危險。」

王夫子正想說些什麼，這帶著強大殺伐之氣的人已然走了出去。

擦了擦汗，王夫子感覺到自己的裡衣全部被冷汗浸濕。他扭頭看了眼穆良錚帶來的那些東西。

這位大將軍，真是個頂好的人。

他怕他，卻又敬他。

桃源村村長榮耀祖時不時給他送一些東西，怕他離開，卻不知道他從未有過離開的念頭——因為這位穆大將軍讓他留下。

穆大將軍在外征戰沙場，保家衛國，這麼一個小小的要求，他豈會不從？更何況，穆大將軍給他的報酬十分可觀。

王夫子沈吟了一會兒，才去關院門。

榮華雙手抱著膀子，迎著風往家裡跑，她現在一門心思就是想去邊境線踩點，好為自己之後的生意做準備。

在現代，她曾經了解過一段時期——全國個體戶澎湃發展，到處都是下海經商的人。那時候特區不能隨便進出，多少人偷偷爬鐵絲網入內，帶貨回來。

那時候可以，現在自然也可以。

快到家的時候，一不小心，她又聽牆角了。

榮華本不想聽的，但她聽出二嬸的聲音，而且自己的名字，非常高頻率地出現，她不得不關注。

榮華停下腳步，溜到山牆邊，耳朵貼著牆邊，認真地聽了一會兒。

「妳家那個榮華，是怎麼病的？」

「還能怎麼病的，被榮草那個死丫頭害的！榮華被她推進枯井裡，命大沒死，不然誰能知道這事啊！

「榮草那賤丫頭片子，命比紙薄，心比天高，她以為把榮華害死了，自己就能成為將軍夫人了？想得美！

「還有她娘榮珍寶，我就沒見過這麼不要臉的人，有這麼個小姑子在，我天天都恨不得撕了她的嘴，但是那個死老太婆寵她，沒門兒。

「榮草沒害死榮華，榮珍寶想活活悶死榮華也沒成，後來榮草想把榮華的臉給抓花了，那小賤人的指甲長，差點就把人毀容啦！不過榮華反手拿剪子劃傷她，真是解氣！榮珍寶和榮草相當陰險，她們母女兩個，妳一句我一句，想毀了榮華清白。榮華是個未出閣的小姑娘，要是清白被毀，別說嫁給將軍了，只怕一輩子都嫁不出去。」

「榮華以後真的能成將軍夫人？」

「誰知道呢！穆家那個四小子，從小就生得壯，家裡養不起才去參軍，本以為會戰死沙場，結果竟然活了下來，還聽說成了將軍。

「當初他去參軍，榮耀祖抱著榮華親自說，只要那個小子不死，等他回到桃源村，榮華就是他的妻，兩家這就算訂了親。」

「喲，那榮華成了將軍夫人，可不得了啊！」

「野雞飛上高枝變鳳凰了唄，榮華這死丫頭就是命好啊！」二嬸語氣酸溜溜的。

當初穆良錚要去參軍，榮耀祖帶頭鼓勵，為了讓穆家寬心，他提出榮家和穆家訂個親。

本來榮耀祖屬意他們二房、三房的丫頭，只是穆良錚這一去，是生是死誰知道呢？所以二房、三房都不願意，後來榮耀祖無可奈何，就選了當初才兩、三歲的大女兒榮華，和穆良錚訂了親。

誰能想到穆良錚成為將軍，榮華竟然能當上將軍夫人！

此時，二嬸心裡想著：當初要是同意了，怎麼可能輪得到榮華，她的女兒才是將軍夫人，她就是將軍夫人的娘，大將軍的丈母娘！

由於越想越氣，二嬸挑了挑眉，恨恨地說：「那穆良錚現在成了將軍，怎麼可能看得上榮華，不過是榮華癡人說夢罷了！」

她心中冷笑，當初二房、三房的丫頭作為和穆良錚訂親的首選人馬，兩房現在都不著急了，那個嫁出去的榮珍寶倒是很急，甚至直接下手了，又蠢又狠，又貪又惡。

正在偷聽的榮華，驚得目瞪口呆。

我的天哪！穆家那個參軍的哥哥，竟然成了大將軍，而且還和她訂親了？

那麼這一切就說得通了，榮珍寶和榮草肯定也是聽說了穆家哥哥成為將軍，所以才會想要殺死她，然後讓榮草取而代之，嫁給穆良錚，成為將軍夫人！

只是榮珍寶和榮草蠢得可以，就算殺了她，她們就以為榮草能嫁給穆家哥哥了？現在穆家認不認這門親，還是難說呢。

怪不得穆大娘，看她的眼神都不太一樣，跟看自家兒媳婦似的。

榮華並沒有將這件事放在心上，她並不覺得嫁給將軍就真的能夠飛上枝頭變鳳凰。醜小鴨能變天鵝，是因為牠本來就是天鵝。最重要的還是自己擁有實力，才有底氣。何況她現在還那麼小，這裡的民情普遍早婚，榮華並不願意順應習俗早早嫁人，認為還是賺錢最重要。

榮華正準備離開，又聽到那個婦人說：「妳可真傻，穆家當初受了村長榮耀祖不少照顧，只要榮華不死，穆家顧著情誼就不會退婚，就算做不了正妻，也可以做個偏房。然而，要是榮華被榮珍寶她們害死了，穆家可就會直接當作親事不算數，不可能從妳們榮家的丫頭中選人代替她！妳想想，只要榮華好好的，最後嫁給大將軍，妳可就是將軍夫人的親嬸子，那還不沾光啊！妳家的小子、丫頭，只怕縣裡的公子、小姐們，都要搶著來說親！

「榮華現在年歲小，她懂什麼啊！妳現在對榮華好一點，以後她肯定感激妳，到時候妳要什麼沒有，所以妳好好護著榮華，別讓她死了，妳以後的富貴就斷不了，到時候可別忘了我們這些人啊！」

二嬸一思量，還真是這麼個理，一拍手喊道：「妳說得對啊！」

「妳能想明白就好，那個榮珍寶就是個棒槌，她以為殺了榮華，穆家就會讓她女兒嫁給穆良錚啊？想得美！妳可別跟那腦子裡全是漿糊的人走在一塊兒，早晚被她害死。」

二嬸和那婦人絮絮叨叨地商量好一陣子，榮華聽了一會兒，覺得沒什麼可聽的，就一溜煙地跑開了。

由於剛吃過早飯沒多久，榮華算著時間，如果能找到一個代步工具，那麼一來一回，天黑之前就可以回到家。

關鍵是要找到代步工具……

榮華在腦海中思索著去哪裡找一輛驢車或者牛車。至於馬車，連想都不要想，那是達官顯貴才能用的。

在亂世裡，馬是寶貝，尤其現在都是戰馬，普通人更沒有資格養，如果私自養馬，會觸犯到大煜王朝的律法，是要砍頭的，所以從一開始，榮華就沒想過馬車。

正想著，就聽到一陣吆喝聲傳來。

榮華抬頭一看，穆八牛駕著他的驢車，正往這邊趕來。

看到榮華，穆八牛憨憨地笑了起來，大聲打招呼。「華妹妹！」

榮華溫和地看著他，雙手湊在嘴邊哈了口氣，柔聲問道：「八牛哥，你這是要去哪兒？」

穆八牛把車停在榮華身邊，小心翼翼地左右看了看，做賊似地湊近她。「我要去邊境線看看。」

榮華睜大眼睛，眸中溢出欣喜的神情。

這不是瞌睡來了有人送枕頭嗎？

榮華兩隻手握在一起，開心地看著穆八牛。「八牛哥，你能不能帶我一起去？」

穆八牛猶豫了一下，榮華正想求求他，沒想到他直接點頭答應了。

不知怎的，這一瞬間榮華覺得有些奇怪。

一切是不是來得太巧了？

穆八牛看榮華有些發呆，低聲催促她。「華妹妹，妳趕緊收拾收拾東西，我們抓緊出發，天黑前趕回來。」

「好，你稍等我一下！」

榮華顧不上其他的，立馬跑回家，因為怕娘親擔心，只和她說自己準備去市集擺攤，中午不回來吃飯了。

饒是如此，王氏也相當擔心，恨不得陪榮華一起去。

榮華勸了王氏幾句。

王氏的身體確實太差了，根本沒法出門，只好作罷。

榮華轉頭將王氏以前做的那些編織品拿出來，將小的放在大背簍裡，裝滿一整個背簍。

這一次去只是踩點，試探一下那邊的市場對編織品的接受程度，不一定非要賣東西。

榮華現在也不確定袁朝的居民們對這些編織品是什麼態度，也不知道他們購買力如何，所以拿不多。

榮華小小的身體揹著一大背簍的編織品，腰都直不起來。她咬著牙，只當是鍛鍊身體了。

出門時，三嬸看到榮華，皺著眉頭扠著腰，大著嗓門喊道：「榮華，妳這是幹麼去？」

榮華大步往外走，頭也沒回。

「家裡快斷糧了，我坐不住，出門去擺攤。」

「妳……」

三嬸罵罵咧咧的聲音斷斷續續地傳來，榮華懶得理會，她跑到穆八牛等著的地方，將背簍放上驢車，然後自己坐了上去。

驢車寬敞又放了這麼大個背簍，她小小的身子躲在背簍後面，都看不出驢車上有個人。

穆八牛吆喝一聲。「華妹妹，妳坐穩了。」

長鞭一揚，發出「啪」的一聲響，那頭強壯的驢就開始往前邁步。

驢車離開桃源村後，榮華在路上，向穆八牛打聽關於邊境線的情況。

「八牛哥，邊境線很嚴嗎？我們很難過去嗎？」

穆八牛撓了撓頭，因為他也沒去過，不知道嚴不嚴。不過既然朝廷不讓去，那就是很嚴吧？

「可嚴了，好多兵看著呢！據說一隻蒼蠅都飛不過去。」

「哦。」

聯想到邊境線十步一兵、百步一崗的情況，榮華有些擔憂。這樣的話，今天大背簍就沒法帶過去了。

不過轉念一想，她有些好奇。「既然如此，八牛哥你去邊境線做什麼？」

穆八牛覺得心裡苦，他本來安生待在家裡吃肉包，結果被那個天神一樣的四哥趕了出來，說讓他保護榮華度過邊境線，前往袁朝。

保護華妹妹什麼的，其實他怪害怕的，他也沒去過……但四哥說過不能讓華妹妹起疑……

穆八牛絞盡腦汁想藉口，想了半天，才磕磕巴巴地開口道：「我、我、我那邊有個相好的。」

「哦，原來如此！」榮華眼睛亮了兩分，促狹地盯著穆八牛。「看不出來八牛哥很深情啊！」

好不容易扯出來一個謊的穆八牛，憨憨地笑了笑，冷汗都快流下來了。

想到有重兵把守，過一會兒就要突破邊境線了，榮華有些擔心，希望不要出什麼事才好。

半途，榮華請穆八牛停下驢車，扯了一大堆地上的乾枯野草，準備做兩套吉利服。

吉利服是個寶，榮華以前從電視看到那些特種兵，他們在野外訓練時隱藏身形，正是靠吉利服。

等快到邊境線的時候，他們就棄車，然後穿上吉利服。匍匐前進的話，雖然慢一點，但應該可以安全穿過邊境線吧？

榮華抓緊時間，等她做完了兩套吉利服後，穆八牛也停下驢車，小聲喊道：「華妹妹，前面不遠處就是邊境線了。」

穆八牛現在把驢車藏在一個坡後，翻過這個坡，就是邊境線。

榮華擔心貿然抬頭看會被發現，所以不敢抬頭去看駐軍情形。在穆八牛睜大眼睛的注視下，她把吉利服套在身上，又把另一套扔給他。

「八牛哥，快穿上，別磨蹭。待會兒我怎麼做，你就怎麼做，知道了嗎？」

穆八牛茫然撓著腦袋，一臉憨厚的模樣，雖然不理解，但還是傻愣愣地點了點頭。

「好。」

穿好吉利服，榮華趴在地上，地面都是一些乾枯的野草，能夠幫助她隱藏身形，她扭著屁股，匍匐前進。

穆八牛把驢車拴好，也學著榮華的樣子，趴在地上匍匐前進。但他生得壯，虎背熊腰的，撅個大屁股在那裡扭來扭去，扭了半天都沒有前進多少，還把自己累得滿臉通紅。

穆八牛憋紅著臉，在數九寒冬的天，臉上都冒出大汗珠子。他擦了擦汗，抬頭喊已經遠遠把他甩在身後的榮華。「華妹妹，我爬不動！」

榮華聽他這麼大嗓門，內心急得跳腳。「噓！小聲點，把駐守邊境線的駐軍招來了怎麼辦？」

榮華真的要被穆八牛給嚇死，穆八牛說邊境線連一隻蒼蠅都飛不出去，現在他還這麼大吼大叫的，豈不是自找死路？

「八牛哥，要不你就在這裡等我，我自己去看看。」

榮華說完，就繼續開始往前。她身形瘦小，現在像蛇一樣扭動著，竟然爬得飛快。

四哥說過讓他保護好華妹妹的，他怎麼能放棄！

穆八牛咬著牙，撅著個大屁股，如熊般往前爬，累得氣喘吁吁。

榮華爬了很久，不知道自己究竟有沒有通過邊境線，就停了下來，等了穆八牛一會兒。

「華、華、華妹妹……」

好不容易追上來的穆八牛，喘著大粗氣，累得翻白眼。他喘了好一會兒，待氣息平順了，才壓低聲音說：「華妹妹，我們已經穿過邊境線了。」

穆八牛一指身後。「妳看，那裡就是邊境線。」

眼前雜草叢生、狂風肆虐。乾枯的雜草隨風瘋狂擺動，在這樣的茫茫天地中，有一根手腕粗的木棍插在地上，任由狂風肆虐，如同白楊般動也不動。

「那個木棍就是分界線。」

「哦。」榮華的表情有點平淡。

這個分界線也太隨意了吧……

榮華以前住的育幼院在鄉下，旁邊也有田地，村民們分地時就會在兩塊地之間插個木棍以此為基準，她倒是沒想到，兩個國家的分界線也如此隨意。

將吉利服理一理，榮華小心翼翼地抬起腦袋，伸手扒開一叢雜草，偷偷往外看了出去。

她很擔心自己一抬頭，就看到一群身著鎧甲的將士拿著閃爍著寒光的大刀，手起刀落，血液飛濺，人頭落地。

榮華心虛地拿手摸著脖子，看著距離自己大概十公尺遠的位置並沒有站崗的哨兵，她將頭又抬高了一點，大概五百公尺開外的地方，也沒有看到人。

說好的百步一崗，十步一兵呢？

她滿臉狐疑地睜大眼睛，看向更遠的地方。

什麼都沒有。

前後左右都看了一圈，別說人了，連隻鳥都沒有！

榮華猛地站了起來，極目遠眺，前後左右數十里，開闊而廣闊略有起伏的土地上，哪有一個兵？

天蒼蒼，野茫茫，風吹草地見兩個傻憨憨。

榮華示意穆八牛站起來，有些疑惑地問他。「八牛哥，這是怎麼回事？」

穆八牛說話期期艾艾。「可、可能……今天他們都不在！」

榮華有些疑惑，邊境線就這樣毫無軍隊駐守？

他們也不怕袁朝打過來？

就算簽署了和平條約，也不用這麼信任對方吧？

皇室這麼單純？

榮華滿臉疑惑，但是轉念一想，大煜王朝的邊境線蜿蜒數千里，也不可能真的全部都重兵把守。

這不是她該操心的，不過一想到其他事情，她仍不由得嘆了口氣。

大煜王朝的百姓對皇室的恐懼深入骨髓，皇室說禁止以物換物、禁止和其他國家有貿易往來，他們就真的不敢這麼做。哪怕邊境線根本無兵駐守，他們也不敢，甚至都不敢來看一看。

榮華覺得自己想得有些遠了，現在自己都吃不飽了，哪有心思管其他的。

榮華朝穆八牛一喊：「八牛哥，麻煩你把驢車趕過來，既然這裡沒有駐軍，那我們就趕緊走吧！」

「好。」穆八牛小跑步走向藏驢車的地方。

由於他身上還穿著吉利服，奔跑的樣子活像一隻笨重又憨狀可掬的大黑熊。

第四章　千武集會

坐上驢車再度出發，這一次榮華膽子就要大多了，驢車搖搖晃晃地前進，終於看到前方出現人煙。

袁朝與大煜相鄰的邊境之城為武陵城，它和筠州城一樣，下面有各縣、鎮、鄉、村，榮華今日所來的地方，便是武陵城下轄的千武鎮。

聽王夫子所說，千武鎮和平安鎮都在各自國家的邊界，兩者相距不過幾十里地，是最近的兩個點。

穆八牛看著前面的人煙，心底有點虛。「華妹妹，妳說如果我們被抓住了，會不會被人打死啊？」

「八牛哥，你放心吧！絕對不會有事的。」

榮華敢這樣說自然有她的原因，她之前那麼擔心在邊境線被抓，只不過是因為大煜王朝有禁令，不許大煜子民前往別國與別國子民來往，如果被人抓住可是要以叛國罪論處、要殺頭的。但她現在已經安全地穿過邊境線，那就不必害怕了，因為袁朝並沒有這樣的禁令。

而且就以剛剛偷渡時的情形看來，似乎這個禁令並沒有她想像中那麼嚴。或許之前是如此，但現在就不一定了。

如今天氣這麼冷，待在家裡老婆孩子熱炕頭，誰想出來逮人？這個時候還在外面遛達的人，一定是快被餓死了，所以出來搏命。

如果有得選擇，榮華也不想出來搏命，每個人的命都只有一條，誰願意拿自己的命冒險？但是沒辦法，如果她不出來拚一把，自己就會餓死，娘親和弟妹只怕也活不長。她不想餓死，這個死法太憋屈了。

現在筠州城的普通老百姓大多數都吃不上飯，年年都有餓死的人，誰知道下一個餓死的是不是自己？如果繼續這樣下去，皇室依舊不作為，只怕要出大事。

穆八牛聽了榮華的話後，忐忑不安的心平靜了一些。

榮華聲音溫軟，語氣卻十分自信，穆八牛想到她一個小女孩都不害怕，自己比華妹妹大了兩歲，又是堂堂男子漢，怎麼能害怕呢？

何況出門的時候，四哥說過並不會有危險，只是讓他看好，別讓人欺負了華妹妹。

穆八牛臉上的焦慮少了一些。

四哥那是神一般的存在，他說不會有危險，那就一定是對的！

穆八牛想起四哥穆良錚，心中充滿強烈的崇拜和信服，一時間胸中豪情萬千，彷彿自己也和四哥一樣，是一個英勇無敵、保家衛國的將軍！

千武鎮外有一片很大的市集，叫做千武集會，很多來自各地的商人會來這裡挑選貨物，就像是一個小型的貿易市場。

一想到袁朝的特產在大煜私底下流通甚廣，這自然是商人們的手筆。利益當前，不會有商人放棄這麼好的香餑餑。

思及此，榮華不免懷著忐忑的心，這些商販中會不會也有跟她一樣想法的大煜人呢？

穆八牛趕著驢車來到市集外，只見眼前都是各色商販，五花八門的商品擺在面前，等著別人來選。

榮華覺得把這個市集設在千武鎮外的人很有商業頭腦，眼前這個集會就像一個小型的貿易中心，這不就是她所暢想的嗎？沒想到已經有人先一步做到了。

有不少人拿著麻袋或趕著車在挑選商品，熱鬧的討價還價聲傳入耳中，榮華感到相當親切。

這才是人間，這才是生活啊！

桃源村和千武鎮不過相隔幾十里，一個生機勃勃，一個卻死氣沈沈。

一道分界線，像是隔開生和死的距離。

袁朝的農作物特產多，所以百姓們吃不完都拿出來賣，如今這裡賣農作物的最多。

榮華一邊走馬看花，一邊和穆八牛說：「八牛哥，我們先看一遍，不急著賣，問問價格再說。」

穆八牛哪見過這些陣仗，憨憨地點著頭。

集會挺擠的，穆八牛趕著驢車不太方便，這時候一個賣豬肉的大哥說：「小妹妹，你們是第一次來千武鎮吧？」

榮華溫柔地笑了一下，露出一張清麗的小臉。「大哥說得沒錯，我和哥哥今天第一次來千武鎮，這裡人好多，我都看花了眼呢！」

「哈哈！」豬肉大哥是千武鎮的原住民，聽到榮華這樣誇，臉上笑容就更燦爛了些。「小妹妹，你們第一次來千武集會所以不知道，你們不用趕著車來逛，可以把車停到那邊去。那裡有專人看管車輛，絕不會發生貨品遺失的事情，你們可以放心。而且啊，如果你們的車停在那裡，有貨品丟了，商會的人會原價賠償給你們！」

豬肉小哥說到這兒，自豪地揚起手中的殺豬刀，「哐」一聲剁在一塊骨頭上，滿臉得意。「而且無論是什麼人，停車在那裡，都是不用錢！」

榮華驚訝到小嘴微張，轉身看了看自己的驢車，不敢置信地再看向豬肉大哥。

敢情這地方還有停車場？

還是有專人看管的免費停車場！

這個人也是穿越者嗎？不然怎麼會有這麼先進的思想？

豬肉大哥對榮華的反應很得意，每個第一次來的人，都會對停車的事情大為震驚。

榮華壓下心底的震驚，誠懇地看向豬肉大哥，聲音溫軟。「大哥，你能再多說一點嗎？」

豬肉大哥點了點頭，一邊剁骨頭，一邊說：「每個第一次來的人，都和妳一樣好奇。咱們鎮上的千武集會，說大不大，說小不小，但是地理位置極好，而且每天都有，所以有很多商人會前來這個集會。商人們來自五湖四海，他們趕車千里迢迢而來，車輛在集會中行走很是不方便，如果隨意亂停不僅不好管理，也容易被盜竊，也弄得我們這些小老百姓怨聲載道。」

豬肉大哥頓了頓。「後來藺公子為了方便這些商人們採買，就想了一個方法，專門開闢一個場地，給這些商人們使用。這樣既方便商會管理，又有專人看管，絕不會發生偷竊事件。這樣一來，方便了商人，也方便了我們，就是這個辦法，讓當時還是小小的千武集會，在商人間聲名大噪，不過兩年時間，已經有了如今的規模！當時就連千武集會選在這裡，也是藺公子提出來的，藺公子真是如同神人一般！」

豬肉大哥雙眼發亮，對這個藺公子佩服得五體投地。

「這個藺公子究竟是何人也？」

榮華很好奇，這個藺公子究竟是什麼人物。對方一眼就看出千武鎮的商業價值，開闢了千武集會，然後為了提升千武集會的實力，竟然可以想出停車場這樣的辦法！

要知道商人們走商一趟，最怕遇到盜賊和小偷。千武集會的這個辦法，無異於是給了他們一劑強心針，有了比較，商人們自然更願意來千武集會。

藺公子擁有著超前的思想和智慧，如果這個人不是穿越者，那麼他的商業頭腦簡直逆天。

「我們也不知道。」豬肉大哥搖了搖頭。「我們從未見過藺公子的真面目，他不常來我們千武集會，我們只知道他很厲害就是了。」

是了，如藺公子這般的人，自然是神龍見首不見尾。

榮華溫柔地笑了下，輕聲道：「謝謝大哥。」

按照豬肉大哥所指的方向，穆八牛把驢車趕了過去。榮華登記好之後，就和穆八牛安心地去逛集會了。

集會上賣的東西五花八門，來自各個國家，儼然就是一個小型的貿易中心，榮華越看越驚訝，已經有人先一步把她的想法實踐了。

而且對方還是一個古人！

如果有機會，真希望能見一見這個藺公子。

一路走一路逛，榮華終於看到賣編織品的攤位，她停下腳步仔細詢問，又看了看那些商品，發現做工極其粗糙，和自己帶來的精緻編織品完全不可相比。

看來袁朝百姓真如夫子所說，民風驃悍，但是手工不行啊！

榮華抿了抿唇，貨比三家，把集會上所有的編織品都問了一遍，比較價格之後，她和穆八牛回到驢車處。

穆八牛方才一直跟著榮華，他也不懂榮華在幹麼，此時看著榮華一臉沈思的樣子，便一臉憨憨地問道：「華妹妹，妳在想什麼呢？」

「我在想著如何做生意。」

原本她還很擔心，會有跟自己一樣鋌而走險的大煜商人已經搶佔先機，可是逛了集會一圈後，她認知到如今各國之間的貿易並不流通。仔細換算過兩地的物價，她覺得把編織品拉到這裡賣是一個非常棒的決定。

小簸箕和竹籃在桃源村只能賣一個銅板，但是在千武集會上的編織品，價格基本上可以翻十倍。

十倍啊！這是什麼概念！

不過是把東西拉到這裡賣，就可以淨賺十倍的錢！

果然世界上沒有比走私更賺錢的行業了，何況這獨門生意，她說不定是大煜第一人！

榮華拿出兩個簸箕，定價比集會上那些做工粗糙的編織品貴了三分之一，他們賣九文錢，榮華賣十二文錢。

由於貨物品質要比那些做工粗糙的好很多，榮華覺得自己的定價很合理。

她先拿了兩個出來賣，準備試水溫，看看千武鎮的人能不能接受這個定價。

拿著簸箕走在集會上，榮華還沒看好人開口推銷，就有大娘湊過來問：「姑娘，妳這簸箕哪兒買的，怎這麼好看呢？」

大娘拿出自己手中的一對比，發現自己手裡的越發醜了。

榮華莞爾一笑，將小巧精緻的簸箕舉起來，好讓更多人看到，然後溫聲說道：「大娘，這個簸箕是我自己做的，準備拿來賣。」

那個大娘狐疑地看向榮華，上上下下打量了她好一會兒，疑惑地問道：「我們千武鎮有妳手這麼巧的姑娘？我沒聽說啊，妳手這麼巧，那肯定早就出名了。」

大娘疑惑地嘀咕一會兒，突然眼睛一亮，湊近榮華，壓低聲音問道：「姑娘，妳叫什麼名字？是哪裡人？今年幾歲了？家中可有婚配？家中有幾個兄弟？父母可還健在？」

榮華舔了下唇角，臉上的笑意有些僵。

這是媒……媒婆？

果然無論到哪裡，都逃脫不了被人說媒的命運，無論什麼地方的大娘，都對說媒情有獨鍾啊！

大娘本來還要問下去，被穆八牛硬生生給打斷了，他粗聲粗氣地喊道：「我妹妹已經有婚約了，妳不要說那些亂七八糟的！」

榮華聽他這樣說，愣了一下。

八牛哥的話，是穆家的意思嗎？

大娘失望地嘆了口氣，好像錯過什麼珍寶一般。「那姑娘妳住哪兒啊？是誰家的丫頭，我以後買這些東西都去找妳！」

筠州城的氣候和武陵城很像，大家都是灰棉襖子把自己捂得嚴嚴實實，單從穿著上看，還真看不出是哪國人，所以這位大娘把榮華當成袁朝人。

她唯一覺得納悶的是，沒想到袁朝也有這麼手巧的人。

榮華搖了搖頭，含糊帶過去，她拿著手裡的兩個簸箕，溫聲問道：「大娘，那妳要買這個嗎？」

「買啊！我買！」

大娘問了價錢，榮華平靜地說道：「一個十二文錢。」

榮華已經想好了，如果大娘砍價，她就讓兩文錢，反正無論怎麼算，她都是賺的。

大娘嘖嘖兩聲。「妳賣這麼便宜啊！妳看我手裡這玩意兒，都賣九文錢了，妳這划算啊！妳還有沒有其他的，我多買點！」

榮華點了點頭。「有的，其他的都在車上，有竹籃、竹壺，還有大竹筐、大背簍，不過價錢不一樣，大的貴一點，小的便宜一點。」

大娘開心地笑起來。「那就好，我就喜歡這些東西，可惜我們不會做。我聽說大煜的人手都巧，很會做這些東西。」

大娘搖頭嘆息。

榮華莞爾一笑，沒多說什麼，帶著大娘去停放驢車的地方，將所有竹製編織品都拿了出來，讓大娘挑選。

大娘看得眼睛都直了，因為她很喜歡編織品。

袁朝國富民強，百姓都很富裕，吃飽穿暖之後，就開始追求藝術和美的東西。

大娘前前後後挑了十幾件出來，非常豪氣地付了錢，榮華也爽快地抹去零頭。這筆交易，讓榮華對袁朝百姓的購買力有了一個清楚的認知，更加堅定自己以後的路。

大娘總共買了十五件東西，各買了兩個大竹筐、大背簍，四個竹籃，再加上其他小東西，加在一起，榮華這一單生意，賣了八百文錢。

袁朝和大煜的貨幣按照一比一的比例換算，一千文錢是一千個銅板，就是一貫錢，也等同一兩銀子。

等於榮華這一單，賺了將近快一兩銀子！

榮華心潮澎湃，相當開心，她最起碼有錢給娘親請大夫看病了。

將銀錢妥貼收好後，榮華看向一旁捂著肚子、臉漲得通紅的穆八牛，臉上有了笑意。

「八牛哥，你是不是餓了？我請你吃好吃的，走吧！」

穆八牛臉紅到恨不得找條地縫鑽進去，華妹妹談生意的時候，就聽他肚子咕嚕咕嚕響。明明早飯吃了好幾張大餅，怎麼就餓得這麼快？

穆八牛捂著肚子跟在榮華身後，本來還感到羞憤，後來聞見香味後頓時什麼也不想了，眼睛直勾勾看向那些賣吃食的攤販。

榮華眼睛也瞪直了，這麼幾天，她就吃了一頓肉，現在看見那些香噴噴的美食，恨不得每一樣都來一份！

穆八牛盯著那碗肉湯麵流口水。「華妹妹，妳要吃什麼？」

榮華摸著肚子，眼中大有氣吞山河的架勢。「我要吃一碗紹子麵，外加一張雞蛋餅和一份小籠包子！」

穆八牛興奮道：「我要和妳一樣！」

做好決定，兩個人如餓牛般衝進一個攤位。

榮華大手一揮，大聲喊道：「老闆，兩份紹子麵、兩張雞蛋餅、兩份小籠包！」

「好嘞，客官您稍等，馬上就好！」

年輕老闆娘的響亮呼喊聲響起，榮華有一瞬間覺得自己在看電視，以前她是看戲人，然而現在她是戲中人。

最先端上桌的是，金黃色且油亮亮的雞蛋餅。

榮華伸手去捏，一下子燙到指尖，她急忙呼了口氣，見指腹上有一層油，她放在嘴裡舔了舔，感到特別香，當下也不管燙不燙，撕下一塊就塞進嘴裡。

雞蛋餅很香，油滋滋的，蓬鬆又柔軟。

榮華吃著美食，突然很想哭，因為來到這裡這麼久，她都沒吃過煎雞蛋，這可是以前她最愛吃的！

眼淚有些控制不住地流下來，榮華立馬低頭擦去。

穆八牛看到了，疑惑地問道：「華妹妹，妳怎麼哭了？」

榮華擦乾眼淚，露出一個溫和的笑。「沒事，雞蛋餅太好吃，所以我才哭了。」

她巴掌大的小臉很清麗，眼神乾淨又澄澈，如今目光柔軟地看過來，穆八牛一下子漲紅了臉，連忙低下頭，嘟囔道：「雞蛋餅確實很好吃！」

他大口吃著，覺得口中的雞蛋餅好像沒那麼香了。

榮華吃下大半張雞蛋餅後，小籠包子上桌了。

熱燙燙的小籠包整齊地排列在一起，榮華挾了一顆放進嘴裡。一口咬下去，有湯汁濺出來，又燙又香，她胡亂咬了幾口就吞下去，覺得心裡美極了。

當熱滾滾的紹子麵端上桌後，榮華覺得今日的袁朝之行圓滿了。

那是她最愛吃的紹子麵，彈性十足的白嫩麵條上鋪著一層肉末，還有一層紅彤彤的辣椒油，香辣的肉香味冒著熱氣竄進鼻子裡，香氣逼人，讓人想打個噴嚏。

榮華舔了舔嘴角，幾乎要控制不住自己的情緒。

麵食啊麵食……

她也不管燙不燙，低頭捧起碗就喝了一大口湯。

湯頭又香又辣也相當燙口，一喝下去，簡直人生圓滿了。

撈起麵條夾雜著肉末，吸溜吸溜地吃進去，麵條彈牙、好勁道，肉好香！

之前榮華只能喝沒幾粒米的米湯，現在吃到她最愛的紹子麵，就跟鬧饑荒的人看到肉一樣，宛如秋風掃落葉般凶殘。

對於一個麵食星人來說，你不讓她吃麵，還不如殺了她！

麵店老闆娘看著榮華那狼吞虎嚥的狠勁，覺得有些心疼，也不知道這小姑娘是餓了多久，那麼瘦小的身子看著好可憐。

老闆娘拿著碗又在榮華和穆八牛碗裡添了二兩麵、一兩肉，然後豪爽地說道：「放心吃，不夠的話鍋裡還有！」

榮華聽著這話，內心相當感動，立馬道謝。

老闆娘很年輕，看上去不過二十歲左右的樣子，性格很豪爽，尤其愛笑，榮華很喜歡她的性格。

聽見榮華的柔聲道謝後，老闆娘摸了摸她的頭髮，爽快地回她。「小丫頭，大家都叫我八娘，妳也可以這麼叫我。」

這小丫頭的眼神乾淨，讓人發自內心喜歡，她看著就覺得順眼。

榮華甜甜一笑。「謝謝八娘姊姊！」

八娘笑了起來，直到又有客人進來，她才轉身去忙。

榮華吃光了所有的麵，肚皮撐得鼓起，再也吃不下餅和小籠包，最後還是讓給穆八牛。

榮華覺得撐得厲害，坐在位子上打算休息一會兒，然後下午把剩下的貨賣了之後，就抓緊時間回家。

桌面已經收拾乾淨，她喝著麥茶，看著外面走來走去的芸芸眾生。

只見一個男子走進來，榮華看了他兩眼，這個人徑直走向榮華的位置。

榮華笑了下，並不覺得意外，今天她已經見了這個人好幾次。從她初來乍到做成第一筆生意的時候，這個人就一直關注著她。

對方沒有表現出惡意，榮華也就沒在意。

千武集會都是商人，對方關注自己，很可能是想做生意。

榮華向來不會拒絕找上門的生意。

男子在穆八牛疑惑的目光中，徑直坐在榮華的對面，給自己倒了一杯茶後，冷靜地開口。「我叫林峰，大周人。」

大周和大煜一樣有禁令，所以他也是走私偷渡客。

對方如此開門見山，榮華也不願意遮遮掩掩，回道：「我叫榮華，大煜人。」

林峰笑了下，沒想到榮華如此爽快。他看向榮華，眼神平靜而理智。「我想和妳談一筆生意。」

榮華輕抬下巴，示意他繼續說下去。

林峰倒是沒想到，這個小姑娘看上去年紀小，竟然很沈得住氣，並沒有被自己牽著鼻子走。

他也沒想故弄玄虛，做生意講究的是誠意，沒必要誰牽制誰。

「我方才注意到妳賣的是編織品，就猜到妳是大煜人了。我在千武鎮做生意，大煜的平安鎮離千武鎮很近，方便運輸，而且平安鎮也有很好的貨源，因為百姓人人都會編織。

「我一直都想和平安鎮的人做生意，可是礙於大煜禁令，很少有人敢把貨賣到這裡，所以我一直很遺憾，沒想到今天遇到了妳。我很欣賞妳的膽識，也很喜歡妳的貨品，所以我想和妳做一樁生意。」

林峰很理智地把合作條件說清楚。「那就是妳的所有貨品，無論多少，我都可以收下，妳不需要在集會上叫賣，只需要賣給我就好，這樣妳也不用太折騰。妳放心，我絕對不會讓妳吃虧，妳的所有貨品，我都會多加三成收購。而至於我賣的價格多少，則是我自己的事情，與妳無關。」

榮華點了點頭，明白他的意思，就是她負責供貨，而他作為中盤商賺差價。他肯定有更多門路，賣到更有錢的地方。

在更富裕的城市裡做買賣，和在千武集會上是不一樣的，購買力強的地方，價格自然就更高，所以貨品的價格根本不是根據貨品本身價值而定，而是根據消費群體和購買力所決定。

榮華認真思考了一下，覺得可以接受。

對方買下她的貨，然後無論抬高多少價錢賣出去，榮華都不在意。

因為對方有銷售通路，她明顯沒有，既然如此，那就沒什麼好介意了。

而且林峰收購貨品的價格，榮華也覺得很不錯。

在原價基礎上多加三成，比如方才賣的簸箕，一個十二文錢，抬高三成，她每一個簸箕，都平白賺了三、四文錢不說，還省去自己叫賣的麻煩，節省了時間，也節省了潛在的危險。

畢竟她不是袁朝人，如果自己叫賣得太火紅，難免令人起疑，到時候引起麻煩就不好了。

最關鍵的是，林峰說無論有多少貨品，他都可以接收！

如果只有她自己叫賣，因為銷售通路目前只有千武集會，每天頂多就如今天這樣，最多賣個百來件。

但林峰可以無限接收就不一樣了，她可以肆無忌憚地收購編織品。

榮華想到那天遇到的老奶奶，她如果能每天收購老奶奶的編織品，是不是她的日子就能好過一些了？

如果她和林峰可以長期合作，那麼最起碼可以養活一批靠賣編織品為生的老人，最起碼可以讓他們撐到冬天過去、春天到來。

榮華綜合考慮了一會兒，覺得和林峰合作是百利無一害。

好處一：節省時間，減少麻煩。

好處二：賺更多的錢。

好處三：可以推動當地飽和的編織品市場。

榮華心底已經有了思量，抬起頭，認真地看著林峰。「好，我願意和你做生意！」

林峰笑了一下。「沒想到妳這麼快就做好決定了。」

榮華喝了一口麥茶，眼神明亮而澄澈。「這種天上掉餡餅的好事，我當然要接受了。只是我有一個顧慮，怎麼保障我在和你做生意時的權益呢？嗯……就是我們合作的安全性。」

「妳不用擔心。」

林峰抬起眼皮，眼眸一瞬間變得深邃起來。「有蘭公子的商會擔保，妳可以安心。」

「明白了。」

榮華心底放鬆下來。她逛市集時已經打聽清楚了，蘭公子不僅在集會設了「停車場」，千武集會還有一個商會據點。

凡是有生意往來的人，可以在商會據點進行協議，商人間可以安心做生意，如果出現黑吃黑的情況也不用擔心，商會全額包賠，至於找對方商人麻煩的事，也不需要你擔心，商會自然會連本帶利討回來。

有這個商會的保障，還怕什麼呢？

其實說白了，做生意時最怕對方不認帳，除了寄望對方的人品外，別無他法。但既然現在有蘭公子和商會作保，她也不害怕了。

只需留好各方合約，到時候如果林峰真的敢吞錢，她去找商會就行了。

值得一提的是，這個商會不是官方的，是蘭公子創始的，目前只在蘭公子設的集會推廣。

但是未來，榮華相信這個商會一定可以遍布各國。

榮華對藺公子這個人的好奇，已經達到頂峰。他的商會能做如此擔保，說明藺公子本人極有勢力。

藺公子能想出如此巧思，說明對方的商業頭腦簡直不得了。他的每一個想法，都是在鼓勵商戶們放心大膽地做生意。

商戶們做生意，才能推動國家的經濟發展啊！

這個人簡直智多近妖！

由於合作如此輕易達成，林峰心情不錯，他看榮華有些心不在焉，以為她還在擔心，便安慰道：「妳放心，我比妳更想好好合作，這筆生意如果能長期合作，那對我的好處，比對妳更多，所以妳不用擔心我會反悔。」

「明白。」

榮華唇角勾起一個溫和的弧度，伸手拿起茶壺，給林峰倒了一杯茶，也給自己倒了一杯，隨後雙手拿起茶杯。「我今天以茶代酒，敬你一杯，希望我們合作愉快！」

林峰心裡默唸了幾句「合作愉快」這四個字，怎麼唸都覺得流暢順口，便也說道：「合作愉快！」

接下來榮華和林峰又討論了一下每個月送貨的時間，時間是榮華定的。

這個世界也有年、月、日、週的概念，榮華和林煜定下時間，每月四次，榮華每次送多少貨源都可以。

北風呼嘯，榮華和林峰坐在一個路邊的麵攤上，窩棚四處漏風，旁邊就是人來人往的商人，兩個人就這樣達成協議，並且補充了諸多細節。

一旁的八娘圍觀了整個過程，倒是覺得格外有趣。她怎麼也想不到，今日是親眼見證了一個商業王朝的創立。

兩人到商會簽約後，林峰方隨著榮華，取走驢車上剩下的所有貨物。大背簍已經沒有了，只餘一百來件的竹籃、簸箕之類的小件物品，林峰付了榮華一千八百文錢。

今天這一百多件編織品，總共賣了二千六百文錢。

榮華欣喜若狂。

因為現在貨幣不統一，她也不知道兌換錢幣的地方，幸好林峰身上有各國的貨幣，於是榮華將二千文錢按照一比一的匯率，和他換成二貫錢。

餘下的六百文錢，她準備買一點紅薯、麵食之類的回去。

紅薯和麵粉在袁朝十分便宜，紅薯一文錢一斤，麵粉三文錢一斤，而且這一斤不是十兩重，而是十六兩重！

榮華準備多囤一點貨，然後放在地窖裡，家裡有糧才能心裡不慌！

告別林峰之後，榮華開始去大採購。

她買了一百斤紅薯、一百斤麵粉、二十斤豬肉和一些雜七雜八的小東西，將六百文錢花得差不多才罷休。

所有東西搬到驢車上後，穆八牛駕著驢車搖搖晃晃地離開武陵鎮。

榮華感覺今天特別累，但是又特別充實。

她躺在那一百斤紅薯上，心底有前所未有的滿足，就像一隻小倉鼠睡在自己的糧倉般幸福。

驢車搖搖晃晃的，毛氈子又搭得結實，加上東西擋著，倒是沒有風灌進來。

榮華縮著脖子，慢慢睡著了。

第五章　極品親戚

驢車晃悠悠地走著，走了兩、三個時辰，終於回到桃源村。

穆八牛喚醒榮華。

榮華睜眼一看，此時天已經黑了，驢車正停在自家後門。

榮華下了車，和穆八牛一起小心翼翼地將紅薯抬進自家後院的地窖。

北風呼呼吹著，他們沒鬧出什麼動靜，所以榮家其他人都沒發現。

將紅薯和麵粉還有十斤肉都放在地窖裡藏好，榮華將剩下的十斤肉讓穆八牛拿回去。

之前她說過要付車費，但穆八牛卻不肯收，她便拿了十斤肉出來，以加倍償還穆大娘送的五斤肉為由頭，希望穆八牛能收下。

穆八牛推脫，說什麼也不要。

榮華好言相勸。「八牛哥，你就收下吧！你今天也累了一天，你不收下，我於心難安。更何況今天你也聽到了，我以後要經常去的，還要麻煩你，你不收下，我還怎麼敢請你幫忙呢？」

榮華說到這裡，才突然想起來，八牛哥今天沒有去見他相好啊！

她有些愧疚，覺得是自己耽誤了穆八牛，說什麼也要他收下肉。

穆八牛撓了撓頭，想一想也是，這才收下。

他主要是怕收了華妹妹的東西，回家後被四哥打。

穆八牛已經打定主意，如果四哥問起為什麼要收東西，就按照這個說詞！

將榮華說的話牢牢記下後，穆八牛駕著驢車離開了。

榮華和他揮揮手，將地窖蓋好，懷裡揣著幾個紅薯和一些吃食，頂著寒風衝進屋內。

剛一進門，就聽到王氏的聲音。「是不是華兒回來了？」

榮華開心地喊道：「娘，我回來了！」

進到王氏的房間，就看到她正要從床上起身，榮華急忙說道：「娘，妳躺好了，別下來！」

王氏哪裡肯聽，著急地走了過來，將榮華上上下下看了一圈，發現她一塊肉都沒少時才放心。

王氏捂住胸口，眼睛裡含著淚，一雙漂亮的桃花眼通紅。「妳今天可嚇壞我了，一大早就出了門，晌午也沒回來，到最後天都黑了也不見妳的人影。我擔心妳出了意外，一顆心都七上八下的！華兒，我不該放妳出去做生意的，妳要是出了什麼事，我可如何是好？」

「娘，我真的沒事，妳別擔心！」

榮華心底覺得溫暖而柔軟，她抱著娘親，將頭在娘親懷裡蹭了蹭，覺得好安心。

這大概就是家的感覺，母愛的感覺吧！

看到娘親和弟妹都安好，能讓他們吃飽穿暖過上好日子，榮華覺得好開心。

「華兒，是不是還沒吃飯呢？餓了吧？」

王氏指著一旁的爐子。「我替妳熱著粥，快趁熱吃。」

榮華點頭應下，還沒說話，一個小蘿蔔頭就撲了過來。

「姊姊，我好想妳！」榮欣跑過來撲進榮華懷裡。

榮華蹲下來抱住她，榮欣的聲音響在她耳邊。「姊姊，以後妳別出去了，我好擔心呀！」

「欣兒乖，姊姊出去賺錢，給妳買好吃的去了。」

榮華從懷裡將紅薯掏出來放地上，然後將大大小小幾包吃的拿出來。

這些都是袁朝的小吃，像是雞蛋餅、鍋貼都不貴，因此榮華買了很多。

榮嘉在一旁攥緊了拳頭，眼睛一眨不眨地看著榮華，似乎是害怕自己眼睛眨一下，姊姊就不見了。

榮華扶著王氏躺好，將油餅和雞蛋餅放在爐子熱一熱，把紅薯洗乾淨擦乾，丟進火盆裡烤。

大冷天嘛！她最喜歡吃的就是烤紅薯啦！

雞蛋餅很快就熱了起來，香味蔓延，榮欣忍不住開始流口水。

榮華逗她笑，將雞蛋餅掰了一半給榮欣，一半給榮嘉。

榮欣立馬大口吃了起來，吃得臉頰鼓鼓的，如倉鼠般可愛。

榮嘉低著頭，小口吃著，也不說話。

榮華轉身拿出紅棗，替王氏泡了一碗紅棗茶，又拿了一整張雞蛋餅給她。

王氏掛念榮華，讓她先吃，榮華搖著她的胳膊撒嬌。「娘，我那裡還有呢！我替爹爹也留了一份，妳放心吃吧！女兒啊，現在能賺錢了，我都可以請大夫替妳好好看病了。」

王氏搖頭。「請什麼大夫，花那個錢幹麼，你們好，我就好了。」

榮華沒說話，她是一定要把娘的病給治好的！

她回頭去逗榮欣，才發現榮嘉有點不對勁。

平時話很多的小蘿蔔頭，今天怎麼一直低著頭，都不說話了呢？

仔細一看，才發現低著頭的榮嘉，豆大的眼淚珠子一直往下掉。

榮華有些慌了，急忙蹲下去，扶起榮嘉的小腦袋，柔聲問道：「嘉兒，你怎麼不開心啦？」

榮嘉嘴裡含著餅，倔強地咬著嘴唇，不想讓眼淚落下來，可是眼淚太多，哪裡忍得住，豆大的淚花撲簌簌落下來，他卻不說話。

榮欣湊了過來，看到哥哥不開心，咬了一口自己手裡的雞蛋餅後，就把手裡香噴噴冒著熱氣的雞蛋餅讓給了他。「哥哥，你不要不開心，我把最好吃的餅給你吃好不好？」

她有點不捨得，可還是堅持著要把餅給哥哥。

榮華真的覺得好感動，她抱著榮欣，親了親這個才四歲的小可愛。

榮欣明明那麼愛吃雞蛋餅，雞蛋餅對她來說，可能是世界上最好吃的零食，可是她卻想要讓給哥哥，就是希望哥哥能夠開心起來。

因為她吃了雞蛋餅覺得開心，所以認為哥哥吃了雞蛋餅，就也會開心。

如此單純天真的想法，卻讓榮華鼻子發酸。

王氏招了招手，溫柔地呼喚著。「嘉兒，來娘這裡。」

榮嘉哭哭啼啼地跑到王氏身邊，眼淚一直流個不停。

「怎麼了？是不是哪裡不舒服？和娘說一說好不好？」

王氏聲音溫柔，一隻手輕輕地撫摸著榮嘉的後背為他順氣，一隻手溫柔地為他擦掉眼淚。

榮嘉抽抽噎噎地哭著，委屈的哭音讓人聽得心碎。「娘，我是覺得自己很沒用。」

王氏驚訝地抬頭看了榮華一眼，又看向榮嘉，輕聲問道：「嘉兒，你怎麼會這麼說？」

「娘，我為什麼還沒有長大，我好想自己快點長大，我來出去賺錢，那樣姊姊就不用出去賺錢了。上一次姊姊就是出去一整天，後來回來的時候，病了好久。我今天好害怕，害怕姊姊又變得一動也不動，被人包著送回來！如果我快點長大就好了，那樣我就能賺錢養姊姊，不需要姊姊賺錢養我，嗚嗚嗚……」

他哭得激動，整個人都抽搐了起來。

榮華心疼得厲害，一把將弟弟抱到懷裡，溫柔地說：「弟弟乖，不哭不哭，姊姊答應你，以後再也不會有事。嘉兒乖，嘉兒是世界上最好的弟弟，我願意養著你！」

榮嘉抬起頭，一張臉上都是淚水，黑溜溜的大眼睛，比天上的星星都要亮。他認真地看著榮華，以有些奶氣的聲音認真說道：「姊姊也是世界上最好的姊姊，我也願意養著姊姊！」

「那就等你以後長大了來養姊姊，現在就讓姊姊養你好不好？」

榮嘉懵懂地點了點頭，然後又小聲地說：「我要快快長大！」

榮華笑出聲來，抱著榮嘉和榮欣，蹭在王氏懷裡，整個人相當溫柔。「沒關係，嘉兒、欣兒，有姊姊在，你們可以慢一點長大。」

榮華抬頭，溫情地看向王氏美麗卻憔悴的面容。「娘，妳也要慢一點老去，讓我好好孝順妳。」

王氏摸了摸榮華的臉，輕輕點頭，聲音溫柔。「好。」

「不！」榮嘉堅持。「我要快快長大！」

榮華點了點他鼻尖，逗他。「想要快快長大，那就要多吃一點飯。趕緊吃雞蛋餅，涼了就不好吃了！」

榮嘉一聽這話，立馬拿起雞蛋餅，狠狠地咬了一大口，引得榮華笑了起來。

榮欣乖巧地吃著餅，奶聲奶氣地說：「姊姊是最好的姊姊，哥哥是最好的哥哥，娘親是最好的娘親，爹爹是最好的爹爹！」

榮華低著頭，親了她的小臉蛋一下。「欣兒也是最好的妹妹！」

一家人和樂融融地擠在一起，歡笑聲不斷。

喝了粥，吃了雞蛋餅和烤紅薯，榮華也吃飽了。

榮嘉和榮欣睡著後，榮華幫著王氏把他們脫去的衣服，放進被窩。

王氏看著兩個小傢伙的睡臉，輕輕嘆了口氣。

「上次妳被人包著放在門口，是嘉兒先看到妳的。那天晚上妳沒回來，嘉兒就很著急，後來又看到妳昏迷不醒地躺在家門口，他嚇壞了。從那天起，他就很害怕妳離開，妳昏迷的時候，他說什麼都要守在妳身邊，怎麼勸都不聽。他現在害怕妳又出事了，今天妳走後，他就很焦慮。」

「娘，我知道了，我會好好安慰弟弟的。」

榮嘉上次應該是被嚇壞了，已經留下深刻的心理陰影，如果不好好抒解的話，只怕以後會有心理問題。

剛好她懂一點這方面的事，到時候好好開解，應該沒什麼問題。

王氏看了眼爐子上熱著的粥和餅，嘆了口氣。「如今日子難過，妳爹天天著急上火，夜都深了，他還沒回來。」

王氏的語氣裡滿滿的擔心，榮華握住她的手，打算和她一起等爹爹回來。

這個娘親，懦弱又體弱，但那有什麼關係呢？她愛自己的孩子，愛自己的丈夫，一顆心始終為自己的丈夫和孩子操心著。

榮華也愛她。

躺在王氏身邊，榮華撒嬌似地蹭著她的胳膊。

王氏輕輕拍著她的肩膀，溫聲軟語地哄著。

榮華覺得一天的勞累都值了。

等了大概半個時辰，房門嘎吱一聲，榮耀祖回來了。

榮華站起身來，看到滿身風霜的爹爹走了進來，她喊道：「爹爹，你回來了。」

榮耀祖輕輕頷首，關切地問道：「華兒，今天身子可還不舒服嗎？」

榮華活動了幾下身子，溫和地笑道：「已經不怎麼疼了。」

「那就好。」

榮華和榮耀祖說了兩句話，就離開他們的房間，回自己的臥房。

臨走前，還聽到他關切地問王氏。「娘子，今天覺得身子怎麼樣？」

榮華沒聽清楚娘親溫柔的回話，只是輕輕嘆了口氣。

爹爹迂腐又愚孝，但對娘子和孩兒也是真的關心。

罷了，她也會好好孝敬爹爹啦！

回到自己房間，她脫去外衣爬上床，剛一進被窩，就發現裡面放了好幾個湯婆子，被窩相當暖和。

是娘親給她暖好了被窩！

榮華覺得心中暖洋洋，有家的感覺可真好啊！

雖然這個家破了點、舊了點，但是有爹爹和娘親，有弟弟和妹妹，她真的好開心。

老天待她不薄，雖然前世的她沒有父母，但現在的她何其有幸，有了爹和娘，還有了這麼好的弟弟、妹妹。

這真的是世界上最幸福的事情了！

榮華笑著入睡。

許是白天太累，第二天早上榮華起得有點晚，等她穿戴好起床後，就去地窨裡摸了幾個紅薯、拿了兩斤麵粉上來，然後去了灶房。

到了灶房門口，就聽到三嬸正罵罵咧咧著。

「這倒好，一個、兩個都病了，啥活兒也不幹，吃飯還要人端，跟伺候老祖宗一樣。」三嬸快氣死了。「那個榮珍寶和榮草，手上有點傷，腿還瘸了嗎？吃飯都不下床，還要人端到面前去？她怎麼不讓我餵她啊？我一瓢開水給她灌下去，讓她好受！」

榮華咳嗽了兩聲，三嬸的聲音低了下去。

然後門簾子掀開，三嬸的大女兒走了出來，聲音清淺又膽怯。「華兒，妳起來啦？」

「淺姊姊，妳的臉怎麼了？」

榮華看到榮淺就是一愣，她的臉上有很明顯的五指巴掌印，紅通通的樣子很駭人。

榮淺笑了下，搖了搖頭。「沒事。」

榮華輕輕皺眉。「三嬸又打妳了？」

榮淺拚命搖頭，大大的杏眼裡都是膽怯。「沒有，真的沒有。」

榮華嘆了口氣，沒再說話。

三嬸生了五個女兒，在榮老太太那裡不得臉，她想要個兒子又生不出來，三叔也經常打罵她，她就把氣全部撒在自己的女兒身上。

從十七歲的大女兒到十一歲的小女兒，沒一個少挨打。

明明這五個女兒都生得不錯，模樣標致不說，人也勤快懂事，三嬸就是不喜歡，拚了老命想生一個兒子。

重男輕女思想如此嚴重，讓榮華有些不適應。

榮華安慰地拍了拍榮淺的肩膀，溫聲說道：「我們一起進去吧！」

原主和榮淺的關係滿好的，因為榮淺想讀書，三嬸卻不允許，即使在桃源村的學堂讀書不需要繳錢，她都不讓榮淺去讀，所以原主去學了什麼內容，都會回來偷偷教給榮淺。

榮華臥床不起的那幾天，榮淺還偷過幾次小吃食給她，她都記著呢！

榮華進了灶房，三嬸皮笑肉不笑地說：「華兒來了啊？」

榮華不太想理她，心裡也想不明白有什麼好爭的。
這個家一窮二白，唯一的好房子還被榮珍寶給佔走了，她這麼做能有什麼名堂？
榮華將紅薯和麵粉放在砧板上，一邊洗紅薯，一邊說道：「待會兒我來做餅吧，早上要多吃點，墊一墊肚子。」
三嬸的眼睛亮了兩分。「妳這麵粉哪裡來的？穆家送的不是快吃完了嗎？」
榮華隨意說道：「他們又送來了一些。」
她不打算讓這些人知道自己在賺錢，難保他們會做出什麼事情來，只好扯了個謊。
三嬸聽榮華這樣說，語氣又酸溜溜了。
「哎喲，華兒真是好命啊！」三嬸伸手去戳榮淺的額頭，一邊戳一邊罵。「妳個閨女，看看人家華兒多好命，看看妳自己！老娘什麼時候才能享妳的福！」
她下手極狠，一戳一個紅色的指頭印。
榮華皺著眉，擋在三嬸和榮淺中間。「三嬸，麻煩妳幫我切一下紅薯吧。」
三嬸罵罵咧咧地放過榮淺。
榮淺低頭抹眼淚，抬頭時朝榮華露出一個溫和的笑容來，雖然眼淚剛擦過，此時卻彷彿怎麼也流不盡似的，看上去可憐極了。
榮華搖了搖頭，不知道該說什麼。
按理說，榮淺這個年紀，早就該嫁人了，但是這幾年日子不好過，大家都窮，哪有錢娶媳婦，嫁過去也是餓死在別人家。

最關鍵的是，三嬸怎麼可能不拿這幾個女兒的婚姻，為自己還沒出生的兒子賺一大筆錢！

這五個女兒生在三嬸家，那真是倒了八輩子血楣了！

榮華正要攤餅，二嬸走了進來，到她身邊笑著勸道：「華兒，妳身體還沒大好，做什麼活啊？來來來，二嬸幫妳做，妳歇著。」

三嬸對於她前後態度的變化很是震驚，有些生氣地問道：「妳剛剛怎麼不幫我做？」

二嬸不客氣地回她。「妳病了嗎？妳站不起來了嗎？妳臥床不起了嗎？」

平時這個妯娌沒少拿生兒子的事來嘲諷她，本來情緒就不好的三嬸，此時也不甘示弱地罵道：「妳看榮華要飛上枝頭變鳳凰了，妳就在這裡溜鬚拍馬是吧？真是讓人噁心！」

二嬸冷笑。「我溜鬚拍馬？妳這賊想拍華兒馬屁，華兒還不讓妳拍！」

榮華：「……」

她頭好疼啊！

啊啊啊，老天啊！她和這兩個女人，是一刻也待不下去啊！

三嬸「啪」的一聲把紅薯摔在砧板上，挽起袖子。「妳說誰是賊？」

「就是妳，就是妳！」

「妳再說一句試試？」

「試就試，妳就是賊！」

「啪」一聲，兩人打上了。

妳扯我頭髮，我扯妳頭髮，妳撕我衣服，我咬妳臉……妳來我往，非常精彩。

榮淺上去勸架，著急地喊道：「娘，妳別打了！」

「啪」的一巴掌，三嬸一巴掌打在榮淺臉上，母老虎似地吼道：「妳個死賤人給我滾！不來幫老娘，還幫著別人拉我，滾一邊去！」

正準備勸架的榮華默默地停住腳步，她扶起被掀翻在地的榮淺，躲在一邊。榮淺嚶嚶啜泣，快傷心死了。

二嬸罵三嬸。「呸，連自己閨女都下這麼狠的手，怪不得妳生不出兒子，不會下蛋的老母雞！生不出兒子的老母雞！生不出帶把的老母雞！」

二嬸和三嬸相處這麼久，自然知道什麼話最傷人，但是她這罵得也太狠了。

三嬸一下子就跟瘋了一樣，眼睛都紅了，直接拿起菜刀，一副搏命的架勢。「妳說誰生不出兒子？妳說誰？」

「妳，就是妳！」

二嬸眼看她來真的，也嚇到了，立馬扯著嗓子喊道：「大兒、小兒，快出來，有人要殺你們的老娘啊！」

二嬸一邊跑一邊喊，三嬸提著刀跟在身後，一個跑一個追，不一會兒半個村子的人都知道了。
榮淺都快哭瘋了，急忙去喊自己爹爹。
三叔躺在床上，聽見大女兒的喊聲，直接一轉身罵道：「丟死人的娘兒們，死了才好，老給我丟臉！」
榮淺絕望地站在房門口，抱著自己的四個妹妹大哭，並問榮華。「現在我該怎麼辦？」
榮華心想：有這樣的爹，還不如讓他死了算了！
「娘！」
二叔房裡傳來一聲大喊，二嬸的兩個兒子一聽說娘親被人追著砍，立馬衝了出去。
榮淺見狀，一下子慌了神。
二嬸這兩個兒子做事不知輕重，不能就這樣坐視不管。
榮華皺了皺眉，立馬說道：「妳去喊二叔，我去喊爹爹！」
榮淺一臉淚，恍然點頭。「好。」
等榮華拉著榮耀祖，跑到二嬸、三嬸那裡的時候，三嬸已經被二嬸的兩個兒子給摁住了。
刀被奪了，人也被摁住了，三嬸使勁掙扎，還被二嬸的小兒子踢了好幾腳。
二叔在一邊勸，讓他們放手，二嬸聲音嚎得比天高。「就不放手！揍她，她要殺你們老娘！」

小兒子立馬聽話地揍了好幾拳，三嬸翻著白眼不動了。

被榮華拉著、氣喘吁吁跑來的榮耀祖，看著自己兩個弟妹的模樣，氣憤地吼道：「妳們嫌不嫌丟人！」

「丟人的是她，她自己生不出來兒子，怪誰！怪我？我就是有兒子，怎麼樣！妳有什麼本事，就算妳砍了我，妳也沒有兒子！」

二嬸吼得驚天動地，三嬸被摁在地上氣得直翻白眼。

「還不快放開你們嬸子！」

「不許放！」二嬸一聲大吼。

她的兩個兒子只聽她的，連榮耀祖的話也不聽。

榮淺「撲通」一聲跪在二嬸面前，哭著喊道：「二嬸，求求妳放了我娘吧！」

二嬸哼了一聲。「沒心肝的東西，她那麼打妳們，妳們還認她作娘，真是賤骨頭。」

見榮淺哭得可憐，二嬸也是有閨女的人，心一軟就讓兩個兒子放了她。

「謝謝二嬸！」榮淺哭著去扶自己娘親。

三嬸緩過神來，卻一腳踹在榮淺的心口，直接把她踹倒了，罵道：「妳個沒心肝的，謝她幹什麼？我這是造了什麼孽，生了妳們這些玩意兒。老天爺啊，祢為什麼不給我一個兒子！」

三嬸哭得撕心裂肺，一邊哭，一邊罵道：「為什麼要讓我生女兒，為什麼？妳們為什麼不去死？為什麼？」
榮華氣得咬牙，去拉榮淺。
二嬸還在一旁火上澆油。「自己生不出兒子，打女兒就能生出來了？」
榮華氣得跺腳，語氣有些凶地喊道：「二嬸，妳夠了！」
二嬸哼了一聲，沒再說話了。
榮華把榮淺扶了起來，榮淺捂著胸口，有些上不來氣。
榮華真的是覺得自己一個頭兩個大，一大早的，這是幹什麼啊！
三嬸還在呼天搶地，哭著又開始罵二房。「妳有兒子有什麼了不起，妳這兩個兒子肯定早死！」
「妳說誰呢？」
二嬸瞬間炸毛，兩個兒子就是她的命！這個老不死的，竟然咒自己兒子？
三嬸橫眉冷豎。「說的就是妳，就是妳的兩個兒子，一定橫死！」
二嬸快氣瘋了，挽起袖子就衝了上去，「啪」、「啪」兩聲，兩個人又扭打在一起。
榮淺還要去勸架，榮華拽著她不讓去。
但榮淺哭得可憐，榮華一咬牙，讓她安心待著，自己上前去。
兩個人妳來我往，榮華拉了半天都拉不開。
榮耀祖去叫了幾個壯丁，喊道：「把她們給我拉開！」

榮華眼尖地看到，偷渡客林峰竟然也在其中！

兩個打架的女人不是一個人拉得開，拉到手了上腳踹，拉到腿了上嘴咬。

林峰和那幾個壯丁一起來幫忙，最後拉了半天，終於把這兩個人給分開，她們兩個還在較勁掙扎，嘴上罵不停。

榮耀祖累得直喘氣，喊人堵住她們的嘴。

兩個人打得頭髮都亂了，臉上全掛彩，衣服也破了，她們還不服氣要接著打呢！

最終，二嬸被兩個兒子給扶了回去，三嬸則被人抬了回去，這場鬧劇才算完。

從始至終，三叔都沒下過床，看也沒看替他生了五個女兒的髮妻一眼，讓人心寒。

榮華兩手扠腰，累得一腦門子汗，吐著舌頭如哈巴狗般喘著粗氣。

這具身體還沒養好，還太弱了，剛剛去喊爹爹，來回跑了兩趟已經有點頭疼，剛又勸架半天，榮華感覺自己的肺都要喘出來了。

林峰的額頭也出了些汗，他拿出手帕遞給榮華。

「謝、謝謝。」榮華接過帕子，擦了擦汗，喘著氣問他。「你怎麼在這裡？」

「我來看一下這兒的風土民情，沒想到遇到了這事，也沒想到妳就住在這裡。」

榮華知道他是從邊境偷渡過來的，礙於還有旁人在場，所以也不方便多問。

林峰搖了搖頭，臉上有些感慨。「女人打架，有點厲害啊！」

他臉上被三嬸抓破皮，三條指甲印十分明顯。

「對、對不起！」榮淺又嬌又怯，又羞又愧，帶著哭音的聲音響起。「對不起，弄傷了你的臉。」

林峰抬頭一看，就瞧見一個柔弱、嬌怯的小姑娘正可憐兮兮地看著自己。

這姑娘長得十分好看，只是兩邊臉上都是巴掌印，衣服也十分髒亂，好像在地上滾過似的。

聯想到剛才的場面，林峰有些詫異，不敢置信地問道：「妳也是打架的？」

榮華一屁股坐在一旁的石頭上，搖頭嘆息道：「不，她是勸架的。」

榮淺擦掉眼淚，輕聲說道：「剛剛那個是我娘。」

林峰「哦」了一聲。「原來是女兒被人打了，所以才這麼拚命。」

他覺得自己可以理解那兩位婦人為何如此拚命了。

榮淺羞愧地低著頭，蚊子似地低聲說了句。「事情不是這樣……」

說完，膽怯地看了眼林峰。

林峰抿了抿唇，沒說話。

不是這樣？難道這姑娘是被自己娘打的？他有點難以理解。

「妳個小賤人還不回來，在外面說什麼呢？」

三嬸一聲吼，榮淺就嚇得一哆嗦，再次朝林峰道了歉，飛快跑回家去。

榮華嘆氣，仰天長嘆。「我的老天爺啊，我算是見識到了，我今天算是見識到了！」

她抹掉額頭上的汗，一臉驚嚇。

太可怕了吧！雖然原主記憶裡也有發生過這樣的事情，但是親身經歷的感覺是不一樣的。

她怎麼也沒想到，二嬸和三嬸打架竟然如此威武！

「真是巧了，今天竟然在這裡見到妳。」林峰坐在榮華身邊，輕笑了一下。「沒想到做生意時那麼清醒的妳，也會有如此頭疼的時候。」

榮華看著他。「不如你來試試，看是家庭問題比較難解決，還是生意問題？」

林峰急忙搖頭，哈哈大笑。「家家都有本難唸的經，只是可憐妳那個姊姊了。」

聽到這句熟悉的話，榮華愣了一下，然後笑了笑，沒多說什麼。

因二嬸和三嬸互相賭氣，如今做飯的重任就落在小的們身上。

三嬸被打了好幾拳，打架時沒感覺，現在躺在床上就開始疼起來了。

從始至終，三叔看都沒看她一眼，除了罵了一句「丟人現眼的玩意兒」之外，什麼話都沒說。

榮耀祖看著自己三弟這個不成器的樣子，罵了他好幾句，結果也是沒什麼用。

榮華氣得咬牙，很想告訴三嬸，生不出兒子不是妳的原因，是妳丈夫的原因！

因為三嬸生不出兒子，三叔輕視她，很多時候還會打罵她，所以三嬸變成這個樣子，開始打罵自己的五個女兒。

歸根究柢，究竟是誰的錯呢？

榮華自己也想不明白。

可能是世界的錯吧！

榮華想起她們方才打架的那個狠勁，去地窖裡割了半斤豬肉，剁成肉末加在餅裡，給大家加了點肉。

吃過早飯後，榮華覺得身體不太舒服，沒有出門，而是在家裡教榮嘉和榮欣讀書。

早上發生的那場鬧劇，大家都很有默契地沒再提起，彷彿不提起，就可以如過眼雲煙般消散。

第六章　善良要有鋒芒

吃過晚飯，大家準備睡覺時，突然傳來一個惡耗。

「村長、村長，趙大爺死了！」

榮華都準備躺下了，聽到屋外有人喊了一嗓子，心裡一驚。

緊接著就聽到榮耀祖的聲音。「我馬上出來。」

榮華靠在窗邊聽了一會兒，就聽到來喊村長的人說：「今天晚上我們去給趙大爺送點吃的，進去的時候發現屍體已經僵直了，看樣子應該是昨天不行的。趙大爺像是餓死的，雖然有我們時不時送點東西，但飢一頓、飽一頓，人早就不行了。」

聽到趙大爺是餓死之後，榮華坐不住，穿上外衣走了出來。

榮耀祖聽到動靜，回頭看向榮華，呵斥道：「妳起來做什麼？好好去睡覺！」

「爹爹，我心裡有點不安。」榮華秀眉輕輕蹙著，粉唇抿起。「我昨天得了不少紅薯，我拿去煮了，給村裡一些獨居老人送去吧！」

「我還沒問妳，妳紅薯哪兒來的？」

面對榮耀祖的疑問，榮華並沒有回答，只是輕聲說：「現在問這個，有什麼必要嗎？爹爹要寧可餓死嗎？」

榮耀祖沒說話，只重重嘆了口氣，隨著來人出去了。

房門接連打開，就連二嬸和三嬸都走了出來。

如今這光景，吃了上一頓沒下一頓，誰知道下一個餓死的人是不是自己，所以大家都有點兔死狐悲之感。

榮老太太披著棉襖，看著榮華，渾濁的眼睛裡有些不悅。「咱們家都沒東西吃了，妳還分給別人？」

榮華對她沒有一點好印象，看都沒看她，面無表情地說：「咱們家早就沒吃的了，現在吃的，都是我帶回來的東西。」

榮老太太頓時說不出話來。因為掌握了經濟權，就掌握了話語權。現在他們一天三頓，有麵還有點肉吃，都是靠榮華。

今天一天三頓，榮家吃得都不錯，他們以為那些東西是穆家送給榮華。

此時榮華要送吃的給別人，榮老太太雖然心疼，也不敢多說什麼。她可以用孝道控制住榮耀祖，卻拿捏不住榮華。

榮老太太陰陰地看著榮華的背影，不悅地哼了一聲。

榮華去地窖拿了二十個紅薯，又拿了十斤麵。

榮老太太伸長脖子，看著榮華進地窖，手裡又拿了二斤肉出來。

榮老太太心疼地直接喊道：「要命了！妳拿那麼多肉做什麼？我都沒吃那麼多肉，妳要給別人吃？」
榮華覺得有些不耐煩，平靜地看向榮老太太，認真地說：「奶奶，如果我願意的話，我可以讓妳天天吃肉，但是妳該怎麼做呢？」
這幾天榮華一直不願意和榮老太太、榮珍寶、榮草等人有接觸，大家碰不到面還挺好的，免得她生氣。
如果榮老太太乖乖的，別像之前那樣作妖，榮華當然樂意養著她，不過多雙筷子罷了。吃的、喝的上面，榮華不是一個愛計較的人，可如果榮老太太繼續欺負他們，榮華真的會生氣，她也不知道自己會做出多麼可怕的事情來。
榮老太太衰老的臉上露出一絲憤怒，不過她一句話也沒說，默默地轉身回房了。
榮華滿意地點了點頭。
很好，現在這種饑荒年代，誰能拿出吃的，誰就是老大！
她現在可以賺錢養家，那麼這個家，誰是說話好使的人也該變一變了。
她可不是榮耀祖，願意無條件供養他們。
榮華並不想惹麻煩，給他們點吃的可以，不然這些人鬧起來，有得她頭疼。
就這麼幾間破屋子，誰稀罕和他們宅鬥？
榮華只希望他們老老實實的，別鬧事就行。像早上那種事，她不想再經歷第二次了，就那麼一次，她頭都快炸了。

很反常地，沒有反對的聲音，榮華一個人進灶房忙活。過沒一會兒，二嬸讓自己的兩個女兒來幫忙，後來三嬸也讓自己兩個大的女兒來幫忙。榮淺今天被打得有點狠，榮華心疼她，讓她回去躺著，榮淺卻搖了搖頭，麻利地開始洗紅薯。

二十個紅薯蒸熟，十斤麵全部擀成大餅，兩斤肉剁碎了爆香夾在餅裡。全部弄好之後，幾個人一起，拿著這些東西走了出去。

榮草偷偷地在窗戶後面偷看，看到榮華走遠了，才憤恨地說：「有什麼了不起！這些東西還不是穆家給她的！拿別人的東西做好人，誰不會啊！」

榮珍寶拉了拉榮草的胳膊，柔聲安慰。「草寶兒別生氣，現在家裡沒吃的，全指著她從穆家拿回來，妳別和她一般見識。妳放心吧！娘一定不會讓她搶了妳將軍夫人的位置，這件事我們可以慢慢籌謀。草寶兒，妳長這麼好看，大不了等那個穆良錚回來，妳勾引他，他一定把持不住的。」

榮草原本氣得要死，聽到榮珍寶這樣說之後，想一想也對，她摸了摸自己的臉，對自己的長相十分有自信，得意地說：「那就讓她再得意兩天，等將軍到時候看到我啊，一定會被我的美貌所迷住，到時候將軍夫人的位置不還是我的嗎？」

「對啊，女兒妳說得沒錯，到時候榮華那個賤人，還不是任由妳處置！」母女倆奸笑著，彷彿已經看到榮草成為將軍夫人後高高在上的模樣。

另一廂，榮華在夜色中行走，桃源村幾戶的獨居老人都認識她，因為榮華之前沒少幫爹爹送東西過去。

只是這段時間榮耀祖的日子也不好過，自己都沒東西吃了，實在是沒東西能送。

榮華輕車熟路地走過去，每個老人分兩個紅薯、兩張肉醬大餅。

這些老人好久沒吃過這麼好吃的東西，一個個狼吞虎嚥地吃著，榮華看著心裡難過。

拿著東西經過趙大爺家時，榮華看到趙大爺的房子外面站了不少人，大家都有些悲傷。

榮華覺得傷心，沒有多看，就向下一戶獨居老人的家裡走去。她並沒有看到，有一個熟悉的人影，注視著她。

送完所有的吃食，已經是深夜了。

榮華裹緊自己的棉襖，挽著榮淺的胳膊往回走，她抬頭看向天空。

夜色如水，星光閃爍，夜空美景美不勝收。

然而，她卻沒心思細看，滿心滿眼裡想的，都是日子怎地這麼難過。

有些時候，僅僅是活著，就已經用光了所有的力氣。

「華兒，妳說我們會不會也餓死？」

榮淺的聲音和她的名字一樣，清清淺淺的很好聽。

榮華握住她的手，她的手很冰很涼，就像她現在悵然若失的心緒一樣，冰涼絕望。

榮華用自己的手溫暖她，輕聲說道：「放心吧！淺姊姊，有我在，我不會讓妳餓死的，我不會讓家裡任何一個人餓死的。」

榮淺笑了起來，溫婉動人，輕聲呢喃。「冬天過去就好啦！」

榮華沒說話，一路默然走回家。

趙大爺的喪事極其簡單，第二天的時候就埋葬了，喪事雖然簡單，但是全村人都參加了。

他沒有子女在身邊，饑荒嚴重的時候，他的子女往南逃難去了，趙大爺年紀大走不動，獨留他一人在家，全靠村裡接濟才活到現在。

參加完趙大爺的喪事，榮華回到家時，徑直回了自己房間。

她不怎麼去榮老太太的房間，不過也沒有人敢說什麼。

榮華本想到隔壁的桃花村市集看看，收購編織品，不過娘親說這幾天要下大雪，怎麼樣也不讓她出門，只好作罷。

後來榮華發現，其實村子裡每家每戶，多少都有一些編織品。

榮華準備先在本村收購，大煜的編織品賣得極其便宜，一、兩個銅板就可以買到一個小籃子。

就算如此，大家的編織品也賣不掉，如今榮華要買，大家都打包賣，買一個送兩個，買兩個送一雙。

榮華花了兩貫錢，買了一千個小的編織品，如竹簍、竹籃、裝菜的簸箕那種小型的貨品，外加三百個中型的貨品。她都分門別類整理好，堆在自家院子裡。

她沒有買多少大背簍，一是沒有多少本金，二是驢車裝不了太多大貨，小件的使勁塞，倒還勉強裝得下。

這兩天在家裡，榮華能明顯感覺到大家的態度變了很多。

畢竟在一家之主榮耀祖都沒辦法拿回食物的情況下，榮華可以做到，並且還能給他們肉吃。

榮華有食物，家裡的人自然討好她，就連榮珍寶和榮草，都被榮老太太三令五申地說了一通，讓她們不要得罪榮華。

雖然榮華並不在意這些，但是不用聽到謾罵聲還是挺好的，沒有人喜歡天天被人罵。

不過自從她開始收購編織品之後，村裡的人對她的態度也變了很多，經常一大早就請她出去看他們的貨。

榮華在村子裡收穫了不少讚揚，王氏很開心。

但是有人歡喜有人愁，榮華招人喜歡，可把榮草給氣死了。

之前大家都不喜歡榮華，家務活全是榮華做，榮草也喜歡指使榮華，榮華活得就像個奴婢一樣。

憑什麼現在榮華就可以搖身一變，變得受大家喜歡了？她能拿出食物，那些食物一定是穆家給她的！

如果和穆家將軍有婚約的人是自己，那麼她也可以拿到食物啊！

「如果沒有榮華，那麼成為將軍夫人的就是我！」

榮草怨毒地看著鏡中的自己，目光有些猙獰。

她真的要被嫉妒折磨得發狂了，憑什麼榮華可以成為將軍夫人？憑什麼！

憑什麼榮華可以在村子裡受人尊敬？憑什麼！

如果她是將軍夫人，她也可以高高在上施捨村裡那些老不死，然後擁有那些誇讚。

這一切都是因為榮華！

因為她搶了將軍夫人的位置！全是因為她！

榮草恨得快瘋了，可是她卻不敢對榮華怎麼樣。因為外婆說得對，現在不能得罪榮華，如果得罪了她，就沒有食物可以吃了……

但是她好恨啊！

榮草一想到榮華去給村裡那些老不死送食物，那麼多人在誇獎她，就產生怨恨。

為什麼自己的爹不是村長？為什麼去送食物的人不是她？

正當榮草被嫉妒和怨恨折磨得快要發狂時，院子裡忽然響起稚嫩的笑聲。

那笑聲奶呼呼的，是榮欣的聲音。

榮草走出屋子，眼神怨恨地看著不遠處的小團子。

榮欣才四歲，小孩兒長肉快，好吃好喝地養了兩天，現在臉上有了一點肉，看上去比以前可愛多了。

由於娘和哥哥都在睡午覺，姊姊被請去別人家看貨，榮欣睡不著，自己一個人跑出來玩，正咯咯笑著追落葉。

榮草悄悄地走到榮欣身邊。

榮欣看到她有些害怕，她還記得那天就是這個壞姊姊，要賣掉自己的姊姊！她轉身想跑，榮草長臂一伸，像拎雞仔似地把她拎起來。

榮欣張嘴就要哭，榮草卻堵住了她的嘴。

榮草把榮欣拎到堂屋裡，現在大家都在睡午覺，她堵著榮欣的嘴，手伸進榮欣的小棉襖裡，擰了好幾把。

榮欣拚命掙扎，榮草將她往自己腿裡一夾，榮欣那小胳膊、小腿兒，怎麼撲騰都跑不了。

眼淚撲簌簌落下來，榮欣疼得大哭，卻哭不出聲音，臉憋得通紅，幾乎背過氣去，榮草也不放過她。

榮草臉上帶著怨毒的笑容，手上使勁拚命地擰著、掐著，掐到榮欣胸前時，因為她身上太過瘦弱，還能摸到凸出來的肋骨。

榮草一點也不覺得心疼，獰笑著在那些凸出來的肋骨上掐著、戳著。

榮欣哭不出聲音了，嘴裡嗚嗚地喊著姊姊。「姊姊，姊姊救救欣兒……哥哥救命啊……」

由於她的嘴巴被堵著，話都說不清楚。

榮草一邊掐，還一邊罵道：「讓妳搶我將軍夫人的位置！讓妳搶、讓妳搶！掐死妳、掐死妳！」

掐了一刻鐘，榮草才放開榮欣，把榮欣的衣服整理好，冷笑地說：「妳姊姊傷了我的手腕，那就怪不得我掐妳了！榮欣啊，妳要記住，不許告訴別人，如果妳告訴別人，我就把妳姊姊賣出去，懂不懂？」

榮欣哭得已經快沒氣了，此時聽到這話，立馬抽噎地說：「不要賣姊姊，不要……」

「那妳就乖乖聽話，不許告訴別人，不許讓別人知道！懂了嗎？」

「嗯嗯，欣兒記住了。」

榮欣哭得眼睛紅腫，小臉上全是淚水，此時忍著痛點頭。

榮草這才滿意了，讓她滾去把臉洗乾淨。

榮欣顫抖著身子去洗臉，榮草一腳把她踢出去，然後冷聲威脅道：「不許哭，自己把衣服拍乾淨！」

榮欣艱難地從地上爬起來，把衣服拍乾淨，洗好臉後，榮草才讓她出門。

榮欣回到王氏身邊，小心翼翼地鑽進被窩裡，身體還在微微發抖。

榮欣躺在被窩裡，眼裡還含著淚。

她好痛，好想哭，好想告訴娘，但是她不想姊姊被賣出去，那是世界上最好的姊姊呀！她不捨得，那就忍忍吹吹就不痛啦！

等到晚上的時候，王氏要給她脫衣服，榮欣拽著衣角說什麼也不脫，王氏只得作罷。她在爐子上給榮華熱著晚飯，正想著怎麼人還不回來的時候，門被推開了，傳來榮華的聲音。「娘，我回來了。」

榮華推門走進來，感覺自己的臉都要凍僵了，急忙跑到火爐旁邊伸出手烤火。

今天有幾十家拉她去看貨，榮華的腿都快跑斷了，而且外面風大得厲害，她的臉都被颳得沒有知覺了。

王氏拿了熱毛巾來給榮華擦臉，一邊心疼地說：「妳這樣也太辛苦了吧！妳如此聲勢浩大的收購，真的不會出問題嗎？妳之前還告訴我說，不想家裡人知道妳在做生意，現在怎麼改變主意了？」

「娘，我是這樣想的，爹爹最近不是在為村子裡的事情煩惱嗎？我覺得可以換個思路來，咱們村子種不出來莊稼，咱們可以專注於手工啊！我現在這麼做，就是提前給他們一個緩衝的時間，等到以後我生意做大了，可以在村子裡開一間作坊，專門請他們來做手工，這樣大家又可以賺錢，也不用擔心會餓死了。」

王氏有些驚訝地看向榮華，在她的認知裡，農民就是要種地，卻從來沒想過，要是種不出莊稼，還可以去做其他的。

只是一想到華兒到底是個女兒家，太招搖了還是不好。

王氏的臉上，有著深深的擔憂，心疼地看著榮華臉上被凍出來的紅印子。「華兒，娘不希望妳生意做那麼大，娘覺得太不安全了，能夠餬口就行。」

「可是娘，我想幫助村子裡的人，不敢說讓他們過上多麼好的生活，最起碼不要再有人餓死了。」榮華隨意地說道。

這是她的真心話，要眼睜睜看著大家餓死，榮華真的做不到。

王氏搖了搖頭，寵溺地嘆息。「妳呀！和妳爹一個樣子，果然是妳爹的女兒。快來吃飯吧！」

「好。」榮華不想娘親太擔心，便挽著娘親的胳膊寬慰她。「娘，妳放心吧，我說的是以後的事，現在還早著，妳放心。」

王氏點了點頭，可看著女兒在外奔波，她又怎麼能放心呢？

榮華抱了抱榮嘉，又去抱榮欣，卻沒想到平時總黏著自己的小傢伙，此時竟然把身子往被窩裡藏了藏，小聲地說道：「姊姊，欣兒睏，要睡啦！」

「好，欣兒乖，姊姊親親。」

榮華俯身親了親榮欣的小臉蛋，榮欣也抬頭親了親她。

她好想讓姊姊抱抱啊！但是不可以，她身上痛痛，那個壞姊姊說了，如果被姊姊發現，姊姊就會被賣出去。她不要姊姊被賣出去，等以後身上不痛了，她一定要多抱抱姊姊，全部抱回來。
但是榮欣沒想到，隔天還是要被打。
第二天一大早，榮華就出門了。
榮華出門沒多久，榮草就找到榮欣，揪小雞仔似地把她給揪走了。
榮草惡狠狠地盯著榮欣，凶神惡煞地問道：「妳沒有被別人給發現吧？」
「沒有、沒有，沒有人發現。」
榮欣怯生生地看著榮草，很是害怕。
「真的沒有被發現？如果發現了的話，妳姊姊就要被賣出去！」
榮草像一隻可怕的大灰狼，恐嚇著榮欣這隻小白兔幼崽。
「真的沒有被發現！」
榮欣急哭了，又是害怕，又是著急，嚶嚶哭了起來。
榮草又伸手掐她。
榮欣一邊哭，一邊閃躲，委屈地祈求著。「欣兒乖，欣兒乖乖聽妳話，求求妳不要打我了……」
榮欣哭得淒慘，跑也跑不掉。她絕望地看著榮草，不知道這個人為什麼要這樣做，但她真的好痛。
榮草的惡行，一直沒被家裡人發現。

第一個發現這件事的人，竟然是榮嘉。
有次榮嘉發現榮欣不見了，立馬出去找，就看到榮草正在打自己的妹妹。
七歲的榮嘉立馬跑了過去，把妹妹護在身後，然後狠狠咬了榮草一口。
榮草疼得大叫，一腳把榮嘉踩在地上，死命踹了好幾腳。
榮嘉轉身護住妹妹，一邊用自己的小胳膊、小腿與之對抗。
榮草威脅他。「不聽話就把榮華姊姊賣出去！」
榮嘉愣住了，不敢再動。
榮草的腳如狂風暴雨般落了下來。
榮嘉不想姊姊被賣，挨打的時候連哭都沒哭出聲來。
他要保護姊姊不被賣掉，他要保護妹妹不被壞人毆打。
這一次榮欣沒有被打，榮草全打在榮嘉身上。
榮華晚上回家的時候，發現有點不對勁。
因她白天都在外面，晚上回到家要抱一抱榮嘉時，他竟然躲開了。
嘉兒也和欣兒一樣不給抱了？以前嘉兒絕不會閃躲的。
榮華覺得有些奇怪，又去抱榮欣，發現榮欣也扭著屁股跑開了，不給抱。
她覺得很疑惑，以前這兩個小蘿蔔頭看到她，都是直接衝過來撲進她懷裡，現在這是怎麼回事？

做好晚飯後，榮華發現弟弟和妹妹都不見了，在院子裡前後左右找了一圈，然後就看到榮草在打罵榮嘉。

榮嘉那個小蘿蔔頭，又小又瘦，她每次看到都心疼不已，榮草卻把她的弟弟踩在地上，一直踩一直罵。

榮嘉疼得臉都泛白了，還咬著牙吭都不吭一聲。

榮華只覺得一股血直衝腦門，憤怒地大喊了一聲：「榮草！」

榮草嚇了一跳，看到榮華如煞星似地站在那裡看著自己。她臉色一白，頓時轉身跑開了。

榮華氣得直喘，眼睛泛紅。在她眼裡，榮草已經是一個死人了。

不過轉頭她像是想到什麼，又大喊了一聲。「榮草姊，飯做好了，吃飯吧！」

榮華喊得極大聲，刻意讓家裡人都聽見了。

說完，榮華跑過去，將榮嘉抱了起來，心疼地喊道：「嘉兒，疼不疼？那個壞人打你，你怎麼不告訴姊姊？」

榮嘉低著頭不說話，明明疼得要死，卻倔強得不讓眼淚掉下來。

榮欣委屈地拉住榮華的手，輕聲唸叨。「不讓別人發現，姊姊就不會被賣出去，欣兒不想姊姊被賣出去。」

榮華一瞬間如同五雷轟頂，晴天霹靂一般，愣在當下，腦海裡只轉著兩個念頭：第一個是妹妹也被打了；第二個是弟弟和妹妹挨打了也不說，是因為怕她被賣出去。

心口痛得無法言喻，榮華感覺自己全身的血液都凝結在一起，憤怒讓她的胸腔劇烈起伏著。

榮華輕輕抱著弟弟、妹妹，哽咽地輕聲說道：「乖，不怕，姊姊給你們報仇！」

將弟弟、妹妹抱回房間，榮華一個一個給他們檢查身體。

一脫掉榮欣的棉襖，榮華的眼睛立馬紅了，眼淚不受控制地流了出來。

那麼小、那麼軟的身體，現在好多青紫掐痕，榮草怎地可以那麼狠，怎地可以那麼壞！面對最疼愛的妹妹，榮華從來都不捨得說一句重話，而榮草竟然這麼欺負她！

榮欣的身體凍得打哆嗦，她聽見榮華在哭，急忙轉過身，小手給榮華擦眼淚，一邊擦一邊說：「姊姊不哭，欣兒不痛的，呼呼就不痛了，姊姊幫我呼呼。」

榮華吸了吸鼻子，低頭在那些掐痕上輕輕吹了幾口。

榮欣身子打了個哆嗦，眼角掛著淚，還笑著安慰榮華。「姊姊呼呼，痛痛飛飛啦！」

看著那麼小的一張臉，榮華心疼不已。她小心翼翼將妹妹放入被窩裡，並替她的傷口抹上藥酒，然後換了乾淨的衣服，眼淚還是控制不住地流下來。

「欣兒對不起，姊姊應該早點發現的，妳之前不讓姊姊抱，姊姊就該察覺到不對勁的，原諒姊姊這麼晚才發現，對不起！」

「姊姊不哭。」榮欣抬頭親了親榮華的臉頰，臉上笑容依舊燦爛。「只要姊姊不被賣出去，欣兒就不痛了。」

榮華心底更難受了，她親了親欣兒的臉頰，然後擦掉眼淚，喊了榮嘉進來。

給榮嘉脫衣服的時候，這小傢伙還扭扭捏捏著，不過脫下衣服後，一看到他身上大片的青紫瘀痕，榮華感覺到自己的眼睛被刺痛了，心臟就像是被針扎一樣。

為什麼！為什麼一個人能壞到這種程度，她到底做了什麼，榮草要這樣三番五次欺負人！

給榮嘉抹藥的時候，榮嘉忍著痛，一點也沒哭。「姊姊，我不疼，我沒哭。我保護了妹妹，不讓那個壞人欺負妹妹。」

榮華紅著眼睛，抹藥時手都在顫抖。

那麼瘦小的榮嘉，身上都是骨頭，被打的時候不知道有多疼！

抹完藥酒，給榮嘉穿好衣服後，榮華咬著牙說道：「嘉兒、欣兒，你們放心，姊姊今晚就替你們報仇！」

「你們兩個這些天，晚上就睡我這裡吧！爹和娘都不知道你們身上有傷，免得晚上被他們碰到會痛。」

榮嘉和榮欣一個勁兒點頭，都說好。

晚上吃飯的時候，榮華難得去堂屋，她平時都是在自己的房間裡和娘親一起。

今天突然來大桌子跟大家一起用餐，倒是讓人很驚訝。

榮華就是想看看，榮草能不要臉到什麼程度。

因為二嬸和三嬸吵架的緣故，她們互相賭氣，誰也不理誰，誰也不說話，自然誰也不做飯。

平時本來是二房、三房的女兒輪著做飯，但今天的晚飯是榮華做的。她炒了三道菜，一道豬肉燉白菜、一道胡蘿蔔炒馬鈴薯、一道白蘿蔔燉骨頭湯，兩葷一素，每份菜量都很足，滿滿一大盆，配上大米飯，香得跟過年似的。

榮華在外面冒著殺頭的風險賺錢，榮草在家裡像大爺般享受著她帶回來的一切，似乎忘記前段時間，吃的還是數得清米粒的米湯，現在吃著她的肉、她的菜、她的飯，竟然還那樣欺負她的弟弟、妹妹？

榮華真的要氣炸了！

想到榮草之前殺死原主，後來又想第二次害死她，榮華本來忙著賺錢，沒空理她，卻沒想到這個人如此狠毒！

榮華再想到榮草吃著她帶回來的東西，然後吃飽有了力氣就開始打她的手足，她就覺得噁心。

榮華臉色很平靜，平靜到看不出任何情緒，榮草吃飯的時候，心虛得不敢看她。

她現在有些害怕。明明以前對榮華那麼了解，可是此時此刻面對榮華，就好像面對一個完全陌生的人。她完全不知道榮華接下來會做出什麼事情來。

如果是以前，她可以像對付榮嘉和榮欣一樣威脅榮華，但是現在她不敢，也不敢抬頭看榮華。

榮草悶頭吃菜，吃了五、六塊肉骨頭。

榮華冷眼瞧著，面上卻不動聲色。

真有臉吃啊！很好，夠不要臉，吃吧！好好吃，吃完妳最後一頓斷頭飯！

榮華並不打算找長輩主持公道，上一次榮草和榮珍寶要殺她，最後她們兩個還不是什麼事情都沒有？

這一次，她準備為自己、為弟弟和妹妹主持公道！

第七章 報仇

晚飯後，榮草開天闢地頭一遭主動去洗碗。

榮華看也沒看她，和長輩們打過招呼，就回了房間。

她在床邊擺放提前找好的工具，然後去王氏的房間。

榮嘉和榮欣鬧著要和姊姊一起睡，王氏沒說什麼，問了榮華的意見，便隨他們去了。

晚上榮華抱著榮嘉和榮欣，給他們講故事，兩個小傢伙很快就睡著了，她卻一點也不睏。

榮華睜著眼睛看著窗外的月光，眼神和月色一樣冷。

就在今晚，她要做一件大事！

為原主、為自己、為弟弟和妹妹報仇！

已是深夜，眾人都睡熟了，萬籟寂靜，一切都很好。

月不黑風不高，也可以是殺人夜！

榮華一向不與人爭，與人為善，可是到頭來卻被人欺負到如此地步。

欺負她，她可以忍，但是將她那麼小的弟弟、妹妹欺負到如此程度，她就算是咬碎了牙，也忍不下去！

「嘎吱」一聲，堂屋的大木門推開的聲音很響，在夜色裡聽得很清楚。

不一會兒，榮華瞧見榮草縮著脖子往茅房跑。

她小心翼翼地起身，給弟弟、妹妹掖好被角，拿起床邊的木棍和麻袋出門。

掀開門簾，小心翼翼地走出去，藏在牆角，榮華蓄勢待發。

夜色中，她的雙眸如鎖定獵物的黑貓一樣，看上去無害，但對獵物來說，卻是致命的威脅。

榮草晚上吃了太多肉，所以大半夜忍不住起了夜，榮珍寶嫌棄她在便桶裡大號太臭，所以趕她出來。

榮草從茅房出來正要回房，跑到牆角還沒反應過來，當頭一棍子就敲了下來，敲得她眼冒金星，還沒喊出來，又是一棍子頂在肚子上，她疼得張大嘴，嘴裡被塞進一塊抹布。

榮草突然覺得這個情景有點熟悉，她打榮欣時，也是這樣塞住榮欣的嘴。

只是現在，怎麼身分互換了？

榮草疼得眼淚直流，「嗚嗚嗚」掙扎著，努力想要看清楚是誰，但一個麻袋兜頭罩了下來。

腦袋被麻袋罩著，接下來就是瘋狂的棍棒攻擊。

榮華拚命用木棍打，不管榮草怎樣在地上扭著掙扎，就是不停止。

她本是一個好人，卻被這些垃圾逼到這步田地！

「為什麼要打我妹妹？我妹妹那麼小，妳為什麼要打她？

「為什麼要打我弟弟？我弟弟、妹妹哪裡招惹妳了？

「妳把我推進枯井，我沒找妳算帳，妳娘要捂死我，我沒報官抓妳們，妳和妳娘聯手，想要毀我清白，我沒怎麼惹妳們，為什麼妳們要這麼欺負人！

「難道人善就活該要被人如此欺負？我在外面辛辛苦苦賺錢，你們什麼都不用做，就可以有肉吃，為什麼還要在家裡打我的弟弟、妹妹？

「他們一個七歲，一個才四歲，妳怎麼下得了手？妳怎可以這麼狠心，我究竟哪裡對不起妳！讓妳、讓妳娘，讓妳們變本加厲，一次又一次這麼欺負我！

「榮草，我告訴妳，今天我絕對不會饒恕妳！」

榮草咿咿呀呀求饒，在地上拚命翻滾，眼淚鼻涕流了一地。

現在她總算知道被人打是什麼感覺了。

我為刀俎、人為魚肉時的感覺真好，可是現在，我為魚肉、人為刀俎的感覺，真的好絕望啊！

榮欣被她打的時候，也是這樣哀求，可她反而打得更狠了。

榮華不管她的掙扎求饒，像在打死害蟲一樣拚命揮舞棍棒，打在地上那個扭動的榮草身上。

聽著榮草一聲聲悶哼，聽著她的求饒，榮華不知道自己打了多久，只知道自己累到手臂幾乎癱軟了，才停下來。

這具身體太弱了，她累得氣喘吁吁。

榮華扔下棍棒，捂住胸口，喘了好幾口氣，冷著臉絕情地轉身離開。

她滿臉冷漠，用近乎無情的語氣對自己說：「榮華，我希望妳永遠不要忘記今天晚上發生的一切，我希望妳永遠記住善良要有鋒芒！」

看也沒看早已不會動的榮草一眼，榮華大步離開，剛經過轉角，卻看到本該在房間裡睡覺的榮嘉。

榮華大驚失色，立馬跑過去抱住他。「嘉兒，你怎麼起來了？」

榮嘉看著榮華不說話，黑而亮的眸子裡閃爍著璀璨的星光。

「嘉兒，你剛剛是不是全都看見了？會不會覺得……覺得姊姊是個壞人？」

榮嘉搖了搖頭。「我剛剛在想，如果我是哥哥就好了，那麼我一定會保護好姊姊的，姊姊很害怕對不對？」

被一個七歲小孩問是否會害怕，應該是一件很搞笑的事情，但是榮華笑不出來。

因為她真的很害怕！

她從來沒有殺過人，今天是第一次。

她都快怕死了，不過她不後悔。

「姊姊，我真希望自己快快長大，那樣我就可以好好保護妳了，姊姊就不用害怕了。」

小男子漢榮嘉，從來沒有那麼迫切地想要長大，他好想保護姊姊。

「乖弟弟。」榮華抱住榮嘉，聲音溫軟。「有弟弟在，姊姊就不會害怕。我們回去吧，外面冷。」

榮嘉點了點頭。「姊姊，今天晚上的事，我不會說出去的。」

榮華心疼不已。弟弟才七歲，竟然已經懂這些了。

「傻孩子，以後要記住，姊姊很強大，沒有人可以傷害我，所以不要被別人欺負了知道嗎？嘉兒，你要永遠記住，別人最能傷害姊姊的方式，就是傷害你們。你們被欺負，比姊姊被欺負，更讓姊姊心痛，所以嘉兒，如果你想要保護姊姊，那麼最好的方式，就是保護好自己。別讓自己被欺負，就是保護姊姊不受到傷害，懂了嗎？」

榮嘉重重點了點頭。「姊姊，我記住了！」

「乖孩子。」榮華摸了摸榮嘉的頭髮，回房睡下。

她今天忙了一天，真的好累。

只是晚上睡覺的時候，睡得不安穩，作了好幾個惡夢。

榮家門外，某處隱蔽的角落，兩道身影默默站著，全程旁觀。

「將軍，我們是不是可以走了？」

站了好久，實在忍不住的左衛終於開口了。

方才無意中經過這裡，沒想到竟然目睹一場謀殺案的現場。

左衛當時忍不住了，恨不得拔刀上前，卻被將軍攔住。

左衛很驚訝，將軍明顯很感興趣，不讓他插手。

兩人繼續看下去，就聽到謀殺他人的姑娘一句又一句地罵，越聽越心驚，越聽越心寒，越聽越覺得被打的那人咎由自取。

等到那個打人的姑娘離開之後，左衛覺得她說的那句話很對。

善良要有鋒芒！

可是那姑娘都走了，將軍還看什麼呢？

「原來她吃了這麼多苦。」

將軍忽然說話，聲音裡竟似乎有一絲憐惜。

左衛嚇了一跳，反應過來，才知道他在說那個打人的姑娘。

左衛大著膽子問了句。「將軍認得那個姑娘？」

年輕的將軍看向左衛，眉眼凜冽，又冷又野，渾身散發著一股強大的肅殺之氣。

左衛猛地低下頭去。就算跟隨將軍已有幾年，他還是不敢和將軍直視。

忽然間，將軍整個人好似溫和下來，左衛聽到他像是裹著北地風沙的嗓音裡，竟添了兩分溫暖。

「認得，她叫榮華，是我的未婚妻。」

左衛一下子瞪大了眼睛。

未婚妻？

左衛抬起頭，指著不遠處的榮草。「將軍，屬下要不去處理一下？」

將軍的未婚妻怎麼可以是殺人兇手呢？

左衛覺得自己有必要去處理一下屍體。

「不必了，她那小身板，怎麼有力氣殺人。走吧，去邊境。」

見將軍大步流星地離開，左衛這才想起今晚的任務。

他們要去邊境，才會經過這裡，看到這一幕。

左衛回頭看了兩眼這處院子，記下將軍未婚妻的模樣，然後快步跟上。

榮華睡得迷迷糊糊，天矇矇亮的時候，聽到榮珍寶一聲大叫。

「啊，我的草寶兒！哪個天殺的啊，傷了我的草寶兒！草寶兒啊……妳醒醒，哪個天殺的幹的啊！」

榮珍寶的吵鬧聲引起很多人的注意，榮耀祖也急忙披上衣服跑出去。

吵吵嚷嚷的聲音從外頭傳來，榮華等待著有人宣判榮草的死刑。

榮華不怕他們報官，因為在旁人看來，她的身體太虛弱，根本沒力氣殺人，再加上她最近沒怎麼和榮草接觸，昨晚也沒有和榮草撕破臉，所以在外人眼中，她們最近沒有過節，不存在蓄意謀殺的動機。

最關鍵的一點，昨晚看到榮草在打榮嘉的時候，她故意喊榮草吃飯，就是為了來日對簿公堂的時候，告訴他人：她和榮草沒有矛盾，並且已經開始主動緩解關係。

木棍是撿的，麻袋也是撿的，現在又不能驗指紋、比對ＤＮＡ，所以榮華很有信心洗脫嫌疑。

雖然到時候會很麻煩，不過她不後悔。

何況榮珍寶敢報官嗎？如果報官了，她和榮草以前幹的事會不會露餡兒？

榮華默默等待著，卻沒聽到有人說榮草死了，反而聽到有人說：「快，還有氣，趕緊抬回去，還活著呢！」

活著？

榮華翻了個身，心底不知是鬆了一口氣，還是有些失望，總之十分微妙。

不過總歸是有些懊惱，這具身體太弱了，力氣太小了！

榮華把被子往上拉了拉，抱著榮欣又睡著了。

這一次她睡得心安理得。

一覺醒來已經天光大亮，她睡得迷迷糊糊，就聽到榮珍寶在外面大罵。

榮華穿上衣服，洗漱好後走出來，就見榮珍寶一手拎著破盆，一手拿著銅鑼，一邊敲一邊罵，從村東頭罵到村西頭，又從村南頭罵到村北頭。

她罵得又難聽又潑辣，所以也沒人理她。

榮草已經請大夫看過了，說是外傷沒什麼，就是在外面凍得太久，發了高燒，還不知道高燒能不能退呢！

有人懷疑榮華嗎？

榮華不知道。

不過有什麼關係呢？現在全家都指著她養家。

榮華走出來的時候，家裡沒有一個人敢來問她，昨晚有沒有聽到什麼動靜。

榮珍寶沒敢報官，怕牽扯出當時殺害榮華的案件。她能做的，就是潑婦般在村子裡罵了三天三夜，鬧得雞犬不寧。

後來有人傳言榮草被人毀了清白，榮珍寶氣得和那人罵了半天，最後終於消停，不再出去潑婦罵街了。

現在家裡二房、三房外加榮珍寶她們都懂得安生了，榮華覺得很好。

轉眼就到了和林峰約定的供貨日，她要早做準備。

榮嘉和榮欣吃好喝好地供養著，傷好得很快，但榮華每每看到還是心疼不已。

「明天就要去送貨，我先去找八牛哥確定一下。」

榮華出門去找穆八牛，只是剛出門，就看到穆八牛扭捏地站在自己家轉角處。

「八牛哥，你在這裡是來找我嗎？」

穆八牛扭來扭去，低頭看著自己的指尖，不好意思地說：「華妹妹，對不起，我明天沒辦法陪妳一起去了。」

榮華面色不改，溫和地說：「沒關係，八牛哥，你有事的話就去忙，我沒關係的。」

穆八牛很不好意思，為難地問道：「那妳一個人怎麼辦啊？」

還未等榮華說話，他就接著問：「華妹妹，妳一個人去很危險的，不如妳後天再去，後天我就有時間了，到時候我陪妳一起去，行不行？」

榮華沒答應下來，只是安慰穆八牛，讓他放寬心去忙自己的事。

「八牛哥，你明天用驢車嗎？我想先用驢車裝好貨。」

「我不用！我這就回家替妳把驢車趕過來。」

「謝謝八牛哥！」

榮華看著穆八牛跑遠了，才嘆了口氣。

她沒有答應穆八牛後天再去送貨的提議。

明天是供貨的日子，這是她和林峰的第一次合作，也是第一次供貨，林峰自然也想看看她有幾斤幾兩。

第一次供貨就出問題，以後還怎麼合作下去，更何況她現在也沒有辦法通知林峰明天不供貨。

如果她明天不去，而林峰早早就已經等在那裡，那麼以後還能不能合作都是個問題。

如果她明天去告訴林峰自己不供貨，那不是有毛病嗎？

人都到了，趕個驢車帶批貨有什麼問題？

榮華已經決定了，明天自己去送貨。

過沒多久，穆八牛趕了驢車過來，他覺得很對不起榮華，一個勁兒道歉。

榮華安慰他好一會兒，穆八牛臉色才好看一些，轉身跑回家了。

看到穆八牛離開後，榮華才嘆了口氣，默默地開始裝貨。

驢車不大，將擋風的毛氈子取下來，使勁塞還勉強裝得下那麼多貨。

榮華一個人在院子裡，沒多久二嬸就走了過來，諂媚地笑著，殷勤問道：「華兒，妳買這麼多編織品究竟要幹什麼？妳是要做生意嗎？那妳要把這些東西賣到哪裡去？」

榮華沒有回答她這個問題，俏皮笑了一下。「秘密。」

她長得好看，一張小臉清麗動人，笑起來又溫婉，尤其那雙眼睛濕漉漉的，很容易會讓人心裡升起憐惜的情緒。

所以二嬸根本沒法生氣，伸手不打笑臉人啊！

二嬸臉上的笑容乾乾的，她轉個話頭，又開始打聽其他的事情。「華兒啊，妳哪裡來的錢買這麼多東西啊？是不是穆家給妳的？他們給了妳多少？」

榮華沒看她，認真忙自己手上的工作，隨意地問：「穆家為什麼要給我錢？」

二嬸打了個哈哈，一時間竟然說不出話來，她心底暗罵著，榮華這個賤丫頭竟然會扯謊了，同時也有點疑惑，這個死丫頭什麼時候變得這麼難纏了？

在她心裡，榮華有錢，那麼一定是穆家給的，不然那麼多錢哪兒來？

二嬸才不是那麼好打發的，她兩隻手揣在袖子裡，端著手問道：「華兒，二嬸能不能請妳幫個忙？二嬸最近手頭比較緊，妳看能不能先借二嬸一點錢，二嬸以後一定還妳。」

二嬸打著如意算盤，想先把錢弄到手，以後還不還，不是她說了算嗎？

榮華無奈地搖了搖頭，輕輕笑了一下。

哪怕有人教了二嬸該怎麼做才有前景，卻還是這麼沈不住氣，想從她這裡搜刮一點錢出去。

二嬸如此愛貪小便宜，但榮華可不順著她，平靜地說：「二嬸，我真的沒錢。」

二嬸的臉色一瞬間變得很難看，幾乎忍不住自己的情緒，要和以前一樣脫口而出罵人的話，不過很快她又忍住了，並且擠出一個諂媚的笑來。

「華兒，沒事、沒事。等妳以後發達了，可千萬不要忘記妳二嬸我，還有妳的幾個哥哥、姊姊。」

表情猙獰又非要露出笑來，二嬸這個笑容扭曲又怪異、僵硬又難看。

榮華沒有迎合她，只淡淡一笑。

二嬸實在待不下去，打著哈哈走了。

剛一轉過身，二嬸就開始無聲咒罵，今天她可算是被這個小賤人給氣死了！

當她走到三房門口時，三嬸啐了她一口。「馬屁精，熱臉貼冷屁股了吧？活該！」

二嬸當下兩手扠腰，差點又和她打起來。

榮華一臉無奈，三嬸明顯打不過二嬸，還每每都要挑釁，真是無法理解。

後院重新恢復平靜，榮華自得其樂地忙著自己的事情。

且說榮草高燒還沒退，榮珍寶現在也不興風作浪了。

不過榮草的名聲，全被她娘給毀了，現在整個村子裡都在傳榮草是被人毀了清白。

榮華覺得她活該。

細碎清淺的腳步聲響起，榮淺的聲音在身後響起。「華兒，我來幫妳。」

榮淺被她娘打出來的傷還沒好，臉上依舊是紅腫一片，看上去可憐極了。

榮華對這個善良、懂事、不作妖的榮淺姊姊很是憐惜，當下便拒絕了榮淺，讓她去休息。

榮淺卻搖頭，自顧自地幫榮華整理堆在地上的貨品，輕聲說道：「華兒妹妹，沒關係的，妳一個人要弄到什麼時候啊？我來幫妳，人多力量大。」

榮華不再堅持，只是認真道謝。「謝謝淺姊姊。」

三嬸探出頭來，惡狠狠地啐了榮淺一口。「賤骨頭！」

榮淺早已習慣自家娘親的樣子，她悄悄地朝榮華吐了吐舌頭。「華兒，妳別在意，我娘她就這個樣兒。」

榮華笑著搖了搖頭，除了有點心疼榮淺外，她對三嬸的為人沒有任何想法，那是別人家的事，她沒什麼好在意的。

在榮淺的幫助下，榮華很快就把貨品全部搬到車子上，將貨品用繩子捆住、固定好之後，榮華又用毛氈子將所有貨品都蓋得嚴嚴實實，四個角綁好便大功告成了。

將這一切做好之後，榮華拍了拍手，放下心來。

挽住榮淺的胳膊，榮華本想和她聊聊天，就聽到了三嬸的咆哮。

「衣裳都幾天沒洗了，還不快去洗！」

榮淺慌忙應聲道：「來了。」

不一會兒，榮淺就領著她的四個妹妹，抱著一大堆衣服走了出來。

自家院裡的井水是給人飲用的，這裡很容易乾旱，所以人人都對自家井水很寶貝，洗衣服是要去村外的一條小河。

榮華想了一下，便讓榮淺稍等，自己回房抱了髒衣服，榮嘉和榮欣也想跟，於是榮華便帶著這兩個小蘿蔔頭一起出門。

走到院子裡才發現，二嬸家的兩個女兒也抱著衣服等在院子裡。二嬸對自己的兩個兒子很寶貝，那兩個小子是不做半點家務事的。

最後就變成了大房的三個孩子、二房的兩個女兒、三房的五個女兒，一起去洗衣服。

大大小小十個人，任誰看一眼，都會說一句人丁興旺。

一行人浩浩蕩蕩地往村外的小河邊走。

在原主的記憶裡，這些同齡的姊妹們倒是沒怎麼打罵過她，畢竟大家日子都不好過，長輩又有重男輕女的思想，大家都是一樣的，反而容易互相同理，也就沒必要誰欺負誰了。

只有那個榮草，欺負原主最厲害。

不過在榮華眼裡，二嬸和三嬸都不是什麼好東西，雖然沒有榮珍寶那麼壞，可是當初那一大家子的所有家務活，可不就是她們塞給原主的嗎？

榮華穿越過來之後，除了自己家的家務，再也沒幫其他幾房的人做了。而她偶爾積極下廚做飯，主要是因為家裡這些人做的飯實在不太好吃。

大家年歲都不大，更遑論還有幾個更小的，一路上嘰嘰喳喳的都是在討論榮華最近做的菜。

榮華這幾天做的菜都有肉，味道也很好，小的們都對吃的感興趣，幾個小的嘰嘰喳喳地圍在榮華身邊，不停說著她做的菜有多好吃。

榮華看著，竟難得覺得有點溫馨。

果然，不摻和大人的恩怨，孩子都還是很單純的。

三房那個最小的女兒，榮淺憐惜她妹妹年紀小，沒讓她拿衣服，她便牽著榮欣和榮嘉的手，乖乖走在榮華和榮淺中間。

大的牽著小的，小的牽著更小的，看上去還滿有趣的！

等到了河邊，開始洗衣服的時候，榮嘉和榮欣還要過來幫忙洗，被榮華笑著拒絕了，讓他們在一邊玩。

村子裡沒有什麼好玩的東西，幾個姊妹們的談資，不過都是榮華罷了。

她們一說榮華勇敢，二說榮華手藝好，三說榮華最近好像變漂亮了，嘰嘰喳喳地倒也熱鬧。

榮華看大家對村子以外的世界很感興趣，就把王夫子說的別國風土民情之事，挑挑揀揀講給他們聽。

幾個姊妹都聽得入迷了。

別說大的，就連榮嘉和榮欣這兩個小傢伙都聽得發愣呢！

河水冰冷刺骨，不過大家熱熱鬧鬧、說說笑笑間，時間過得飛快，轉眼下午就要過去了。

榮華發誓，這是她來到這裡這麼久以來，和大家相處氛圍最輕鬆的一次，簡直要感動到哭了！

洗過衣服之後，天都快黑了，眾人趕緊回家，到家後把衣服晾起來，榮華就開始準備做飯了。

感念於今天下午的輕鬆氛圍，榮華準備給他們做一頓好吃的。

榮淺在灶房幫忙，榮華把最後兩斤肉給拿出來，炸了一頓回鍋肉。

金黃酥脆的回鍋肉，那味道不是蓋的，北風一吹，香味遠飄。

肉還沒出鍋，已香得讓人受不了，就連在房間裡伺候榮草的榮珍寶，都跑到灶房門口，頻頻張望。

最後端肉上桌的時候，大家都爭著吃。

榮華提前把自己房裡的那一份留下來，因為這些人如餓狼撲虎一樣，等她忙完，哪裡還有剩？

榮華還在灶房忙，其他人都擠去堂屋，這時候二嬸的大女兒榮絨走了進來。

榮絨已經十九歲了，長相普通，還不怎麼愛說話，平時很悶，存在感很低。

榮華對她沒什麼印象，此時看到她進來，以為少拿了碗筷。

果不其然，榮絨去拿碗筷了。

榮華沒在意，就聽到榮絨借著拿碗筷湊到自己身邊，壓低聲音快速地說：「華兒，我剛剛聽到我娘讓我兩個弟弟明天盯著妳，好看看妳要把那些貨拉到哪裡去，妳注意一點。」

榮絨說完，立馬轉身離開。

榮華愣了一下，不動聲色地道了謝。

榮華垂著眸，手上的動作慢了下來，臉上浮現出一絲冷笑。

呵呵，她的好心情幾乎瞬間就被破壞了，二嬸的行為深深觸到了她的逆鱗。

這幾個原主名義上的長輩，真是讓人噁心。

榮華冷著臉，心情不爽到極點。每天被這樣一群人算計著，讓她覺得渾身不舒服。

灶房外響起踢踢躂躂的腳步聲，伴隨著榮欣奶聲奶氣的聲音傳了進來。「姊姊，欣兒餓啦！」

榮欣奶呼呼的聲音，瞬間撫平榮華心底所有的厭惡情緒，臉上幾乎是不由自主地帶上溫和的笑容，她甜甜地回道：「欣兒乖，姊姊馬上就好！」

榮嘉帶著榮欣走了進來。現在榮欣被榮草給嚇怕了，一個人不敢出門，每次都要和哥哥一起。

榮華很快又做了兩道素菜，然後和弟弟、妹妹一起回到房間。

今天榮耀祖回來得早，一家五口和和美美吃了頓飯。

桌子在吊爐旁邊，烤火吃飯的時候也不覺得冷。

榮華做的回鍋肉極為正宗，兩面金黃、香酥可口，弟弟和妹妹都愛吃，就連爹爹都吃得一嘴泛油。

吃過飯後，榮華準備今晚早點睡，養足精神，然後凌晨就出發，不等天亮，打二嬸一個措手不及。

第八章　穆良錚

等到榮華醒來的時候，天還是漆黑的，這時候也沒有鬧鐘，全是因為她心裡想著事情，才早早醒來。

榮嘉和榮欣還睡得香甜，榮華親了親他們的小臉，然後穿好衣服出門。

剛推開門走出去，榮華就被夜裡的寒氣給驚著了。

我的媽呀，也太冷了！

剛從被窩裡出來的溫熱身體，對屋外數九寒天的艱苦環境產生本能的抗拒，一點也不想出去。

榮華只好回房間去拿一件毛氈子，完全圍在自己身上、只露出兩隻眼睛來，她才有勇氣踏出房門。

外面寒風呼嘯，那風颳得比刀子還駭人。

娘親一直說要下大暴雪，但是都一個星期過去了，雪還沒有落下來。

榮華覺得自己不會這麼倒楣，會遇上暴雪天。

她相信自己的運氣！

摸黑走到驢車旁邊，榮華還仔細聽了一下動靜。院子裡靜悄悄的，風聲中夾雜著二嬸家那兩個小子此起彼伏的鼾聲。

榮華放下心來，小心翼翼地趕著驢車走出院門。

鄉村的夜色很黑，沒有一丁點光亮，榮華也有點心虛，但她不得不去！一咬牙，揚起長鞭打在驢車上，那頭強壯的成年驢嘶鳴了一聲，開始拉著車搖搖晃晃地向前走。

榮華懷裡抱了一把剪刀和一把菜刀，雖然她覺得在這樣的天氣，很大機率不會遇到壞人，但是以防萬一，還是要帶一些防身的東西。

之前，榮華去千武鎮一趟，她是待在驢車上，只知道大概方向，所以不記得路線。穆八牛說這隻驢是他四哥帶回來的，從小跟著馬在軍營長大，自己會認路，榮華才放心。

榮華控制著驢車出了村子，往千武鎮的方向去。

這頭驢自己記得路，根本不需要榮華掌握方向。

榮華木然地坐在驢車上，雙手縮在毛氈子裡緊緊地拽著繩子。雖然用毛氈子將自己捂得嚴嚴實實，她還是覺得好冷，現在只能通過暢想自己今天這一趟貨能賺多少銀子，以此心理安慰來抵禦寒風。

冬天晝短夜長，過去兩個時辰後，天邊才出現一絲亮光，等到天光徹底大亮時，榮華已經看到地平線那頭的千武鎮了！

看到千武鎮，榮華就想起八娘姊姊的好手藝，那味道美味極了，她現在肚子裡空空的、又冷又餓，迫不及待想要吃一碗熱騰騰的麵呢！

到達千武鎮後，榮華將驢車登記停放好，就直奔八娘那裡。她之前和林峰約定的交貨時間是中午，現在頂多早上，時間仍很充裕。

不過到了麵攤時，榮華猶豫了一下。她現在一分錢都沒有，所有的錢都拿來買貨了，恐怕沒法吃麵。

榮華正失望地轉身準備離開。

「丫頭是妳？」

八娘看著榮華的背影，不確定地喊了一聲。

榮華轉過身，小臉被凍得煞白。她露出一個溫和的笑容，輕輕點頭。「八娘姊姊，我們又見面啦！」

「真的是妳，小丫頭，妳怎麼不進來呢？我看到妳在這裡站了有一會兒。」

榮華不好意思地摸了摸肚子。「八娘姊姊，我現在身上沒帶錢……」

「小事，妳進來先吃了再說，錢下回補上就是了。」

八娘豪氣極了，榮華看著她，覺得她身上帶著一股俠氣！

榮華也不扭捏，進來找位子坐下，又立馬補充。「我中午就可以給妳錢。」

「多大點的事，就當姊姊我請妳吃碗麵如何？」八娘一邊下麵，一邊看向榮華。「姊姊我就看妳順眼，小丫頭要吃什麼麵？」

「要冬筍雞湯麵。」

八娘做事極其麻利，不一會兒就做好了一碗麵，熱滾滾的麵湯色奶黃，上面漂著一層淡淡的油光，分量十足的冬筍和大塊的雞肉鋪在奶白的麵上，好看極了。

榮華下意識想要拿出手機拍照，記錄下這一刻的美好，卻忽然想起自己現在沒有手機，不禁莞爾一笑，開始吃麵。

一口熱呼呼的湯一下肚，直接從胃裡暖到心裡。冬筍清脆爽口，雞肉鮮嫩多汁，榮華瞇著眼，吃得一本滿足。

這個世界裡的農作物，都是天然食材，雖然調料不多，但是真的好吃。

一碗麵下肚後，榮華感覺自己的身體熱起來了，她也沒走，就坐在麵攤裡和八娘閒話家常，聽她講千武鎮的趣事，等待著中午的到來。

後來八娘忙了起來，榮華還幫她打下手，招呼客人。

八娘不由得更喜歡這個小丫頭了。

「八娘，和以前一樣，來一碗紹子麵。」

這個聲音，好像有點耳熟？

榮華眨了眨眼，抬起頭和來人四目相對，發現對方也驚訝地看著自己。

這不正是林峰嗎？

「又吃紹子麵？」八娘有些嗔怪。「和你說了多少次，一大早就吃這麼辣，對身體不好。」

林峰朝八娘笑了一下。「我就好這口。」

八娘沒再說什麼，幫他下麵去了。

林峰驚訝地看向榮華。「這麼巧？」

「是滿巧的。」

榮華溫和一笑，雙手抱著一碗茶。

如今竟然這麼巧遇到了林峰，她就不用等那麼久，可以早點回去了。

林峰坐到榮華的對面，看了眼她身旁，沒發現穆八牛，問道：「妳哥哥呢？」

「他有事，今天是我自己來的。」

「妳自己？妳膽子也太大了吧！」

林峰有些驚訝。他知道從桃源村來到千武鎮需要多少時間，榮華這麼早就到了，肯定是凌晨就出發了。

這麼小的姑娘敢自己帶貨一個人走夜路，這分膽量讓他吃驚。

不過還是有些危險啊……

林峰想著事情的時候，八娘已經把麵做好了，這碗麵紅油不多，肉末倒是鋪了滿碗，十分豐盛。

林峰謝過八娘，就開始大口吃了起來。

他吃完了麵，就隨榮華一起去取貨。

榮華這次拉了一千個小型貨品，加三百個中型的，她收購的時候花了兩貫錢。

主要是因為大家手裡的編織品都太多了，榮華去買的時候，村裡人都打包送，所以才能如此便宜。

小型貨品，榮華的定價是十二錢，按照林峰的報價，每一件多付三成，一千件就是一萬五千六百文錢；中型貨品，榮華的定價是七十文錢，林峰的報價加上三成，三百件就是兩萬七千三百文錢。

兩個加總起來是四萬二千九百文錢，將近快四十三兩銀子！

榮華一邊算帳，一邊覺得自己頭腦暈乎乎的。

她現在算是有了一筆鉅款！

來到這裡之後窮了那麼久，榮華還是第一次感覺自己富裕了起來，同時又覺得自己沒有出息，才快四十三銀子而已，距離腰纏萬貫還遠著，怎麼自己就興奮到懵了？

但是她真的好開心，有了這筆錢，感覺自己的腰桿子更硬了。

林峰拿著算盤算好錢，他的夥計點好了數量，都沒挑出來殘次品，林峰爽氣地付了錢。

榮華按照一比一的匯率，和他換了四十兩銀子，餘下的二千九百文錢，榮華沒換成大煜王朝的錢幣，準備在千武鎮買點東西帶回去。

拿著四十兩白花花的銀子，榮華心情有點激動，一本萬利、一本萬利啊！

刨去本金兩貫錢，榮華這一趟淨賺四十兩銀子！

果然世界上沒有比走私更賺錢的事情了！

拿到錢喜孜孜的榮華正準備離開，林峰卻叫住了她。「榮華，我們聊聊。」

兩人找了一間小茶攤，點了兩杯大麥茶。

榮華好奇地問道：「有什麼事嗎？」

林峰直接問道：「妳哥哥以後會準時陪妳一起送貨嗎？」

榮華思索了一下，搖了搖頭，穆八牛總有自己的事情要做，她也不好總是麻煩人家，便堅定地說：「我自己送貨也可以。」

「我自然知道妳可以，我今天已經見識到妳的膽色了，但是妳的安全問題，也代表了咱們合作的風險啊！如果妳在送貨的路上遇到危險，遭遇不測，那我們還怎麼繼續合作呢？我是個生意人，要將風險降低到最小，才能保證自己的長遠利益。」

林峰繼續道：「所以我考量到妳送貨的安全問題，覺得妳一個女孩子這樣實在太危險，如果妳願意的話，我們把交易地點改在袁朝邊境線那裡吧！這樣妳就可以少走一半的路，單程一趟一個時辰左右，不用那麼早出門，也不用擔心下午回家時天都黑了。主要是妳一個人摸黑出門，又摸黑到家，實在是讓人不太放心啊！

「其實最好的辦法就是我讓夥計上門去拉貨，這樣既方便也簡單，妳的安全問題也可以有好的保障。但是你們大煜王朝的禁令，對他國之人太不友好了，一旦我被發現去大煜做生意，牽扯出來就是兩國的問題，我不能冒這個險。所以貨品交易不能在你們大煜境內，袁朝邊境線內是我能做的最大讓步。」

榮華沈思了一下，覺得這個林峰是真的在為自己考慮，這件事讓榮華對林峰的人品有了更清楚的認知。

他的人品很好，值得信任。

林峰的提議對榮華來說非常好，不用送貨到千武鎮，而是選擇了一個折衷的地方，她可以少走一半的路程，這對目前只有一輛驢車、暫時不能請夥計的榮華來說，是非常棒的提議。

榮華沒有理由拒絕，點了點頭表示同意。

「還有第二個問題。」林峰指了下榮華的驢車。「妳只有一輛車，所以一次的貨品運輸有限，我在想我們是不是可以調整一下每個月貨品運輸的次數？上次我去你們那裡實地考察了一下，覺得你們那裡完全可以承受得起大批量的供輸。」

「這個我自然是願意的。」

送一趟貨能賺這麼多錢，增加每月運輸次數，能賺的錢就更多了，榮華當然很願意，也沒理由拒絕。

而且榮華送一趟就能賺這麼多錢，林峰卻比她還急著要加次數，這說明林峰也絕對賺到了錢，所以他迫不及待想要加大貨運量。

合作就是要大家一起賺到錢，才算雙贏。

榮華滿喜歡林峰的，他在保證自己的權益同時，是真的站在榮華的角度考慮問題。

榮華和林峰又針對新的供貨時間展開討論，最後決定三天供一次貨，由一開始的一月四次，增加到一月十次。

現在還在正月，榮華心裡想了一下，擔心自己一開始這樣會太張揚，決定將新的供貨時間定在下個月開始實施，留給自己一個緩衝時間。

等到二月初一，就正式開始新的供貨時間。

和林峰將這些細節都確定之後，兩個人才分開。

榮華拿著錢，先回到八娘的攤位償還麵錢，隨後開始去大採購。

她拿著自己那二千九百文錢，先去買米。

大煜王朝米少，平安鎮的精米一百銅板一斤，糙米六十銅板一斤，實在是太貴了，豬肉也不過三十銅板而已。

而袁朝稻米產量特別高，千武鎮的精米二十文錢一斤，糙米十文錢一斤。

榮華尋思著，完全可以在袁朝買米，帶貨回去啊！

榮華用一千文錢買了五十斤精米，又用一千錢文買了一百斤糙米，準備精米、糙米混合著吃。

平安鎮的豬肉三十銅板一斤，千武鎮大概十五文錢一斤，榮華用三百文錢買了二十斤豬肉，又拿三百文錢買了四隻活雞。

剩下的三百文錢，榮華替家裡的弟弟、妹妹們買了一些吃的、喝的、用的小玩意兒，到時候回去當作禮物送給他們。

做完這一切之後，已經中午了，榮華請別人幫她把米搬到驢車上，用毛氈子蓋好，又去八娘的麵店吃了一碗麵。

吃過麵後，八娘催她趕緊回家。「丫頭，別耽誤了，妳趕緊回家吧！妳看這天色，陰沈沈的，可能要下暴雪。」

八娘又看了看外面的天色，臉上有一些擔憂。「不如妳就別回去了，在我這裡睡一晚吧！我怕妳在路上萬一下雪了，到時候前不著村、後不著店的可怎麼辦。」

「八娘姊姊，我這就回去了，我今天沒和爹娘說我不回去，如果我不回去的話，他們會擔心的。我回去路程大概就兩個多時辰，傍晚就到了，姊姊放心。」

榮華臉上帶著笑，清麗動人。

「妳這麼大點的孩子讓我怎麼放心，妳要不等我一下，我去找一下林峰，讓他送妳。」

榮華不想這麼麻煩別人，但是八娘堅持，她也無法婉拒。

但是找了一圈並沒有找到林峰，榮華實在無法繼續耽誤下去，和八娘提出告辭。

駕著驢車搖搖晃晃往桃源村走的時候，榮華還覺得自己不會這麼倒楣。她看了眼天色，簡直像是魔幻大片裡黑雲壓城的畫面，天陰沈得可怕，北風嚎叫著席捲過來時，哪怕渾身上下都被毛氈子包得嚴嚴實實，她還是感覺透骨的涼。

催促驢快點走，結果還是跑不過雪，走了一個多時辰，剛過邊境線的時候，鵝毛似的大雪就落了下來。

雪花濃密到極點，鋪天蓋地地落下來，不一會兒地上就雪白一片。

榮華沒想到竟然真的下雪了，她現在處於邊境線的位置，附近真的沒有什麼人煙，只能悶頭往家裡趕。

雪花不一會兒就糊住榮華的眼睛，睫毛上一層冰珠。她將雪抹去，很快又是一層。

雪太大了，她一點辦法都沒有，身上也已經落了滿滿一層的雪，都來不及抖落。

地面的雪越來越厚，驢車的車輪開始打滑，路面越來越難走，驢車也前進得越來越慢。

榮華覺得這樣下去不是辦法，她還沒想出什麼好主意的時候，驢車徹底不動了。

雪地難行，這頭驢也拉不動了。

榮華覺得自己可能會凍死在這裡。她眺望前後左右，天地間白茫茫一片，濃密落下的雪花遮擋了視線，她根本看不清多遠。

榮華咬咬牙，鬆開韁繩，放了那頭驢自由。現在這情景，繼續走下去也根本走不動，她倒不如讓這頭驢自己走了，免得讓牠陪自己一起凍死。

這隻驢認識回家的路，或許牠還能給自己找到救兵也不一定。

榮華也想過騎著這頭驢走，但是低溫環境下，這頭驢也沒有多少體力，到時候可能還是一起凍死，何必呢？

將買的幾隻活雞裝麻袋裡並綁在驢身上，榮華咬破指尖在麻袋上寫了「救命」兩字，以及自己的地理位置，她只能寄望於有人看到這個求助消息。

但是就目前這個惡劣的天氣，就算有人看到了，會來救她嗎？

榮華沒抱多大的希望。

她摸了摸驢的耳朵，凍得哆哆嗦嗦地說道：「跑快點，一定要活下去。」

驢竟然不願自己離去，榮華驚訝之餘也有些感動，催牠離開。「去找人來救我。」

這頭極其通人性的驢好像聽懂了，一撒蹄子就跑開了，不一會兒就消失在蒼茫的雪中。

榮華環顧四周，真的有種世界上只剩自己的孤獨感，面對大自然的威力，她有點絕望、無力。

但榮華不是一個坐以待斃的人，她迅速爬到車上，將幾袋米重新堆了一下，中間留下一個可以容納一個人的空間，上面留兩袋米待會兒封頂。

榮華爬進這個洞前，先用毛氈子將車包好，她在洞裡將毛氈子掖好，確定不漏風了之後，才在洞裡拉過兩袋米堵住上面。

用毛氈子將自己包好，雖然沒有風進來，可是這樣的低溫環境，她也不知道能堅持多久。

榮華能清楚地聽到外面鬼哭狼嚎般的風聲，以及雪花落在毛氈子上的聲音。

風好大，雪好大，她好冷。

榮華希望雪快點停，這樣她就不會被凍死了。

她不想死。

她今天賺的四十兩銀子都沒花，還沒有給娘親請大夫治病，如果她死了，弟弟、妹妹一定會很難過。

怎麼辦呢？怎麼辦呢？

榮華真的是一點主意都沒有，時間一分一秒流逝，外面的雪不僅沒有停，反而越下越大了。

榮華能感覺到自己的體能在慢慢流失，唯一慶幸的是她用米臨時搭建的防風洞還算有用，她倒不至於立馬凍死。

但是榮華真的不知道自己還能撐多久，如果這個雪一直下，幾天都不停呢？

榮華有點想睡覺，趕緊掐著自己的手，強迫自己清醒著，絕對不能睡！

「不能睡，在這樣的低溫環境下，很容易在睡夢中死去的！」

可是真的好睏唷……

榮華感覺自己的眼皮好累，她要非常努力，才能睜開眼睛。

榮華開始回憶起自己這一生，忽然覺得，如果就這麼凍死在這裡，會不會是世界上最悲慘的穿越者？

死得也太慘了。

身體和意識鬥爭著，你來我往，但身體佔了上風。

榮華有點絕望，能明顯感受到自己的意識越來越薄弱了。

似乎有馬蹄聲由遠及近地傳來，最終停在車邊。

毛氈子被掀開，米袋子被推開，有天光透了進來。

意識模糊的榮華被冷風一吹，打個哆嗦醒了過來。她睜開眼睛，瞧見漫天風雪中，有個人如天神般站在自己面前。

一身玄衣，披了一件黑色皮毛大氅，他在滿天風雪中穩穩地坐在戰馬上。

榮華一時間沒看清楚他的長相，只聽到他自風雪中飄來的聲音，說：「榮華，別怕。是我，穆良錚。」

穆良錚？

她大概這輩子都不會忘記這三個字了。

不久前，桃源村內，穆家大院堂屋。

穆八牛正在吃著大肉包，一邊吃一邊抱怨。「那個媒婆說什麼姑娘美若天仙，我去看了，根本一點都不好看！害得我今天都沒陪華妹妹去送貨。」

穆八牛說到這裡，小心翼翼地看著裡屋內的四哥一眼，憨憨地笑著。「四哥，你別打我，我和華妹妹約好了，明天去送貨，不過這個天氣，只怕明天也不能去了。」

「嗯。」

穆良錚並未抬眸，專心致志地擦拭著自己手裡那把刀。

刀身閃爍著寒光，穆八牛一想到這把刀不知道殺了多少人，心裡就打了個寒顫，脖子也是一涼。

他轉過身子，還是覺得手裡的大肉包可愛，專心致志地啃包子。

這時候，院子裡傳來穆大娘的驚呼聲。「哎，這驢不是借給華兒了嗎？怎麼自己回來了？這上面還有字，救命？被困在了野外？……八牛你給我出來，你看看這驢是怎麼回事？」

穆八牛驚得手裡的肉包子都掉了。他感覺自己渾身冒冷汗，腿肚子直打顫，回頭看了眼四哥，嚇得都快哭了，哆嗦著開口道：「四哥，我、我、我真的不知道是怎麼回事。」

穆良錚沒理他，快步走了出去。

院子裡那隻驢果然找到家了，牠渾身都是雪，此時嗷嗷叫著，看到穆良錚後親切地蹭了上去。

穆良錚仔細看了眼麻袋上留的字跡。

那是血。

穆八牛磨磨蹭蹭地走了出來，看著那頭驢，期期艾艾地小聲說：「我是把驢車借給華妹妹了，她可、可能自己去、去了。」

穆大娘一巴掌拍在穆八牛身上，罵道：「你個臭小子說什麼呢？華兒怎麼了？」

穆八牛還沒說話，穆良錚已經離開了。

他披上皮毛大氅，翻身上馬，動作行雲流水。

戰馬嘶鳴，狂風將他的大氅吹得飛舞，寬闊的背影很快消失在漫天風雪中。

穆良錚的動作太快，等到眾人反應過來時，哪裡還有他的身影。

穆大娘只來得及喊出一句。「你去哪兒？」

這句話淹沒在風雪中。

戰馬跑得飛快，早已習慣狂風颳臉的感覺。

穆良錚瞇起眼睛，在遼闊的天地中尋找那個小丫頭的身影。

遼闊天地銀裝素裹，只見遠處一輛被雪覆蓋的驢車，卻不見那個小丫頭。

穆良錚認得那輛驢車。

他輕輕皺眉，這樣的天氣棄車離開很不明智，如果在漫天風雪中迷路、暈倒，那麼想要找到她，可就太難了。

穆良錚覺得那個丫頭不會這麼蠢。

他策馬來到驢車旁，掃開積雪、扯開毛氈，見兩袋米間的縫隙裡，好像有一抹淡淡的顏色。

他推開米堆，瞧見了一張慘白的小臉。

榮華巴掌大的臉上毫無血色，柔弱而無助地蜷縮成一團，像隻可憐的小貓。

穆良錚心底升起了一絲憐惜。

這個丫頭，每次遇到她，她好像都是這麼慘。

穆良錚瞧見那丫頭顫巍巍地睜開眼睛，澄澈的眸子裡乾淨極了，裡面都是茫然無措。她的眼神無助地望了過來。

穆良錚握緊轠繩，心底只想讓她安心，語氣都輕了下來。「榮華，別怕。是我，穆良錚。」

穆良錚這三個字，比什麼話都管用，

在這樣絕望的境地，這個名字又給了她生的希望。

就像在枯井底，意識昏沈之際，也是他如同神兵天降般出現，告訴榮華。「別怕。」

這是榮華第一次真切地看清楚穆良錚的長相，他五官生得極為俊朗，眉眼凜冽又野氣，明明是很年輕的一張臉，看上去卻有些滄桑。

他身上帶著血氣。

來自屍山血海中浸染的血氣，雖然讓很多人覺得害怕，但是榮華不怕。

當她睜開眼睛，看到穆良錚如蓋世英雄般出現，他的眉眼上帶著雪花，他說別怕。

漫天飛舞的雪花彷彿成了他的背景板，榮華的眼睛裡只能看見他。

看見他堅毅的眉眼。

看見他紛飛的大氅。

看見他自絕境般的風雪中伸出的那雙手。

那雙手指節修長，掌心帶著繭子，手背上還有一條疤。

這雙手曾經殺了很多敵軍，此時在榮華眼裡，這雙手卻如佛前綻放在雨雪中的白玉蘭一樣慈悲。

穆良錚俯下身，將榮華攔腰抱起，抱到懷裡。

榮華渾身冰涼，穆良錚將她擁在懷裡，取下大氅將她包圍得嚴嚴實實。

這麼瘦小的人，好像一用力就能捏碎似的，穆良錚下意識放輕動作，生怕自己傷到榮華。

將榮華包好後，隨手將毛氈重新蓋在驢車上，他的嗓音有些沙啞。「這些東西只能等雪停之後再拉回去。」

榮華輕輕點了點頭。

他的懷抱好暖和，凍了好久的榮華不由得往他懷裡蹭了蹭。

榮華能聽見他如鼓的心跳聲，強健有力，充滿了生命的活力。

穆良錚的身體滾燙，榮華感覺自己的身體在漸漸回暖，她輕輕從大氅裡露出了腦袋，揚起下巴看向他。

這個角度的穆良錚，下巴線條柔和很多，好看的側臉難以言喻。

穆良錚低頭，和榮華的視線相對，小丫頭慘白的臉上有著一雙明亮的眸子，這雙眸子現在有著柔軟的目光。

柔軟的目光正在盯著他看。

面容冷硬如他，此時也忍不住心底的鐵漢柔情，眼神溫和了些。

穆良錚伸手撫上榮華光潔的額頭，然後輕輕地將她的腦袋塞回大氅裡，他的聲音夾雜在風雪中，響在榮華的耳邊。「坐好，我們要走了。」

榮華下意識拽緊他的衣服。

他兩隻手環過榮華的腰，將她往懷裡一帶，馬蹄一揚跑開了。

榮華感覺到他的胸膛不是一般的堅硬，環著自己的雙臂也如鐵箍一般，她安安穩穩地坐在他懷裡，心底是前所未有的安穩。

這個人救了她兩次，是榮華的英雄。

馬兒跑得飛快，榮華安心地在他暖和的懷裡睡著了。

等醒來的時候，榮華一時間有些懵，不知道自己在哪裡，就聽到穆良錚的聲音在頭頂響起。「醒了？」

有些遲鈍的思緒漸漸恢復，榮華想起之前發生的一切，伸手揉了揉眼睛，有些貪戀地在穆良錚懷裡蹭了蹭。

穆良錚不敢動，僵硬著身體，沒敢動彈。

這小姑娘又嬌又軟的，怎老蹭他？

榮華吸了下鼻子，雖然頭有點疼，但幸好沒感冒，她可不想繼續喝中藥。

穆良錚的懷抱好暖和，讓人覺得特別安心，榮華有些貪戀，不想起來。

她自圍得嚴嚴實實的大氅內抬起頭，瞧見穆良錚的側臉，他方才低頭看了榮華一眼，現在又看向遠方。

榮華瞧見外面的天光，雪依舊在下，此時心境卻大不相同。

他們已經到了桃源村，但是穆良錚沒有叫醒她，也沒有像上次一樣把她放在榮家大門外，而是帶著她在桃源村內廢棄的屋簷下躲雪，一直等到她醒來。

榮華窩在他懷裡醒來，渾身還是暖洋洋的，張眼能看到他堅毅的下巴。

破舊的屋簷，紛飛的雪花，現在看這大雪也不覺得討厭，反而很是浪漫。

穆良錚，這是一個讓她如此安心的人。

榮華伸手輕輕扯了一下穆良錚的衣袖，在他低頭看過來時，聲音溫軟。「穆、穆哥哥，謝謝你今天救了我。」

穆良錚勾了下唇，覺得她溫聲軟語的一句「穆哥哥」，真是好聽極了。

他聲音依舊沙啞，像是裹了北地的風沙。「舉手之勞。」

你的舉手之勞，於我而言，卻是性命攸關。

榮華感動地垂眸，又扯了扯他的衣袖。「謝謝你救了我。」

穆良錚看過來，眉眼堅毅，薄唇輕抿。「剛剛不是謝過了嗎？」

「這是謝你上次救了我，謝謝你。」

穆良錚搖了搖頭。「希望妳下次不會再身陷險境。」

榮華沒說話，她已經盡力避免了，但有些時候沒辦法，像這種天災，她躲不開。

雪花撲簌簌落在屋頂，聲音聽著有些悅耳，榮華卻突然想起一件事情，驚得直接坐了起來。

娘親現在一定擔心壞了，她要趕緊回家！

馬兒受驚來回動了幾下，榮華差點摔下去。

穆良錚環住她的腰，將她穩穩地環在懷裡，平靜地說：「我已經派人去通知妳的父母，沒有告訴他們妳遇險的事情，放心吧！」

榮華這才安下心來，拍了拍胸口，輕輕吐了口氣，小聲道：「謝謝。」

穆良錚沒說話，看著那些低矮房屋上厚厚的一層雪花，良久才突然問道：「聽八弟說妳在做生意，為什麼要冒這麼大的風險做生意？」

榮華嘆了口氣，誠實地說：「首先，我想讓自己吃飽飯，過上好日子；其次，我想讓家人吃飽飯，過上好日子；然後，我想讓所有桃源村的村民吃飽飯，過上好日子；如果可以，我想讓天下所有吃不上飯的人們，都可以吃飽飯，過上好日子。

「現在我說這樣的話可能會很可笑，但我確實是這樣想的，一個人有錢沒什麼大不了，可如果一個人有錢到可以推動國家的經濟發展，那就是利國利民的大事，我想做這樣的商人。」

穆良錚低頭看她，一個小女兒家都有這樣的志氣，想要讓大煜變得更好，他眼中有著讚賞。「我支持妳的赤子之心。」

榮華說出來時，不知道穆良錚會是什麼反應。她還沒嫁人，理應安分守己待嫁閨中，嫁人之後也應該相夫教子，與鍋碗瓢盆伴隨一生，這是大部分女子的命運。

但是穆良錚卻說，他支持。

這對榮華來講，無異於是一劑強心針，一方面是穆良錚已經知道她在做偷渡走私的生意，卻依舊支持，說明穆良錚也對大煜禁令不滿，這無疑是一種鼓勵，鼓勵她繼續做下去。有穆良錚這句話在，她接下來做生意就可以大膽一點。

另一方面是穆良錚還挺開明的，畢竟他倆之間有婚約，穆良錚的開明讓榮華很開心，這代表她可以給彼此一個機會，自然發展出感情。如果穆良錚是一個食古不化的人，那他們之間連開始都不會有，她無法接受自己成為某人的附屬品。

榮華眼睛亮晶晶地看著穆良錚。

那樣澄澈的眼神，讓穆良錚心底一軟，眼神也溫柔了起來。「怎麼了？」

「沒事。」榮華搖了搖頭。「我該回家了。」

「好。」

穆良錚頷首，雙腿用力，馬兒便轉身，快步跑了出去。

很快就到了榮家後門，待馬兒站定，穆良錚先下馬。

由於地面上都是積雪，穆良錚一腳掃開積雪，露出雪下的石板，接著他抱著榮華的腰下馬，將她放在門前掃去積雪的石板上站好，自己則站在雪地裡。

「進去吧！記得喝薑湯暖暖身子。」

「嗯。」

榮華握著大氅一角點了點頭，看穆良錚整個人站在雪中，飄飄揚揚的雪花落在他身上，她急忙將大氅取下來遞給他。

穆良錚卻沒接。「送給妳了。」

「不用。」榮華急忙搖頭。「上次你那件大氅，還在我家。」

「那妳怎麼不用？」

榮華沒說話，這個問題沒法回答。她踮起腳尖，將大氅披在穆良錚身上。

穆良錚真的好高，她踮起腳尖，才勉強搆得到。

他的肩真的好寬，寬肩窄腰，身材健碩。

兩個人離得太近了，穆良錚目光如炬地盯著近在咫尺的榮華，讓榮華有點臉紅。

她手指輕巧翻轉，將大氅的繫帶打成一個蝴蝶結。

替他將大氅拉好，榮華的臉上已經飄起一絲紅暈。「好了，你可以走了。」

穆良錚沈吟了一下，向榮華說：「我最近不會經常在村裡，朝廷也不知道我回來這裡，所以不要告訴別人。」

穆良錚第一次救下她的時候，也說過不許告訴別人見過他。

榮華現在才知道他這樣說的原因。

她舉起四指發誓。「好！我一定不會告訴別人！」

「還有，轉告妳爹爹一句話，讓他安心，撐到我轉回筠州城即可。」

這句話沒頭沒尾的，榮華不明白是什麼意思，想來是朝廷的事情，只點頭表示自己記下了。

見穆良錚沈默了一下，榮華以為他還有什麼重要的事情要說，不由得看著他，然後就聽到他聲音低低地問道：「能不能再叫我一句穆哥哥？」

榮華愣了下，隨即露出笑容，甜甜地喚道：「穆哥哥。」

穆良錚的唇角揚起柔和的弧度。「回吧！」

說完，他隨即轉身上馬，戰馬嘶鳴，高大的背影很快消失在雪幕中。

榮華一直等到他的背影徹底消失在視線裡，才轉身跑回家。

她覺得這個穆哥哥很帥嘛！

第九章　三匹戰馬

榮耀祖坐在茅草房的堂屋裡，正著急地等著榮華歸來。

王氏一聽到動靜，在房間裡喊了一句。「華兒，是妳回來了嗎？」

榮華應了聲。「娘，我回來了。」

窸窸窣窣的聲音響起，王氏準備下床。

榮耀祖搶先說道：「娘子，妳看著兩個孩子不要出來，我有話要問一下華兒。」

「好。」

王氏應了聲，拉著急不可耐、要出來找姊姊的兩個小傢伙，待在房裡。

「爹爹，你找我有什麼事情嗎？」

「過來說。」

榮耀祖坐在堂屋裡，一臉凝重地問道：「妳是不是遇到穆家小四了？今天下午有人來送信，說妳和那小子在一起，讓我們別擔心，妳遇到他了？」

榮華點了點頭，不知道爹爹這麼緊張是什麼意思。

一看榮華點頭，榮耀祖更緊張了，壓低聲音問道：「沒有其他人看到你們吧？」

榮華仔細回憶了一下，還真不知道有沒有其他人看到自己，誠實地答道：「爹爹，我也不知道有沒有人看到我們，但是外面風雪這麼大，想來是沒有人會在外面晃悠，更何況風雪颳得人眼睛都睜不開，就算有人看到我們，他應該也瞧不真切。」

榮耀祖搖頭嘆氣，一臉恨鐵不成鋼的樣子。「穆家那個小四，怎這麼不知道愛惜自己的羽翼，他多麼不容易才成為將軍，現在竟然敢犯殺頭的事！」

榮華驚了一下。「爹爹，這麼嚴重？」

「妳以為呢？所有人都以為他現在還在南方邊境，結果他竟然回到了這裡。皇室無詔，他竟敢擅離職守，如果被發現，那可不得了！而且咱們這裡地理位置特殊，鄰近袁朝，他雖是回家探親，可在有心人眼裡，只怕會說他通敵叛國也不一定。這不就是殺頭的死罪嗎？」

榮耀祖皺著眉，凝重地看向榮華。「華兒，那穆家小四不知道吃了多少苦，才能從六國混戰中活下來，他真的很不容易，這件事妳必須爛在肚子裡，不能告訴任何人，聽到了嗎？」

「爹爹，我知道了。」

榮華知道事情的嚴重性，古來狡兔死、走狗烹的事情也聽聞不少，手握兵權、功高震主的臣子，君王難免會給你找點罪，更遑論像穆良錚這樣首當其衝、犯了錯處的？

「對了，爹爹，他讓我轉告你，請安心，撐到他轉回筠州城即可。」

「唉……」

這句話並沒有讓榮耀祖寬心，榮耀祖還是直嘆氣，榮華問他發生了什麼事情，他卻一句話也不說。

榮華無奈，爹爹不願意說，她也無可奈何。

為了讓爹爹高興，榮華拿出自己抱在懷裡的包袱。

一打開，裡面白花花的四十兩銀子，榮耀祖看得有點頭昏眼花，他驚訝地問道：「妳這麼多錢哪裡來的？穆家小子給妳的？華兒，我說過我們不能要人家的錢！我們雖然窮，但我們要有風骨，不能白拿別人的東西。」

榮耀祖苦口婆心地勸榮華，榮華皺了皺鼻子，打斷他的話，嗔怪道：「爹爹，我沒有要他們的東西，穆大娘那次借我的肉和麵，我也都加倍還回去了。娘沒有和你說，我在做生意嗎？這就是我做生意賺的錢！」

「做生意能賺這麼多錢？」

榮耀祖有些意外，他一心鑽在讀書上，只覺得讀書是出人頭地的唯一辦法，卻從來沒想到，原來做生意這麼簡單？

「爹爹，你從來沒做過生意不知道，現在做生意可是一本萬利的事情，我也沒有偷盜搶奪，這都是我正正經經賺的錢，而且那個穆哥哥也知道我做生意的事情，他很支持我呢！」

榮耀祖本來還想說什麼，一聽到榮華說穆良錚也支持，就一句話也沒說了。

「爹，我和你說這些，其實是想告訴你，我也是這個家的一分子，而且現在我也開始能賺錢了，所以我希望你無論遇到什麼事情都可以和我講，我願意和爹爹一起分擔。如今嘉兒還小，我是你的長女，你可以把我當作大人看待，我不希望爹爹把所有的事情都壓在自己一個人身上，我們是一家人，我想替爹爹分擔。」

榮華說得真誠而懇切，一雙眼睛裡都是溫情。

榮耀祖沒想到榮華會說出這番話來，一時間愣在原地，眼角竟然有些濕潤，他慌忙擦去眼角的水氣，欣慰地拍了拍榮華的肩膀。「我的女兒長大了，懂事了，看到妳這麼懂事孝順，我很欣慰。

「爹爹沒什麼事，妳不要擔心。」

有這麼懂事的女兒，有那麼賢慧的妻子，還有如此可愛的一雙兒女，他沒有什麼事情是撐不過去的！

榮華笑起來，抱著銀子去房間，擺在王氏面前。

榮嘉和榮欣一見到她，立刻飛撲上前，看都沒看那些銀子。

姊姊比銀子更重要！

榮華抱過弟弟、妹妹之後，轉向王氏。「娘，妳看，我賺到了這麼多錢，等雪停了，我就去請大夫給妳好好看病。」

王氏一輩子都沒見過這麼多錢，看得眼睛都花了，一聽榮華這麼說，她拚命搖頭。

「不，不，這些都是華兒賺來的錢，娘不能花。妳把錢存起來，以後嫁人了，陪嫁過去。」

「娘，我還會繼續賺錢嘛！我把這錢拿給妳看，就是希望妳明白，妳女兒是一個商業天才，特別會賺錢，以後我賺的錢只會越來越多，所以妳要放寬了心，花錢不要有任何心理負擔。」

王氏感動得熱淚盈眶，抱著榮華的肩膀偷偷流淚。

榮華也抱著她，拍著她的後背安慰著。

王氏哭了一會兒，擦去眼淚，看著榮華溫情地道：「華兒，今天是不是凍壞了？外面下那麼大的雪，我快擔心壞了，可妳爹爹說妳沒事、很安全。不過，就算妳爹爹這麼說，我還是很擔心，現在看到妳，我才總算安心了。」

「娘，放心啦！我這不是好好的在妳面前嗎？」

見榮華笑得很俏皮，王氏才放心了，只是看著那四十兩銀子，還是覺得震撼。

究竟是什麼生意可以這麼賺錢？賣編織品？她也賣過，根本不賺錢啊！

王氏很擔心，她怕榮華走上什麼歪路。

榮華自然看出她在擔心什麼，笑著環著娘親的胳膊，撒嬌道：「娘，什麼歪門邪道能賺這麼多錢啊？妳還不相信我的為人嗎？妳就放心吧，以後我的生意會越做越大，我會賺更多的錢。」

王氏震撼之餘，很是欣慰，她溫柔地摸著榮華的臉頰，慈祥地說道：「娘當然信妳了，快把爐子上的薑湯喝了，祛祛寒。」

王氏下午的時候就替榮華煮了薑湯。

榮華端過來喝了，喝完以後胃裡暖洋洋的，別提多舒服了。

眼前有這麼多錢，榮華本想拿出一部分交給父母，王氏說什麼也不同意，榮耀祖也不願意拿自己女兒的錢。

不過榮華還是拿了一小筆金額交給榮耀祖，讓他去鎮上為娘親請來好大夫。

榮耀祖心中對妻子有愧，自然是不推辭，打算等雪停就出發。

至於其他錢，則是她未來做生意的本金，榮華也沒打算亂花。

和爹娘聊天片刻，又和弟妹玩耍一會兒，吃過晚飯後，榮華回到自己房間，將銀子小心翼翼地藏好，準備上床睡覺。

躺在床上，榮華將那件皮毛大氅蓋在身上，又蓋了一床被子，身子蜷縮成一團，閉上眼睛。

下巴處蹭著大氅上的風毛，這件大氅真的很暖和，十分舒服。榮華想起和穆良錚相遇的種種，心底有一種很微妙的感覺。

這個男人，救了她兩次啊！

懷著一種奇特的情緒，榮華聽著窗外撲簌簌的落雪聲，安穩地睡著了。

醒來時，天光早已大亮，榮華從被窩裡露出頭來，透過窗戶看出去，大雪已經停了，只見小院裡一片雪白，銀裝素裹，分外好看。

雪後的小村莊，格外靜謐祥和，榮華看著就覺得心情好了起來。

從被窩裡爬起來，她簡單洗漱了一下，走出房門。

一推開門走出去，沁人的冷空氣就直往人骨頭裡鑽，榮華冷得縮了一下脖子，但是雪景太美了，榮華還是站在院子裡看了好一會兒。

雪後的天氣格外好，天空是藍的，有陽光從天上灑下來，一眼看出去，遠處蜿蜒起伏間，天地白茫茫一片，盡顯溫婉迷人。

榮耀祖一大早就將鎮上有名的大夫請到村子來，主要是為王氏看病調養。當然基於孝道，榮老太太那邊也沒忽略，大夫順道過去瞧一瞧後，為她們開了溫補的藥方。

榮華選擇睜一隻眼閉一隻眼，雖然之後要花她的錢買藥材，但只要娘親身子好，其他都無須計較。

「姊姊，姊姊！」

榮嘉拉著榮欣的手，掀開門簾子歡笑著跑了出來，撲進榮華的懷裡。

兩個小蘿蔔頭臉上都帶著笑容，雪總能帶給孩子們許多歡樂。

榮華抱住他們兩個，在他們臉上一人親一口。這兩個弟弟、妹妹，榮華是怎麼看都非常喜歡。

「姊姊，我們打雪仗好不好？」榮欣仰著小臉，一臉希冀。

榮華被她那眼神盯著，心都軟了，哪會不同意，立馬笑著點頭。「好呀！我們來玩。」

她從地上捧了一把雪，追著榮嘉。榮嘉咯咯笑著，追著榮欣跑。

榮欣小胳膊、小腿撒開跑，還是很快就被追上了，她笑個不停，轉身躲在榮華身後。

場面又變成榮華和榮欣一起追榮嘉，榮嘉跑著跑著，「撲通」一聲摔在雪地裡。

榮華想去扶他，就瞧見榮嘉一個鯉魚打挺，從地上爬起來，還扔了一個雪球過來。

榮華躲過了雪球，但是榮欣反應慢，被雪球砸到了還咯咯笑。

榮華兩隻手在空中虛抓了一下，聲音故意變得粗啞。「好啊，嘉兒，站住別跑，我來啦！」

「哥哥我也來了！」

榮華跑得快，不費吹灰之力就抓住榮嘉。她抓著榮嘉的肩膀，回頭對榮欣喊道：「欣兒快來，姊姊幫妳抓到他啦！」

榮欣屁顛屁顛地跟在榮華身後跑過來，小手裡抓了一把雪，等她跑到榮嘉身邊時，一把雪都撒完了。

榮欣又彎腰抓雪，想往榮嘉身上撒，不想卻沒站穩，直接身子往前一撲，摔在榮嘉身上。

榮嘉連帶也站不穩，兩個人一起摔在雪窩裡，還滾了兩圈。

「哈哈哈！」榮華捧腹大笑，笑得眼淚都快流出來了。

看著弟弟、妹妹人仰馬翻的樣子，真的是太好玩了！

榮欣哼哼唧唧地爬了起來，噘著嘴看著榮華，撒開腳丫子跑了過來。

榮華立馬跑開，榮嘉和榮欣在後面追，三個人在院子裡跑來跑去，歡聲笑語傳出去好遠，為桃源村添了一絲歡樂的氣息。

難得沒有人來打擾他們三個，榮華和弟弟、妹妹玩鬧了好一陣子，直到兩個小的都累了，才帶著他們回房。

吃過早飯後，榮華在房內替王氏梳頭，剛喝過藥的王氏氣色好了不少，正當母女閒話家常，就聽到門口傳來穆八牛的聲音。

「華妹妹、華妹妹，妳在嗎？」

這聲音中氣十足，喊得相當大聲。

除了穆八牛的聲音之外，她好像還聽見馬兒的嘶鳴？

榮華有些疑惑，急忙跑了出去，就看到穆八牛牽著一輛嶄新的馬車，站在門口正憨憨地笑。

馬車前方，有三匹高大強壯的馬正看著她。這三匹馬都是黑色的，皮毛油亮，眼睛大而有神，一看就是非常健康且優良的品種。那些馬鞍、馬具也都是上品。

三匹馬看上去神氣十足，像是戰馬。

穆八牛將手中的韁繩遞給榮華，一臉憨笑。「華妹妹，東西給妳送來了，妳看看有沒有丟什麼。」

榮華看著那轠繩卻沒有接，反而看向後面的貨。

貨物自然是沒有丟，只是這拉東西的車怎麼變了樣？

這輛馬車明顯是全新的，而且更大、更好，比昨天那輛驢車大了三倍不止，不僅有放貨物的地方，前面還有一個坐人的小車廂。

再加上拉車的驢換成三匹馬，這麼大的車廂，能拉的貨物就更多了。

榮華一臉莫名地看了穆八牛一眼，不知道這是什麼意思，壓低聲音問：「八牛哥，普通人是不能養馬的，你怎麼會有馬？」

「華妹妹，這馬不是我的，是妳的。」

榮華瞪大了眼睛，看著穆八牛憨厚的目光，心中有些疑惑。

她轉了個念頭，想到穆良錚，所有的疑惑都釋然了……

這是穆良錚的意思嗎？

榮華抿著唇，輕聲詢問：「是你四哥讓你送來的嗎？」

穆八牛點了點頭。「對啊。」

榮華心底有些感動。

昨天穆良錚說過，大雪難行，驢車和貨物只能先放在雪地裡，榮華還想等雪化了，才能去把車弄回來呢！沒想到雪一停，穆良錚已經把東西送回來了。

穆八牛看榮華不說話，就開口說：「四哥一大早，就讓我把馬車送來給妳，他說這些東西都是妳的，包括三匹馬。他還說，要是我這點小事也辦不好，就揍我一頓！」

穆八牛摸了摸頭，一臉後怕。

四哥太可怕了！

感覺會吃人一樣！

榮華噗哧一聲笑出來，嗔怪地瞧了穆八牛一眼。「哪有你說得那麼誇張，你四哥明明挺溫柔的，怎麼可能會打人。」

穆八牛聽到榮華的話，差點一口氣沒上來給嗆死！

溫、溫柔？

四哥身上，有溫柔這個詞嗎？

想起昨天四哥對自己的暴行，穆八牛就差點淚流滿面。

昨天榮華受困在雪地的時候，穆八牛急死了。後來四哥趕去雪地，他一直忐忑不安地等著，覺得大肉包都不香了。

幸好最後華妹妹沒事。

否則，穆八牛覺得自己一定會被四哥打死。

就算如此，晚上四哥回到家後，依舊拎著他的脖子，對他進行一番長達一刻鐘的思想教育。

穆良錚氣場太強大，穆八牛一個壯漢都被嚇得要死，腿肚子直打顫，哆嗦地哭了，穆良錚才放過他。

穆八牛當場對天發誓。「四哥，你放心，我以後一定不會讓華妹妹一個人去送貨！我發誓！」

穆良錚只揉了揉眉心，恨鐵不成鋼地搖了搖頭，讓他以後不必管了。

穆八牛聯想到昨天四哥對自己的教育，額頭上沁出好幾滴冷汗，抬頭發現榮華正好奇地看著自己。

他張了張嘴，期期艾艾了半天，終究是沒敢說四哥的壞話。

穆八牛把韁繩塞到榮華手裡。「華妹妹，妳看看，這馬可聽話了。」

榮華握著韁繩，發現韁繩上面裹了皮毛，握著也不覺得粗糙凍手。她伸手摸了摸馬兒的耳朵，覺得心底越發柔軟。

穆良錚是因為昨天見她趕著驢車，驢子力弱不好走雪路，所以送來更好的馬？是因為看她昨天坐在驢車上，根本沒有遮風擋雪的地方，所以送來嶄新、有車廂的馬車？

有了這馬車，她不用擔心以後會不會再次困在雪地裡；有了這馬車，她以後送貨的時候，就不用一直被冷風吹得瑟瑟發抖。

穆良錚是威風凜凜的大將軍，榮華自知他心中裝著天下萬民、裝著黎民百姓，卻不想他竟如此貼心，有那麼一瞬間，也將她的安危放在心底。

榮華真的很開心。

穆八牛絮絮叨叨、自顧自地說：「昨天那頭驢跑回我們家，我真的嚇死了，生怕華妹妹妳出了什麼事，當時我四哥急得不行，一句話沒說就騎上馬衝出去了，華妹妹妳沒事就好。不過妳以後可要注意一點，千萬不要一個人出去送貨了。」

「嗯嗯，好。不好意思啊，八牛哥，讓你們擔心了。」

榮華有些不好意思，到底是她給他們添了麻煩。

「沒事！對了，華妹妹，這個是養馬令，我四哥讓我給妳的，他說驢車太小，妳以後生意做大了還是要換，不如現在便換了。而且這是我四哥親手調教的戰馬，特別溫馴，妳放心養！」

普通人養馬必須要有官府發布的養馬令，榮華並沒有。她沒想到穆良錚連這個都準備好了。

這輛大馬車應該挺昂貴的，更遑論那三匹價值不菲的戰馬。榮華不知道自己該不該坦然接受穆良錚的贈禮，可是轉念一想，無論是馬車還是戰馬，都是她現在需要的，而且戰馬這樣東西，是她目前無法通過自己能力取得的。

思及此，榮華沒有矯情脫推，伸手接過養馬令，將其妥貼地放入懷中。

「八牛哥，替我好好謝謝你四哥，就說我保證，桃源村內不會再有一個餓死的村民。」

「好，那華妹妹，我回家啦！」

榮華輕輕頷首，穆八牛轉身快步跑開了。

榮華摸了摸這三匹馬的腦袋，語氣輕快。「讓你們三匹戰馬來給我趕車，真是委屈你們了，你們放心，我會好好養你們的。」

榮華能感覺到，穆良錚非常支持她做生意，而且穆良錚明顯對通過經濟、推動國家發展十分認同，所以他送來這些東西，對榮華來說，也是一種變相的鼓勵，她能放開手腳做下去。

榮華正是想明白了這一點，才能夠沒有心理負擔地收下馬車和戰馬。她會用實際行動來報答穆良錚，她會讓桃源村富裕起來，讓更多人富裕起來。

她會加油！

她相信日子會越過越好的！

榮華感覺自己像是注入了一劑強心針，渾身充滿鬥志。她拉著韁繩把馬車趕到了後院，這才發現院子裡站了不少人。

二房、三房家的人都站在院子裡看著她。

榮華知道他們心裡在想什麼，一句話也沒說。

他們覺得自己所有的錢都是穆家給的，如今穆八牛送來東西，他們都看見了，自然會更深以為然。

榮華並不打算解釋，因為沒必要，乾脆就讓他們誤會好了。

在誤會的情況下，二嬸都還要讓自家小子監視她，榮華真的很頭大。

將馬車安放好後，榮華將三匹馬拴在後院，看著後院的空地，輕聲說道：「應該在這裡建一個馬棚。」

「是的、是的，這是應該的。華兒啊，回頭讓妳兩個哥哥幫妳建，他們手腳快，馬上就能建好！」二嬸討好地說道。

她現在看到穆家和榮華的關係，一心覺得這丫頭以後榮華富貴享用不盡了，所以絞盡腦汁想要討好她，拉近關係。

三嬸啐了一口，酸溜溜地道：「哼，我就說了，那些東西肯定都是穆家送的，她一個姑娘家哪有本事做生意，姑娘都是賠錢貨，沒用！」

說完，她瞪了自家那五個女兒一眼，越看越氣，一巴掌拍在榮淺頭上，罵道：「看什麼看，光吃不幹的賤貨，眼裡沒一點活兒，還不趕緊幫著妳華妹妹把馬車上的東西搬下來！」

榮淺捂著頭，眼裡含著淚，跑到榮華身邊，聲音哽咽。「華兒，我來幫妳。」

榮華心疼地看著榮淺，牙根磨了半天，還是忍不住臉上的怒氣。

榮淺拉著榮華的手，輕輕搖了搖頭。

那是她的娘啊，她能怎麼辦呢？

榮華無奈嘆氣，她是心疼榮淺，卻又沒辦法。

三嬸就像是個神經病，除非榮淺嫁出去，才能擺脫三嬸這個惡夢！

榮淺過來幫忙，二嬸立馬喊自家小子也來幫忙，榮華昨天買的米、麵、肉等東西，不一會兒全搬進地窖裡。

還有那四隻活雞，榮華準備這兩天殺一隻來吃，其他的留著下蛋。

至於給弟妹買的其他小玩意兒、小零嘴，榮華全部拿進自己房間。

經過正房那間大瓦房的時候，榮華看見榮珍寶扶著榮老太太站在門口往她這邊望。

榮珍寶眼裡的嫉妒都快溢出來了，除了嫉妒，還有憤恨。

榮華唇角勾起，在榮珍寶嫉恨的目光中，明媚地笑了出來。

榮珍寶氣得一口氣吊在那裡，差點吐血！

她女兒榮草還躺在床上發高燒不退呢！這個榮華倒是過得瀟瀟灑灑！

榮珍寶咬碎了一口牙，都嚥不下這口氣。

她覺得自己女兒被打，導致昏迷不醒、高燒不退這件事，一定和榮華脫不了關係。

榮老太太渾濁的眼珠子轉了轉，睨了榮珍寶一眼。「寶兒啊，妳現在可別得罪她，咱們全家都指著她吃飯呢！」

「娘，妳放心，我肯定不會不懂事的。」

榮珍寶皮笑肉不笑，眼看著連榮老太太都站在榮華那一邊，她瞪著榮華的背影，心裡快恨死了。

看榮珍寶差點被氣死，榮華的心情十分好。

榮華心情愉快地回到自己房間，剛一進去，就被王氏喊住了。「華兒，過來，娘有幾句話要交代妳。」

榮華掀開門簾子走進去，看到王氏半坐在床上，目光溫和地看著自己。

榮華在床邊坐下，拉住娘的手，語氣軟了下來，帶著一絲撒嬌的意味。「娘，妳找我做什麼呀？」

王氏寵溺地伸手，刮了一下榮華的小鼻子，羞道：「都多大了，還撒嬌呢！」

「無論我多大，我都永遠是娘的寶貝女兒，當然可以撒嬌。」榮華靠在王氏身上，晃著她胳膊。「娘，難道我不是妳的寶貝女兒嗎？」

「是是是！華兒當然是了！」王氏摸著榮華的臉頰，聲音裡都是寵愛。「你們都是娘的寶貝。」

榮華笑了起來。

「華兒，娘找妳來，是有幾句話要交代妳。外面都在傳，穆家小四當上大將軍，這對穆家來說，實在是一件好事，如今想要巴結他們家的人，實在是太多了。我聽妳爹爹說，就連縣令，前幾天都親自來我們桃源村，去看妳穆大娘呢！

「華兒，娘也不瞞妳，妳和那穆家小四，曾經訂過婚約。當初他去參軍，妳爹爹為了安撫穆家，就讓妳和穆家小四訂了親。

「但是現在，他是大將軍了，而我們家只是平民百姓。當初你們訂下婚約，也不過是妳爹爹口頭上的許諾，只有父母之命，沒有媒妁之言。如果穆家不承認這門婚事，我們也就當作妳爹爹從沒說過那些話，好不好？」

王氏其實特別擔心，穆家小四現在的成就已經太高了。她當然希望自己的女兒能嫁一個如意郎君，但是如果門不當戶不對，她的女兒恐怕會受委屈。

要是嫁到將軍府去，若是華兒日後受委屈，他們都沒法給女兒撐腰，那時該怎麼辦？更何況以穆家小四現在的身分，以穆家現在的地位，他們想要什麼樣的媳婦沒有，只怕公主都配得上。

王氏私心裡一點也不想高攀穆家，將軍府又豈是好待的？那些大將軍想來不會只有一個夫人，總是妻妾成群，華兒怎能受這樣的委屈？

她不想華兒受這委屈。她只希望華兒以後找一個穩重的好男子，和華兒和和美美地過日子，不必大富大貴，小康即可，能真心對華兒好就行。

王氏說的時候，有些小心翼翼，她怕華兒不懂自己的用心。

榮華聽了王氏的話，將頭在她懷裡蹭了蹭。

娘親這麼為她著想，諄諄善誘，她怎麼會不理解呢！

「娘，我知道了，妳放心吧！」榮華抬頭看向王氏，一雙漂亮的桃花眼熠熠生輝。

「娘，我並不想做因為嫁人而飛上枝頭的鳳凰，我相信憑藉自己的努力，自己也能變成鳳凰！」

「乖女兒，妳能這樣想就好。」

王氏一臉笑意，她看了眼窗外，又接著說：「還有啊華兒，妳可不能一直收穆家送的東西，現在婚約這事還不一定呢，這樣傳出去，只怕影響妳的名聲。」

「馬車和馬匹是穆家送來的，其他的不是，不過娘妳放心，就這一次了，以後我不會再收了。」

「好華兒，娘知道妳最乖了。」

王氏將榮華抱在懷裡，輕輕搖晃著，像哄小孩一樣，輕輕哼起了搖籃曲。

榮華就那樣躺在她懷裡，感受著王氏身上散發出來的母性光輝，鼻頭一酸。

她覺得好幸福！

原來有娘的孩子，真的是世界上最幸福的孩子。

真好，她現在也有娘了……

時光靜靜流逝，茅草房內流淌著溫柔的力量，那是母愛的力量。

榮耀祖回來時，看到的就是如此美好的一幕畫面。

緊皺著眉頭的他，此時也不禁舒展眉頭，笑道：「都多大了，還這樣黏著妳娘啊！」

榮華抬起頭來，甜甜地喚了聲。「爹爹，你回來啦！」

榮耀祖忙點頭應下，他湊近火爐伸手烤火，一邊說：「這場雪下得真大呀！瑞雪兆豐年，希望今年稻穀能有個好收成。」

王氏端起床邊的茶水，遞給他說：「你凍壞了吧？快喝點熱茶。」

「好。」

榮華暗暗撇了下嘴。

你在旱地裡種稻穀，還想有好收成？你真是太難為稻穀了。

榮耀祖說了幾句話，隨意提起穆家。「我剛剛在外面，聽說穆家那個壯小子給華兒送東西來了？」

榮華點頭應下，想了想還是對他說：「爹爹，我有事情和你說。」

榮華給王氏蓋好被子，然後走出臥房。

在堂屋裡，榮華小聲地把昨天發生的事情，都和榮耀祖說了。

榮耀祖聽完後，這才知道昨天究竟有多凶險，他伸手拍了拍榮華的肩膀，一句話也說不出來。

華兒才十三歲，還是個孩子，就開始這麼辛苦地做生意、補貼家用了。

而且還那麼危險，竟然會遇到暴風雪！

如果不是穆家小四救了她，後果簡直不堪設想！

到底是自己沒用，如果自己能讓家人過上好日子，哪裡需要女兒出去賺錢。

榮耀祖臉上都是愧疚的神色。

榮華抿了抿唇，決定打鐵趁熱，用一種崇拜的語氣說：「他真的好厲害啊！上次我在枯井裡，也是他把我救上來的。如果不是他，那次我被人推進枯井裡，已經死掉了。」

榮華說完，還低下頭露出很傷感的神情，一副很後怕的樣子。

榮耀祖一驚，抬頭看著榮華，臉上神色不停變化。最終他握緊了拳，神色停留在憤怒上。

「四妹她們……簡直太過分了！哼！」

榮華鬆了口氣，或許從這一刻開始，爹爹才是真正完全相信她之前說過的話，相信了榮珍寶和榮草對她的惡行。

爹爹對榮老太太十分孝順，耳根子又軟，被那些人一說，心裡的想法可能就會搖擺。但是今天爹爹是完全相信她，因為他對穆良錚這個大將軍，有種迷一樣的信任。雖然爹爹有很多缺點，但還不算無可救藥，既然還有餘地，那麼自然要把他拉到同一陣線，拉到自己這邊啊！

榮華還暢想過，以後他們一家五口的幸福生活呢！只有他們一家五口，榮家其他人，想都別想！

與榮耀祖說完話後，榮華拿出自己買的小零嘴，分給榮嘉和榮欣。透過窗戶看出去，此時，二房和三房的幾個女兒都在外面鏟雪。

二房的大女兒榮絨之前給自己通風報信過，榮華很承她的情。三房的大女兒榮淺對自己一直都很好，榮華也很喜歡她。

榮家幾個女孩都在冰天雪地裡鏟雪，至於二房的兩個小子，正在房裡吃烤紅薯呢！

榮家這麼重男輕女，她也沒有辦法。

榮華無奈地搖頭，不過她深切感受到自己在家裡的地位直線上升，就比如現在，大家都在鏟雪，就沒人敢喊她出去。

榮華起身出門，臨走前喊了一聲。「娘，我出去鏟雪啦！」

王氏溫柔的聲音傳來。「華兒，妳等一下。」

王氏拿了一塊棉布，輕柔細緻地圍好榮華的臉，嗔怪道：「出去鏟雪也不知道給自己包暖和點。好了，去吧！」

榮華的耳朵、嘴巴都被圍得嚴嚴實實，只露出一雙美麗的眼睛。她忍不住踮起腳尖湊過去，隔著棉布親在王氏的臉上，口中甜甜地說：「謝謝娘！」

說完，榮華雀躍地跑出去了。

「這孩子……」王氏寵溺地看著榮華的背影，伸手摸了摸自己的臉頰，轉身拉著兩個小的進房間。

榮華拿著鐵鏟走到院子裡，一鏟子立在雪窩裡，說：「我來和妳們一起弄。」

榮華剛一出來，二嬸就從房裡跑了出來。「哎喲，華兒啊，讓她們弄就行了，妳來弄這些粗活幹麼？華兒來，到二嬸房裡烤烤火吧？」

榮華搖了搖頭，只笑了下，沒怎麼理她，自顧自地鏟雪。

榮淺也勸。「華兒，妳身子剛好，還是去躺著吧！」
「淺姊姊，沒關係，我活動活動、放鬆筋骨也好。」
二嬸訕笑著，在旁邊看了一會兒，才訕訕地回房。

第十章　大煜戰神

且說榮耀祖前腳剛出門，後腳就帶著五個青年扛著木樁回來。

榮華看著他，好奇地問道：「爹爹，你這是準備做什麼？」

榮耀祖看著院子裡的空地，左看右看，然後指了一處地方，說：「就這裡吧！把馬棚建在這裡。」

「好嘞！」

幾個青年把手裡的木樁往地上一放，準備開工。

榮耀祖走到榮華身邊，一臉凝重地看著她。「那是戰馬，妳不懂戰馬有多珍貴，我們要好好養這三匹馬，我心裡一直記著這事，吃過飯就去找人來建馬棚了。」

「可是爹爹，馬棚建在前院，不是很奇怪嗎？大部分的馬棚，都是建在後院，這樣清理馬棚、清理馬糞都更方便。」

「把戰馬養在後院，萬一有人偷走了怎麼辦？還是建在前院，我晚上也能看著牠們。」

榮耀祖看著那三匹戰馬，相當寶貝至極。

榮華有些無奈扶額，笑道：「爹爹，哪有人敢偷戰馬啊！私自養馬都是犯法要砍頭的，哪有人敢偷戰馬，那不是上趕著求死嗎？」

榮耀祖搖了搖頭。「不行，我還是不放心，就建在這裡。」

榮華歪頭想了一下，這樣好像也行。「好，都聽爹爹的。」

青年壯漢們吭哧吭哧地開始建馬棚，幾個姑娘們也手腳麻利地繼續鏟雪。

她們手臂疲軟，腰痠背痛，才把院子裡的雪鏟了大半。

榮華感覺自己都出了不少汗。

二嬸從灶房裡出來，喊大家吃飯。「飯好了，大家吃完再幹活吧！」

午飯是二嬸和三嬸一起做的，她們兩人還是彼此不說話，但今天大家都在忙，只好她們兩個一起做飯。

收拾好鐵鏟，大家各自洗手準備吃飯。

吃飯的時候，榮華還是回房間和娘親、弟弟、妹妹一起吃。

她去正房堂屋看了一眼，那幾個來幫忙的青年小夥子，此時看到大白麵饅頭和米飯，跟餓狼撲食一樣，吃得特別香。

現在大家日子都不好過，他們出去幹活，不求有多少錢，只求管飯，大家餓不死就行。

他們好久沒吃到這麼香的飯菜了。

榮華看了兩眼，轉身回自己房裡。

午飯後，他們幾個手腳麻利又快，到了傍晚的時候，馬棚竟然建好了。

這個馬棚建得不錯，地面上鋪了木板，棚上搭了厚厚的茅草，又搭了毛氈子，擋風又保暖。

榮華趕著三匹拴在樹幹的戰馬去馬棚。

白天的時候，榮耀祖餵了牠們好幾次，此時一進去馬棚，榮耀祖立馬給牠們添了上好的馬料和乾淨的水。

五個青年扛著東西，朝榮耀祖笑出一口白牙。「村長，我們先走了！」

這是他們的規矩，去別人家幫忙，吃一頓飯就行。

榮耀祖讓他們留下來再吃一頓飯，幾個小夥子沒答應，轉身走了。

榮華跟了出去。

「幾位大哥，麻煩等一下。」

青年們停下腳步，回頭茫然看著榮華。

榮華指了指放在院門口、早就準備好的幾袋糙米，笑道：「哪位哥哥能幫我拿一下？」

立馬有人過來幫她拎東西。

榮華準備了五袋米，一袋米有五斤重，一下子拎二十五斤米，她現在還拎不動。

拎著米的青年是他們幾個裡面年紀最大的，叫趙大壯。

趙大壯看著榮華。「妹妹，妳要把這東西放哪兒？」

「大壯哥，你幫我拎出來就行。」

榮華走出院子，站在以趙大壯為首的幾個青年面前，笑著說：「今天你們來幫忙建馬棚，實在太謝謝了。我知道幾位哥哥家裡都是上有老、下有小，所以為了謝謝你們，我給你們一人準備了五斤米，雖然沒多少，但也是我的一點心意。」

「這？」

他們幾個你看我、我看你，都有些愕然。

還是趙大壯站出來說：「妹妹，我們不能收。」

「哥哥還是收了吧！我以後說不定，還要請你們幫忙呢！」

榮華臉帶笑意，這幾個哥哥都是村裡知根知底的人，他們憨厚孝順、為人正直，哪怕在這個天災人禍的亂世裡，依舊靠著自己的一把力氣努力養活家人。

榮華知道，未來隨著自己的生意越來越大，是需要工人的，第一批元老級的工人，自然要找村裡從小都了解的人。

這幾個哥哥，榮華很樂意帶著他們賺錢。

趙大壯臉上有些不解。「妹妹是什麼意思？」

「哥哥們應該也知道，妹妹現在自己在做一些生意，賺了點小錢，以後說不定需要幾位哥哥幫我送送貨什麼的，也不知道哥哥們願不願意？」

趙大壯和自己的幾個兄弟們互相交換了一個眼神，一起點頭。「願意，當然願意！妹妹，妳要有什麼活兒要交給我們，我們一定隨叫隨到！」

「那我就先謝謝各位哥哥了，這些米還請哥哥們收下，算是我的心意，你們收下了，我以後才好意思叫你們。」榮華把米袋送到他們手裡。「本來想給你們工錢，但我覺得現在米價太貴了，你們也不好買，所以還不如我直接給你們米，不過這不是精米，是糙米，哥哥們不要嫌棄才好。」

「當然不嫌棄！」

趙大壯拿著米袋激動得不知道說什麼好。現在這年頭，出去做工根本賺不到錢，一天工做好做滿，頂多十個銅板，十個銅板連一斤米都買不到！

他們不只在村子裡幹活，也去別的地方找事做，有錢的就給錢，像自己村裡需要幫忙，他們只要一頓飯作為酬勞。

與青年們道別後，榮華看著他們歡天喜地回家，心情很微妙。

天色已經暗了，榮華搓了搓手，轉身準備回去的時候，突然感覺到似乎有人在看著自己。

她下意識看過去，在昏沈的天色中，看到一雙如獵鷹般的眸子。

那雙眼睛，理智、堅定、明亮，還帶著一絲煞氣。

那是一雙女人的眼睛。

榮華愣了下，微微歪頭看向她。

這個女人穿著普通的麻布衣服，臉上髒兮兮，頭髮亂糟糟。但就算如此，她的身板依舊挺得筆直。

榮華猜測，她不是士兵就是殺手，總歸不是普通人。

這樣的人，怎麼會出現在這裡？

榮華有些緊張地後退兩步。

「我很餓。」

這個女人突兀地開口，嚇了榮華一跳。

聽著她的聲音，榮華有一瞬間的恍惚，這個音色……好熟悉。

那種嗓音裡彷彿裹了北地風沙的感覺，她只在一個人身上聽過。

「我會騎馬、會功夫，只要妳給我一口飯吃，要我做什麼我都願意。」

榮華瞧著這個女人，眸光恢復平靜。她唇角帶笑，有些好奇。「妳什麼都會，在哪裡活不下去，為什麼要找我？」

女人沒說話，似乎在想什麼理由。

榮華沈靜地看著她，想到某個可能，又不忍心太難為她。

她聳了聳肩，語氣霧濛濛的像是罩了一層紗。「我家的條件，妳也看到了，妳要跟著我，住都沒地方住，而且妳看上去，不像是那種默默無名的普通人，跟在我身邊，實在太可惜了。妳走吧，我不需要妳留下來。」

榮華果斷拒絕，直接轉身進院子，回到自己房間。

她仔細回想這些天發生的事，覺得所有的事情也太湊巧了點。

她要去袁朝做生意，穆八牛就趕著驢車來找她，說要去袁朝。

她驢車陷在風雪裡，隔天就送來了馬和馬車。

她不會騎馬、不會趕馬車，晚上就有一個明顯功夫很好的女人跑過來，說她會騎馬，能保護人。

要說這樣都察覺不出來問題，她該有多笨啊？

所以這些，其實都是穆良錚在背後做的？

他為什麼要這麼做？

榮華噘著嘴，兩手扠腰在房間裡走來走去。

她想不明白！第一次穆八牛來陪她去袁朝的時候，榮華都還沒正式見過穆良錚呢！他是怎麼知道她要去袁朝做生意？怎地那麼快讓穆八牛來陪她一起？

難道是王夫子告訴他的？

榮華可不信王夫子那個身子骨能跑得比她還快，能在她回到家之前，跑去穆家向穆良錚通風報信。

除非……那天她跑去和王夫子說話的時候，穆良錚根本就沒走，他當時就在學堂裡！

榮華又想到了一個細節，她當天去找王夫子的時候，王夫子桌子上那兩杯茶還是熱的。

這就說得通了！

因為穆良錚當時聽到她要做生意的事情，覺得她一個姑娘家太危險了，所以讓穆八牛陪著自己，現在他又送來專業保鑣？

那個怎麼看也不可能像是會落魄到吃不上一口飯的女人，擁有不凡的女強人氣場。

榮華覺得她一個人，說不定能劫了桃源村一整個村子，怎麼可能會餓到自己？

她說的話也太假了點，榮華又不蠢，一眼就看出來了啊！

「穆良錚為什麼要這麼做？太奇怪了？」

榮華在那塊破舊的銅鏡前照了照自己的臉，臉色黃中透著蒼白，雖然長得還算溫婉清秀，但是她年紀還小，才十三歲的小女孩，哪來的風情魅力？身子骨都還沒長開，乾巴巴如小豆芽似的。

榮華非常有自知之明，穆良錚這麼做，應該不會是因為他愛上她，所以在背後深情款款、默默守護。

這也太狗血了，不太像是會發生在穆良錚身上。

她以手扶額，怎麼也想不明白，為什麼？

「華兒，妳在這兒轉悠半天了，有什麼事情可以告訴爹爹，爹爹替妳想辦法。」

榮耀祖依舊穿著一件洗得發白的青色棉衫。他看著榮華，眼中有著屬於一個父親的威信。

榮華想了下，自己現在心緒已經被各種想法擾亂了。當局者迷旁觀者清，她很需要別人給自己指點迷津。

於是榮華一五一十的把這些事情全部說了。

榮耀祖聽完，沈吟了好一會兒，長長嘆了一口氣。「妳是不是想不通，妳和他無親無故，而且還初次見面，為什麼他會這麼幫妳？在知道妳要自己冒險去做生意的時候，還讓自己的弟弟陪著妳？」

榮華誠實地點頭，她確實很疑惑。

「這都是因為，這個穆家小四，心懷天下啊！他心中有天下萬民，他守護著大煜邊境，保護大煜內所有的黎民百姓！華兒，妳怎麼忘了，妳也是大煜百姓中的一個，所以妳也是他需要保護的人。他執掌千軍萬馬、日理萬機，但我們的小事情，也在他千絲萬縷的事情當中。」

榮耀祖臉上露出讚賞的神色，甚至可以說，已經達到敬佩的程度，他鄭重地繼續說：「他在戰場上執掌生死，可是在某個瞬間，他也為我們操心著。他知道我這個小村長在為桃源村的生計發愁，便讓妳幫他遞話給我、讓我寬心。他知道妳一個小女子要做生意，可能會遇到危險，所以就幫妳做足準備。華兒，妳現在明白了嗎？他這麼做，只因為他是穆良錚！因為他穆良錚，是一個將守護百姓放在心上的大將軍！

「咱們大煜這些年，出了一位神將，六國混戰時期，大煜戰力衰弱、節節敗退，簡直民不聊生，大煜險些國破家亡，有一位神將的名聲卻迅速席捲大煜。

「他作戰時出奇制勝，接連打了幾場勝仗，令大煜士氣大漲。這位神將帶領將士們一鼓作氣，在接下來的幾年裡，奪回大煜被奪走的城池，救回大煜被俘虜的百姓，自此，他『不敗戰神』的名號響徹雲霄。

「大煜百姓有一個傳言，說戰場上的不敗將軍來自民間，是窮苦人家的孩子。我從未想過這位威名赫赫的戰神、讓敵軍嚇破膽的不敗將軍、被皇上親封的鎮北王，和咱們村裡的穆小四有什麼關係。可是現在我明白了，穆良錚就是那位戰神！因為有他在，大煜國土在六國混戰中一寸未少、一分未讓。

「後來六國結束戰亂，簽訂和平條約，皇帝大封將士，尤其要厚賞他，將軍卻拒絕了封賞。他說幾年征戰，死傷無數，戰果屬於所有將士，無論是活著的，還是長眠於地者。他請求皇上將所有封賞，分給那些戰死將士的家屬遺孀。皇上封他為鎮北王，讓他留守京都，將軍卻說：『邊關苦寒，兄弟們長眠邊關難免孤苦，我又有何臉面在京都安享榮華？』後來將軍回到埋葬那些戰士們的邊關，以此來慰藉所有戰士的在天之靈，一直到今日。」

榮華聽完後有些啞然，怪不得爹爹如此信任穆良錚，原來他就是大煜百姓們口耳相傳的戰神。

想來整個大煜就沒有不信任他的百姓，他來自平民百姓家，自然更受到百姓的愛戴。

榮華其實在想另外一件事，穆良錚參軍時不過十三、四歲，在六國混戰的那些日子裡，他一步步做到大將軍這個職位，一定經歷了常人難以想像的事情。

榮華想著昨天他在大雪中遠去的背影，忽然問道：「他看起來很年輕，不知道這位穆將軍幾歲了？」

榮耀祖答得很快。「他今年二十三歲。」

「他才二十三歲，還這麼年輕，那些年，他一定吃了很多苦。」榮華輕輕嘆了一口氣。

「一將功成萬骨枯，在戰場上，他一定是拚了命才能一次次活下來，真的好不容易。」

「是啊，他真的是我們大煜的福將。」榮耀祖很是感慨。

記憶裡的那個穆家小子，已經成了威風凜凜的大將軍。

榮耀祖不知道想到了什麼，神情莫名地看了榮華一眼，然後搖頭嘆息著走了。

榮華這才想起正事，既然爹爹都這麼說了，她怎麼能拒絕穆良錚的好意呢？

榮華跑出房門，走到院子外看了兩眼，發現那個女人已經不在了，她懊惱地皺了皺小鼻子，輕輕跺腳，回了房間。

榮華第二天起了個大早，先去馬棚看了一眼。

榮耀祖很是寶貝這三匹馬，天剛亮就起來清理馬棚，換水、餵草，忙得不亦樂乎，基本上不需要榮華操什麼心。

榮華又去看自己買的那四隻老母雞，發現牠們竟然下了幾顆蛋，她急忙把雞蛋撿起來，準備待會兒煮了，給王氏補一補身體。

她打算今天殺隻老母雞燉了。

煮早飯時，榮淺燒鍋，榮華掌廚，做的是肉丁白菜粥。

這一次她買了很多肉，能吃上一段時間，所以早上的時候，她就想喝一點鹹肉粥，她以前就很喜歡喝鹹粥。

榮華在準備配菜的時候，榮絨走了進來。

榮淺乖巧地喊了聲姊姊，榮華也喊了一聲。「絨姊姊，妳怎麼來啦？」

榮絨搓著手說：「華兒，妳做的飯菜都好好吃，所以我想來給妳幫忙，也順便學一下，妳是怎麼做的，不知道行不行？」

「當然行。」

榮華心裡對榮絨挺感激的，還沒有好好謝謝榮絨那天替她通風報信呢！

榮華先將半斤肥瘦相間的豬肉洗乾淨，切成丁狀，熱鍋下油，在「哧啦」一聲響中，肥瘦相間的豬肉在熱油中噼哩啪啦作響。

榮華快速攪拌翻炒，一股肉香味迅速飄散了出來，將炒熟的肉丁盛在大碗裡。

隨後，她就著鍋裡的浮油倒水、放米，再將肉丁放了一大半下去，配合切成顆粒狀的白菜一起倒進鍋裡。

這些弄好之後，蓋上鍋蓋，大火燒鍋，等到快好的時候再放入鹽就行了。

將粥煮上後，榮華沒有再管，她去拿麵粉開始準備烙餅。

麵粉裡打上兩個雞蛋，烙出來的餅金黃酥脆，榮華方才留了一小半肉丁，這時候裹在揉好的麵餅上。依舊是熱鍋熱油，她把麵餅丟下鍋，不一會兒餅皮就變得金黃燦爛，香氣噴人。

因為家裡人口多，所以榮華烙的餅皮又大又厚，一張餅夠三、四個人一起吃。

又因為剛剛的麵發酵得好，麵餅在高溫油鍋的烘焙下迅速膨脹，屬於麵食特有的香氣，加上肉香味一起蔓延出來，迅速勾起人肚子裡的饞蟲。

榮華都聽到兩位姊姊吞口水的聲音了。

她吸了吸空氣中瀰漫的香氣，忍不住將一張烙好的餅拿出來，然後掰了一口，塞進嘴裡。

嗯！越嚼越香，香酥可口！

榮華忍不住又吃了一口。

她順勢撕了兩塊下來，一塊給了榮淺，一塊給了榮絨。

兩姊妹也不矯情，拿在手裡大口吃了起來。

榮絨臉上露出陶醉的神色，舔著嘴角問道：「華兒，我以前也看過娘親做烙餅，她做的為什麼就沒有妳的好吃啊？」

榮華笑了起來，蹭到她身邊甜甜地說道：「絨姊姊，這是因為我現在捨得用肉、用油啊！以前二嬸肯定不捨得像我這樣用這麼多的油、用這麼多的肉來烙餅。」

榮絨想一想，點了點頭。「確實是妳說的這樣，不過我記得小時候家裡沒這麼窮的時候，我娘做的餅也沒妳做的好吃。我剛剛還想著，要是學了妳這個烙餅的手藝，我以後可以出去賣餅。唉，但是要用這麼多的油、這麼多的肉，我又有點不捨得了。」

榮華驚訝地看著自己這個平凡無奇的大姊。「妳想做生意賺錢？」

「對啊，家裡這麼窮，我也想賺點錢貼補家用，更何況爹和娘肯定是不會為我和妹妹的將來打算。我就算了，可是妹妹還那麼小，我想賺點錢，以後為她找個好人家。但是我腦子沒妳聰明，想不到什麼賺錢的方法。」

榮華沒想到榮絨這麼為自己妹妹著想，也沒想到榮絨如此理智地知道自己的處境。

「如果妳真的想做生意，以後有好的路子，我可以教妳。」

榮絨眉開眼笑。「謝謝華兒！」

榮華準備繼續做飯，和兩個姊姊在灶房裡和樂融融，談笑風生，聊得十分開心。

她一邊和姊姊們聊天，一邊手上不停烙餅，最後總共烙了七張大餅。

榮華準備拿一張到自己屋裡，和爹爹、娘親還有弟妹們一起吃，其他六張則給其他幾房的人。

二房有兩個半大的小子，他們胃口好，人長得高、生得壯，一頓能吃好多東西。如果不多做一點，那些姊妹們根本都搶不到吃的，也是可憐。

餅烙好之後，粥也熬得差不多了，榮華之前在粥裡丟入幾顆洗乾淨的雞蛋，這時候她剛好把雞蛋撈出來，放在涼水裡涼一下。

粥裡放入鹽又燜了一會兒，再掀開鍋蓋的時候，就算大功告成啦！

榮華拿出竹籃放在一旁備用，將七張又大又厚、散發著熱氣、金黃酥脆的肉餅放在砧板上，一隻手扶著肉餅，一隻手拿著刀，從中間大力切下一分為二。

鋒利的刀從酥脆的肉餅上切下的時候，那種「嘐吱嘐吱」的酥脆聲音，聽了後簡直耳朵都酥麻了，是一種很棒的聽覺享受。

肉餅金黃，切開的時候會有酥脆的餅渣掉落在砧板上，隨著切開，肉餅的熱氣越發強烈，香氣更加醇厚。

榮華忍不住吞了幾次口水。

將肉餅一切為二，再一切為四後，榮華拿了自己房裡的四塊肉餅放在竹籃裡，又在陶瓷盆盛了一盆粥，將雞蛋揣在懷裡。

榮華端著粥和竹籃裡的肉餅，對兩位姊姊說：「姊姊們我要回房吃飯去了，妳們也趕緊吃飯吧！」

兩位姊姊笑著說好。大家都知道，榮華病好後一向不和他們一起吃飯。

榮華出去的時候，看到二房和三房的人，他們都等在正房的堂屋門口，饞得要死。尤其是榮老太太，明明聞到香味，臉上一臉焦急，卻要強撐著故意不往灶房這邊看。

此時二嬸看到榮華，臉上立馬堆起了笑。

榮華朝他們微微點頭，拿著自己的東西跑到茅草屋內，大聲喊道：「娘，吃飯啦！」

正好這時候榮耀祖也回來了。

榮華分別替他們盛好粥，分肉餅給他們，一人一顆煮好的雞蛋。

肉餅厚實又好吃，肉丁白菜粥鹹香潤口，熬得十分濃稠，非常好喝。

在這樣寒冷的早晨，和家人們一起圍著爐子一邊烤火，一邊喝肉粥、吃肉餅，堪稱幸福。

榮華看見王氏的臉色，之前真的是慘白、毫無血氣、泛著一種青灰色的感覺，現在每天吃得飽、吃得好，肚子裡有了油水之後，王氏的氣色好看很多，變得有血色一點。

前幾天榮耀祖從鎮上請來好大夫，幫王氏好好看病。王氏服了幾帖溫補的藥，身體也大有起色，人也漸漸少臥床了。

榮華希望娘親趕快好起來，活得健健康康、長長久久，一家人能一直在一起。

榮嘉和榮欣兩個小傢伙臉上也有了一點肉，之前看到他們的時候，真的瘦得皮包骨，伸手都能摸到突出的肋骨，真是讓人心疼不已。

她和林峰約定下次供貨的日子在二十一，所以她不急，過兩天再出去採購一批編織品，收齊再送貨就可以了。

桃源村加上周邊的幾個村子，完全可以供應她現在需要的編織品，不用擔心貨源不夠的問題，更不要提上面還有縣、鎮，所以編織品的貨源是源源不絕。

只是如果大肆在縣鎮裡進行收購，到底太過搶眼，可能會引起有心人的注意。

除了在桃源村和周邊村子進行收購之外，她覺得建立編織品作坊的這個計劃也要盡快提上日程。

榮華是以現代人的角度來看待桃源村當今的問題，想要讓一個村子盡快富裕起來，你光靠種地是不行的。最快讓村子富起來的方法，是增加村子的GDP，也就是經濟收益。

榮華現在是一個人做生意，但是如果她建立作坊，可以招收工人，村子裡那些賦閒的人也有收入來源，這樣就算是推動了當地的經濟發展。

一個村子如此，一個國家也是如此，想要國富民強，就要人人都有收入來源，人人都富起來，民富才能國強。

提高了個人的經濟收益，就是增加了國家的經濟收益，這樣國家才能真正強大起來。

當然榮華現在只想要讓村子富起來而已，至於國家什麼的，她暫時還沒有想那麼遠。路要一步一步走，有多少能力就做多少事，這樣才能走得長久。

一切按照榮華的計劃按部就班進行著，都往好的方面發展，她覺得心裡輕鬆了不少。手裡有錢，自己還有經濟來源，這真的是一個人最大的底氣。

榮華覺得用不了多久，就可以另外蓋一間房子，自己一家搬出去住。

雖然不知道榮耀祖到時候會不會同意搬出去，但是他現在會在房裡陪著娘親、弟妹一起吃飯，這就是一個好的開始。

榮華吃了兩大碗粥和一大塊肉餅，整個人吃得超級撐，胃裡暖洋洋的，身上也熱了起來。

她想出去消食，在村子裡遛達，順便看看村子裡的實際情況，每家每戶究竟是怎麼過活的。

榮華跟王氏說了一聲，剛走出院門，沒想到就再次遇到昨天晚上那個帥氣的女人。

那個女人的穿著打扮和昨天一樣，一雙眼睛依舊是那樣堅毅、有神，像一隻蓄勢待發的獵鷹。

榮華沒想到她如此堅持，今天竟然又來了，一時間愣在當場。

後知後覺的榮華，伸手打了招呼。「早？」

那個女人看著榮華，表情堅定。「我一定要跟著妳。」

榮華抿了抿唇，心裡竟然有一絲開心。

昨天和爹爹說過那番話後，她已經決定留下這個女人了。

這是穆良錚的心意，她願意接受。

「好，妳可以留在我身邊，但是日子可能會過得苦一點。」

那個女人低下頭，聲音清淡。「沒關係，我什麼苦日子都過過。」

她又抬起頭，眼神堅毅。「我叫穿雲。」

「穿雲？」

榮華莞爾。人帥氣，沒想到名字竟然也這麼帥氣。

她這算是被動救了一個帥氣的女人嗎？

榮華告訴穿雲自己的名字，兩人算是正式認識了。

穿雲稱呼榮華為主子，榮華希望她叫自己的名字，但是穿雲堅持，榮華無奈，只好隨她去了。

外面深厚的積雪還未融化，榮華兩隻手揣在衣袖裡，慢悠悠地在村子裡溜達，穿雲則默默地跟在身後。

「滴答滴答」雪水滴落的聲音傳來，房檐上的積雪已經在慢慢消融，迎面走來的村民們大多都一臉菜色，面黃肌瘦，看上去都是一副營養不良的樣子。

等積雪融化之後，大家要開始忙著春種了。

春種，春天是播種希望的季節，只是在這般乾冷的土地種稻穀，真的能播種出希望來嗎？

榮華一直在想辦法解決桃源村種植稻穀的事情，但是她想了很多方法，結果都是無解。

因為大煜王朝不允許國民和別國有來往，那麼袁朝的小麥就沒有辦法在桃源村種植。

你要是光明正大地種小麥，那不就擺明是和袁朝人有所勾結嗎？

榮華踢了踢自己腳邊已凍成冰的雪球，看著雪球一路往前滾遠，她的心也隨著那顆雪球上下起伏。

第十一章　穿雲

走到村西邊的時候，榮華聽到榮耀祖的聲音。

爹爹怎麼會在這裡？

榮華有些好奇，抬步順著聲音走了過去。

走過去一瞧，這才發現原來是村西頭王大娘家的茅草屋，竟然被積雪給壓塌了，榮耀祖這時候正帶著幾個青壯年在給王大娘修房子。

榮耀祖雖然固執迂腐，但他是一心為桃源村好，一心想要讓村民們都過上好日子，只是他可能沒有用對方法罷了。

不過在這樣的大環境下，在大煜這樣的皇室素質中，他又能怎麼做呢？

仔細瞧一瞧那幾個青壯年，榮華昨天才見過，可不就是以趙大壯為首的那幾位哥哥嗎？

她踏著積雪走了過去，聲音甜甜地喚道：「爹爹你在這裡呀！」又看向趙大壯等人。「幾位哥哥好。」

「榮華妹妹好。」

幾個小夥子都有些不好意思，看著榮華嘿嘿笑了一下，又轉身去忙活了。

榮耀祖本來在和這些人一起修房子，此時看到榮華過來，威嚴地問道：「華兒，這麼冷的天妳出來做什麼？妳身子剛好沒多久，不怕又凍著了？」

「哎呀，爹爹，我哪有那麼嬌氣，我身子已經大好了，爹爹不用擔心。」

雖然榮華這麼說，但是榮耀祖依舊不放心，讓她趕緊回去，大冷天不要在外面閒晃。

榮耀祖轉頭看了穿雲兩眼，最終什麼也沒有說。

倒是榮華主動指著穿雲，向他介紹道：「爹爹，這是我遇到的一個姊姊，她沒有地方去，我想把她留在身邊。」

榮耀祖點了點頭。「妳自己拿主意就行。」

女兒大了，有本事了，也有自己的主意。榮耀祖覺得應該放開手，讓她自己做決定。

榮華帶著穿雲回家，在路上問道：「穿雲，昨晚上妳睡在哪裡？」

「村頭有一間沒人住的空房子，我問了隔壁那家人我可不可以住，他們說可以，我就住下了。」

榮華很喜歡穿雲的聲音，感覺和穆良錚很像，帶著淡淡的粗啞，讓人一瞬間就聯想到了邊關的風沙。

穿雲的到來，不在她的計劃之中，但這算意外之喜。

榮華看著穿雲挺直的脊梁，輕聲說：「桃源村很窮，妳留在這裡，可能會吃苦。」

穿雲如果在軍隊裡，品階應該不低，榮華始終覺得，讓穿雲留在這裡，對穿雲來說是一種委屈。

「這算什麼，我吃過的苦，比這裡多了。」

她什麼苦都吃過，所能想到的和想不到的。

在這亂世之中，一個小女孩，最終變成了一代將領。

榮華沒說什麼，帶她回家了。

穿雲看了榮華的房間，雖然破敗不堪，但收拾得很乾淨整潔。尤其是看到那件黑色大氅後，穿雲的眸光變化了一下，最終歸於平靜。

榮華聽到院子裡有動靜，看到榮絨、榮淺和妹妹們，正抱著衣服要去河邊。

榮華不想把手泡在冰水裡，準備等過幾日天氣暖和一些再洗衣服。

她朝榮淺幾人眨了眨眼睛。「待會兒我有東西給妳們，記得來找我，要悄悄的喔！」

她們都愣了一下，茫然點了下頭。

過了一會兒，榮淺她們一個個來到榮華的房間。

榮華招呼她們坐床上，跑去關上門，才從櫃子裡拿出一個布包。

上次在千武集會上，榮華買了很多小東西，有一部分是給這幾個姊妹的。

二房家的兩個女兒，三房家的五個女兒，榮華都給她們一人買了兩件小肚兜。

榮華有次看到過她們穿的肚兒，都不知道是從哪塊破布上剪下來自己做的，樣子很破舊，所以榮華就替她們各買了兩件。

料子是棉質的，青灰顏色，上面沒有繡花，但是布料很好，親膚柔軟。

女兒家的皮膚多嬌嫩啊，自然要穿好的料子。

那種繡花、顏色鮮豔漂亮的料子，榮華買不起，甚至可以說買不到。

因為這裡的染料太貴了，普通人家基本上穿的衣服都是青灰、灰白這種暗沈的顏色。鮮豔明亮、大紅大紫的，那要有錢人家才穿得起。

幾個姊妹拿到小肚兜都很開心，她們在手裡翻來覆去、摸來摸去，那種柔軟的觸感，讓她們喜笑顏開。

「謝謝華兒！」

榮絨真心地道謝，她想起什麼又說：「華兒，我知道我娘很不好，她做什麼事情，希望妳不要放在心上。」

榮華搖了搖頭。「不用謝我，我還沒謝謝妳上次的事情，要多謝妳呢！」

她沒說出是什麼事，但是榮絨心知肚明。

榮絨有些慚愧地低下頭。「不用謝我。」

榮華又拿出一些小零嘴，分給幾個姊妹吃了。

等她們吃完零嘴，榮華才讓她們出去。

榮家的女兒們，都是爹不疼、娘不愛，榮華只能在自己房裡偷偷給她們點吃的、用的，要是讓她們拿回去吃，恐怕她們就吃不到了。

等東西吃完後，榮淺和榮絨便帶著自己的妹妹們去洗衣服了。

下午的時候，榮華摩拳擦掌，要開始做飯啦！

這陣子經歷過這麼多事情，榮華要犒賞自己做一頓好吃的。

榮華之前在千武集會買了四隻老母雞，四隻雞現在被關在雞籠裡，她走到雞籠旁邊，挑選了一隻最肥的母雞，抓著雞的翅膀把牠抓了出來。

母雞撲騰著掙扎，榮華看著手裡的老母雞，有一點頭疼，因為她從來沒有殺過雞，一時間不知該如何下手。

一旁的穿雲看出榮華的窘迫，不動聲色地從榮華手中接過了老母雞，伸手拿出腰間的匕首，出手快如閃電，又快又準，匕首迅速滑過母雞的脖子，一刀斃命。

這一刀把握得極好，老母雞很快就死了，並不痛苦，卻沒有割斷老母雞的頭，只是割斷了牠的血管，雞血滴滴答答流下來，榮華立馬拿過一個碗，在雞脖子下面接血。

雞血放乾之後，榮華去灶房燒了一大鍋開水，然後燙毛、拔毛。

她手腳麻利，很快將雞毛全部拔光了，又將已經沒有毛的雞在火堆上烤幾下，烤掉雞皮上的小絨毛，空氣中傳出一股焦香。

開膛、破肚，這是穿雲做的。她那把匕首簡直出神入化，在雞身上劃了幾刀，便完整取出雞的內臟。

榮華在一旁看得嘆為觀止。

她就說嘛！穿雲一定是一個高手。只是這樣的高手來給她殺雞，豈不是殺雞用牛刀，太大材小用了？

不過現在不是想這些的時候，她最重要的事情，就是燉一鍋香噴噴的老母雞湯。

老母雞的肉又鮮又嫩，營養價值又高，最適合給娘親好好補身子啦！

榮華將老母雞一分為二，丟進鍋裡，然後放入白酒，蔥、薑、蒜去腥。大火燒開，濾去血水和浮沫後，將老母雞撈出來放進砂鍋裡，砂鍋吊在爐子上，小火慢燉一個時辰後即可享用。

榮華心滿意足地蓋上砂鍋蓋子，準備再燉個排骨湯。

她從灶房走出來，去後院地窖裡拿排骨時，和二嬸碰了面。

二嬸揣著兩隻手，看著榮華，臉上露出諂媚的笑。「華兒，做飯呢，我看妳剛剛殺了隻雞？」

榮華點了下頭，臉上沒有什麼表情。

二嬸伸手來拉榮華。「二嬸陪妳一起做吧，妳看妳這手嫩的，不用幹那種粗活。」

二嬸快嘴饞死了，她心裡泛酸，又想巴結一下榮華。

前面幾天還是吃糠嚥菜，沒想到榮華一和穆家搭上關係，這麵也有了、米也吃了，有肉有菜也就算了，今天還能吃雞肉。

要是榮華真嫁到穆家，那可就是潑天富貴啊！

二嬸巴結榮華，希望能拿到好處啊！

另一方面，她又忍不住嫉妒，要是嫁到穆家的是她女兒……

哎喲，她差點控制不住自己的表情，快嫉妒死了。

榮華伸手躲過，二嬸這才看到榮華身後的穿雲。她看著穿雲，有些愕然。「華兒，這是誰？」

「她叫穿雲，無家可歸，所以我留下她了。」

二嬸打量著穿雲，越看越心驚，總覺得這女人長得有點凶啊。

她本來還想拒絕，後來一想算了，還是順著榮華比較好，於是和善地笑道：「華兒啊，妳們屋裡睡得下嗎？」

「她不睡我屋裡。」

榮華有些不耐煩，朝二嬸笑了一下，走去後院。

拿了排骨和米、麵等主食後，榮華在灶房裡，專心做吃的。

過沒多久，榮絨和榮淺都來幫忙了，一個燒火，一個打下手，榮華做起來特別快。

她總共做了四道菜，老母雞湯、排骨蘿蔔湯、豬肉白菜燉粉條、香炸肉丸子，每樣菜都超大一盆，分量十足，絕對夠吃。

她也想吃點什麼花椰菜、萵苣、荸薺等菜，只是這些菜雖然在二十一世紀十分常見，但是在這裡，都不知道這個世界有沒有種出這些菜。

畢竟她在千武集會沒看到有人賣，就算這個世界真的有這些菜，那應該也是王公貴族才吃得起。

榮華看著眼前的四大盆菜，已經覺得很幸福了。

豬肉白菜燉粉條，這是一聽就好吃的東北菜啊！

她以前也超級喜歡。

有雞肉、有豬肉，在這饑荒年代誰敢想啊！

榮華開始嘴饞。

她迅速把自己房裡的菜分好了，特別是老母雞湯，她分了半隻雞給自己房裡，剩下的半隻就分給其他幾房吃。

榮華知道，二嬸、三嬸一看到她們只分到半隻雞，肯定會說他們房裡才幾個人，就分去半隻。

所以這次榮絨端菜送去正房堂屋的時候，榮華也跟著去了，對榮老太太說：「奶奶，我娘的身體和妳一樣，一直都不好，所以今天我就燉了隻雞，給妳和我娘補補身體。這隻雞呢，妳和我娘一人分一半。妳們身體不好，合該好好補一補，我們這些身體好的，少吃一口又如何呢！」

榮華這一番話，讓榮老太太眉開眼笑，直說榮華懂事了。

榮華垂眸，冷笑著離開。

與其讓二嬸和三嬸嚼舌根說她壞話，倒不如她從一開始就站在道德制高點。

看到沒有？雞肉是給病人吃的！如果她們抱怨，那就是不體諒病人。

榮華走到院子裡，看到穿雲正準備離開，就急忙跑過去拉住她，問道：「穿雲，妳去哪兒？」

「回我住的地方。」

「我房裡雖然小，但妳絕對住得下。穿雲，如果妳不嫌棄，我們今天一起吃飯吧！吃完這頓飯，寒冷的日子也即將過去了。」

穿雲看了榮華一眼，沒扭捏婉拒，直接點頭說好。

榮華便挽著她的胳膊去灶房端菜。

他們今天沒有在爹娘的臥房裡吃飯，而是在茅草房的小堂屋用飯。

桌子上擺了四道菜，香味簡直勾魂攝魄，兩個小傢伙嘴饞得要命。

王氏這幾日氣色好，榮華喊她下床吃飯，她下床時也沒感覺到頭暈。

榮耀祖回來的時候，榮華還替他倒了一杯劣質白酒，一家人和和美美地坐在桌邊準備吃飯。

榮華給王氏盛了一碗雞湯、分了一根雞腿，又給其他人都盛了雞肉，最後給自己剩了一塊雞骨頭。

這隻母雞肥，他們幾個人都吃了差不多兩大塊肉呢！

啃了雞骨頭的榮華，依然覺得愉快，因為骨頭上的碎肉也很香呢！

雞肉經過幾個時辰的溫火慢燉，早已燉得軟爛，舌頭輕輕一抿，雞肉就從骨頭上脫落下來，完美的骨肉分離。

雞肉滑嫩無比，一點也不柴，雞湯色澤金黃，鮮香可口，用來拌米飯吃最香了。

榮華舀了一勺子雞湯在碗裡，白色的大米飯立馬泛了一層油光，看上去色香味俱全，可誘人了。

蘿蔔排骨湯主要吃的是排骨，每一塊骨頭上面都有不少肉，抱著一塊骨頭啃肉吃，吃得滿嘴流油，也是相當幸福。

這一頓飯在其樂融融的氛圍中結束。吃過飯後，大家稍微休息，便各自洗漱安睡。

轉眼迎來學堂的開學日。

因為原主之前在那裡上學，所以這天早上，榮華早早就起床，收拾乾淨、吃過早飯後，和王氏交代了一聲，便拉著榮嘉和榮欣一起出門上學。

走在院子裡，榮華看到二嬸正拉著兩個兒子說話，一看到榮華，滿臉堆笑。「華兒，來，跟妳兩個哥哥一起去學堂吧！」

榮華看到榮絨她們滿臉羨慕，但是二嬸和三嬸一樣，不讓自己女兒去學堂讀書，哪怕學堂是免費的。

這對妯娌都認為，女兒是賠錢貨，讀書有什麼用？她們去讀書了，衣服誰洗、家務誰做？

榮華搖了搖頭，無奈地拉著弟弟、妹妹離開。

王夫子在課堂上十分嚴厲，這些孩子們都不敢調皮，課堂紀律很好。

讀書的時候時間過得最快，王夫子的授課方式讓人十分喜歡，他總是將那些複雜的知識講得通俗易懂，時不時穿插一些故事，還會講其他地方的風土民情。

孩子們從未聽過這些，因此聽得特別認真。

榮華還沒怎麼感覺到時間的流逝，一天就過去了。下學堂後，她帶著弟弟、妹妹回家吃飯，吃過飯後也沒什麼娛樂設施，現在天氣又冷，基本上都是早早上床就寢。

榮華把碗筷放去灶房時，看到榮淺她們眼睛亮晶晶地看著自己。

榮華輕輕點頭，無聲地與她們達成某種默契。

這是她們之間不用多說的默契。

榮家其他幾個姊妹心裡都想上學，奈何她們不能去，所以原主每次去學堂之後，都會給她們講課。

今天也不例外。

榮華在房間裡待了一會兒，榮淺帶著自己的二妹過來了。

榮淺朝榮華溫柔一笑。「我那三個妹妹都睡著了，就只帶著二妹過來。」

榮華點了點頭。

這一次榮絨也來了，也帶著自己妹妹。

榮華讓她們四個都坐在床上，幾個人擠在一起，開始給她們講今天學的東西。

她努力回憶白天時王夫子講的內容，原封不動地複述出來。

榮淺她們聽得心馳神往，原來外面的世界那麼大、那麼精彩。

那是她們待在桃源村永遠也無法看到的廣闊天空。

「好想出去看看啊！」

「我也想去學堂讀書。」

「唉！」榮淺輕輕嘆了口氣，抱住自己的妹妹，無力地搖了搖頭。

自家娘親想要兒子都快想瘋了，每次看著她們的眼神都好可怕。她們乖乖聽話都會被打，如果膽敢反抗，還可能會被打死。

榮淺也想過一走了之，但是她捨不得妹妹們，如果她走了，那妹妹們就更慘了。

她不捨得啊！

榮華看她們都不說話，知道她們心裡難過，於是安慰道：「人的命運都是要靠自己爭取的，如果妳們永遠逆來順受，那麼妳們的命運就一眼望得到頭，永遠也不會發生改變。不過妳們也不用太傷心，下一次我出去進貨的時候，我帶著妳們一起，妳們也可以出去看看，權當出去玩。」

榮絨聽到榮華這麼說，開心地抬起頭，驚喜地問道：「華兒，妳說的是真的嗎？我們真的可以跟妳一起去嗎？」

榮華點頭。「當然可以呀！我都說了可以，那麼就一定可以。」

榮絨欣喜極了，眼睛亮晶晶的，開心地說道：「嗯嗯，華兒，妳說什麼就是什麼，我都聽妳的，到時候我一定一句話也不說，跟在妳身後，只看不說，絕對不會給妳丟人。」

榮華笑了起來，她看向榮絨。

榮絨在家裡一直都是默默無聞的存在，她長得不如榮淺好看，人看上去也不是特別機靈，面相比較憨厚。但是榮華也是最近才發現，榮絨心底其實很有自己的想法，也有自己的主意，她不是逆來順受的人，她有在為自己、為自己的妹妹尋找出路，只是不得其門罷了。

榮華和榮絨聊得開心，榮淺在一旁卻默默低下頭，她蹙眉沈思良久，還是難過地搖頭。「華兒，謝謝妳的好意，但是我可能沒辦法跟妳一起出去，如果被我娘知道了，我會被她打死的。」

榮淺捂著胸口，一副心有餘悸的表情。

她真的被打怕了啊！

榮華看向榮淺，又看向榮絨，問道：「絨姊姊，如果妳娘不同意，妳要怎麼跟我一起出去呢？」

榮絨滿不在乎地擺手。「我不怕，我也不管，她就算打死我，我也要跟妳一起去。更何況我娘和三嬸不一樣，她要是知道我和妳一起，巴不得也跟著去呢！」

榮華心想也是，確實是這樣。

榮絨的娘是二嬸，這個人啊，愛佔小便宜又勢利，一直想要討好榮華，明明心裡窩著壞主意，臉上還非要露出諂媚的笑臉，榮華每次面對她都有些無奈。

榮淺的娘是三嬸，這個人呢，心思已經完全扭曲，對自己的女兒每天非打即罵，如同癲狂，她不按任何常理出牌，完全按照自己的心情，暴躁易怒，榮淺幾乎天天被她打，所以榮淺不敢違抗她娘的意願，榮華覺得不意外。

因為這麼多年，榮淺已經被打怕了，長期面對暴力，讓她現在沒有一丁點反抗的意識。

被打怕了的人，內心是完全屈服在暴力之下的。

唉，不得不說，這真是榮淺的悲哀。

姊妹幾個聊天到深夜，直到月上中天，榮絨和榮淺才帶著自己的妹妹各自回房休息。

榮華躺在床上，她一點也不睏，看著窗外的月色陷入沈思。

榮華的生意現在剛起步，現在僅僅是自己送貨、運貨，但是如果以後生意越做越大，她需要幫手。

榮華之前倒是沒有注意過榮絨，但是現在麼，她心裡有了另一個主意。

至於榮淺，榮華總是忍不住憐惜她。這個漂亮又可憐的姑娘，心地十分善良，之前對原主就非常好。因為她的善良，榮華總想幫她一把。

她想了很久，最後伴隨著清朗的月色睡了過去。

榮華一夜好夢。

接下來兩天，榮華都在王夫子那裡讀書，她對這個世界的人文歷史很感興趣。

如今有一個免費學堂可以讓她讀書，王夫子又學富五車，她在課堂上不願意浪費任何一秒鐘。

她想要更了解這個世界，了解它，然後用自己的能力去建設它。

無論處於哪個時空、哪個世界，榮華身為一個好青年，都希望自己能為社會、為國家做出貢獻。畢竟前世的她能夠好好活下來、能夠長大、能夠順利大學畢業，都是因為國家的補助。

她住在育幼院裡，衣食住行用的都是國家的錢，所以榮華十分感恩，她努力讀書，就是想將來有一天能為建設國家，盡一分自己的力量，可惜她沒能開始。

現在哪怕穿到這個歷史上並不存在的世界，榮華的家國情懷依舊很重，她希望自己所在的國家好。

現在大煜王朝的皇室是爛在根裡了，榮華尋思著他們這麼做下去，總有一天會有人揭竿起義，反了這天下。

榮華又想到穆良錚，他是大將軍，想來不會讓這樣的事情發生。

這兩天日頭明晃晃地曬著，路上的積雪已經融化了。

榮華叫上穿雲和榮絨，準備去進貨。

她先去找王夫子告假，王夫子准了假，只讓她記得到時候補上功課。

榮華在村裡收購了一批，後來又帶著穿雲和榮絨去市集。

那些老人們知道榮華要收購編織品，這些天都在家裡拚命做，就等著榮華來了賣給她呢！

榮華今天去的時候，幾十個老人等在那裡。

幸好她這次本來就要收購很多，所以將老人們的編織品全部買下來。

收購結束後，榮華還不忘提醒他們。「各位爺爺奶奶們，咱們要悶聲賺大錢，我現在收購編織品的事情，你們可不要大肆傳揚，不然到時候那些年輕力壯、手腳更快的年輕人知道了，他們可要來搶你們的生意。」

這些老人們連連點頭。

榮華這樣說，一來確實是為這些老人考慮，二來也是不希望他們傳得到處都是，這樣太張揚了。

他們手裡拿著榮華給的錢，臉上難得有了笑容。

有了這些錢，他們最起碼一個星期不用挨餓了。

榮華還遇到上次那位老奶奶，今天特意多給了她一些錢，並囑咐她早點回家。

穿雲趕著車，榮華和榮絨坐在車裡。

榮絨真的像她說的那樣，全程一句話都沒有說，看著榮華的言行舉止，在心裡默默記下。

收購花了一天時間，因為要買的量多，所以跑了好幾個地方。

等回到家裡，榮華覺得累得厲害，吃過晚飯就睡了。

隔天，她開始整理收購的東西，這些貨品依舊按照大、中、小分類。

榮絨和榮淺都帶著自己的妹妹們來幫忙，幾個人一起忙起來，統計整理的速度很快。

最後統計如下，榮華按照二銅板收一個的價格，花費五兩銀子收購了二千五百個小型編織品；按照五銅板收一個的價格，花費十兩銀子，收購了二千個中型編織品；最後按照十銅板收一個的價格，花費十兩銀子，收購了一千個大型編織品。

這一次收購，她總共花費本金二十五兩銀子。

扣除掉替王氏請大夫看病、抓藥的那些雜支，她之前的本金還剩十四兩多。

不過這些編織品的價格，賣給林峰基本上要翻十倍以上，榮華現在一點都不心疼。

這就是走私的巨利！

冒著殺頭的風險做生意，利潤自然是大得驚人。

榮華把所有的貨品搬到馬車上，整理好後蓋上毛氈子，將貨品捂得嚴嚴實實。

這輛馬車十分大，像是現代時拉鋼筋的那種車廂，車廂特別長，所以能裝很多東西。

因為現在大家都處於一個缺錢的饑荒年代，難以賣東西出去，所以榮華去收購的時候，大家給的都算是最低價，因為她收購得多，所以就更優惠。

她現在已經把村民們的存貨都收購完了，連隔壁幾個村子老人們的存貨也收購得差不多了。等那些年輕人反應過來，知道榮華對編織品有需求的時候，他們應該就會漲價。

不過等他們漲價的時候，榮華就會將外出收購量減少，轉而投入開辦編織品作坊，畢竟請工人性價比更高一點。

清點、整理、記錄、裝車，花了大半天，全部忙完之後，榮華捶了捶自己痠痛的胳膊，謝過各位姊妹。

雖然她不喜歡二嬸和三嬸，但她們的女兒真的都很好啊！

一切都準備妥當，現在只需等明天去送貨就好。

榮華放鬆下來。

不過看著那一大車的貨，榮華覺得自己應該記帳了。

她去學堂裡，跟王夫子要了一本嶄新的帳本，認認真真將做生意的所有帳目記下來。資金有進有出，她記得很是清晰明瞭。榮絨也在一邊看著，她學得認真，榮華也願意教她，榮絨可開心了。

不過去送貨的時候，榮華並不準備帶著榮絨一起去，主要是因為她往袁朝走私貨物是大事，暫時不能讓二房、三房的人知道，以免弄出什麼么蛾子。

榮華不是信不過榮絨，只是這種生死之事，還是謹慎一點好。

榮絨對此一點也不介意，她專心當起間諜，當聽到二嬸暗地交代兩個兒子繼續跟蹤榮華時，她又立馬把自己的娘親給賣了，轉頭就把這個消息告訴榮華。

榮華對此覺得很開懷。

有間諜就是爽！

因為榮絨的緣故，榮華都沒那麼討厭二嬸了。

當天晚上，榮華早早入睡。

第十二章　走私偷渡

等到凌晨，穿雲在窗外喚醒了榮華。

榮華睜開惺忪睡眼。雖然她很睏，被窩很暖和，可是睜開眼後，人就瞬間清醒過來。

比起馬上要拿到的白花花銀子，睏算得了什麼呢？

榮華穿戴整齊，穿上厚厚的棉襖，準備出門時，摸到那張超級暖和的黑皮大氅。

那是穆良錚的大氅。

想起了那日，穆良錚問她為什麼不穿？

榮華思量了兩秒，拿起大氅，披在身上，果然很暖和，擋風又保暖。

大氅這些天都蓋在她身上，已經完全沒有穆良錚的氣息，只有女兒家的清香。

榮華披著大氅走出來的時候，穿雲眼神變了一下，但什麼也沒說，只是扶著榮華上馬車。

穿雲握著馬鞭，輕輕吆喝一聲，三匹馬拉著馬車，快步跑了起來。

榮華總覺得用這三匹馬拉貨太造孽了，如果以後建了商隊，還是用駱駝好一點。

想起以後，她就覺得未來可期。

天際矇矇亮的時候，穿雲駕著馬車到達了邊境線。

榮華在小車廂裡睡著了，等她醒來的時候探出頭，正好看到遠方紅日初昇，霧濛濛下分外妖嬈。

榮華看了兩眼，瞧見穿雲出神地望向遠方，雙手攏在嘴邊哈了口氣，問道：「穿雲，妳在想什麼？」

穿雲回首看了榮華一眼，眼睛裡是難得的溫情，聲音都低了下來。「在想我的夫君。」

榮華驚訝地睜大眼睛。「穿雲，妳有夫君？」

她忽然反應過來，自己從來沒有問過穿雲是否還有其他家人。

穿雲輕輕頷首，語氣溫和了些。「對，我有夫君，他叫破軍。」

榮華忍不住讚嘆。「穿雲、破軍，果然是好名字。」

穿雲笑了下，極輕極快的弧度從她嘴角閃過。

榮華覺得，她和她夫君，看樣子是極為相愛。

又等了大概一個時辰，千武集會方向有車馬趕來。

穿雲警惕地握著自己後腰上的匕首，並且鬆開了一匹馬的轡繩，如果有危險的話，就帶著榮華騎馬離開。

等馬車走到近前，榮華瞧見為首的林峰，笑著喊道：「林峰大哥！」

「榮華妹子！」

林峰從馬車下來，看到穿雲時，眼中有驚訝閃過。

不過他走南闖北，是個活脫脫的人精，只是驚訝一瞬，便再也看不出來了。

穿雲這才放鬆下來，鬆開握著匕首的手。

林峰從馬車上拎個食盒下來，沈穩地說道：「八娘擔心妳一大早趕過來沒吃東西，說妳小丫頭還在長個子，可不能餓著，讓我給妳帶了吃的過來，我放了手爐保暖，應該還是熱的。」

「八娘姊姊也太有心了。林峰哥，替我好好謝謝八娘姊姊！」

榮華打開食盒，看到食盒裡裝了雞蛋餅、雞蛋，還有裝在砂鍋裡的肉粥。

她都快餓死了，此時看到八娘如此貼心，內心十分感動。

八娘裝著兩到三人份的吃食，榮華拿出八娘準備的碗，先給穿雲盛了一大碗，然後替她夾了雞蛋餅和雞蛋，自己才開始吃。

肉粥溫熱暖胃，雞蛋餅香軟可口。榮華喝了兩大碗粥，吃了一整張雞蛋餅和兩顆雞蛋，最後撐得不得了，跳下馬車。

跳下馬車的時候，不出意外地，她腿軟了一下，差點跌倒，被緊隨其後的穿雲緊緊拉住。

榮華朝穿雲笑了一下，這具身體已經好很多了，最起碼沒有兩眼發黑，只是有些腿軟。

榮華吃東西的時候，林峰帶來的人正在卸貨。

她把貨物清單給林峰，林峰那邊的人開始清點，他帶的人多，清點了大概半個多時辰。

貨品瑕疵率很低，殘次品更是只有幾個，林峰對於貨品質量很滿意。

貨品清點結束，質量沒有問題，接下來就到了榮華最喜歡的算帳的時候了。

貨物清單上的寫法，是按照榮華前世的習慣，比如小件貨、中件貨、大件貨。

林峰唸著覺得順口，也就按照榮華寫的來唸了。他拿著一個小算盤，噼哩啪啦地算，口中唸唸有詞。

「小件貨單價十二文錢，共有二千五百個，再加三成，總價是三萬九千文錢，換成你們大煜的銀子，是三十九兩銀子。中件貨單價七十文錢，共有二千個，再加三成，總價是十八萬二千錢，換算成你們大煜的銀子，是一百八十二兩。」

榮華聽到這裡時，差點又腿軟了。

天哪，她的小金庫終於破百了！銀子破百，這太讓人激動了！

「大件貨單價一百文錢，共有一千個，再加三成，總價是十三萬文錢，折算成你們的銀子，是一百三十兩銀子。所有的錢加在一起，是三百五十一兩銀子。」

林峰算完帳，他隨從在一旁記帳，記完之後，林峰拿過帳本，交給榮華看。

「榮華妹子，妳看看帳目可有哪裡不對？」

榮華心算了一遍，發現沒有什麼不對，但她還是抄錄了一遍，留作存檔。

弄完之後，她點了點頭，表示沒問題。

林峰又貼心地問道：「那這些錢，妳是要銀票，還是銀錠子？」

子。

因為金額龐大且不是在千武集會交易，所以林峰現在給她錢，都是換成大煜的銀票或銀子。

榮華還是第一次擁有三百多兩銀子，這等於三百五十貫錢，三十五萬個銅板。

雖然距離腰纏萬貫還有很大一段距離，但是這麼多銅板，也是會砸死人的。

她覺得有點暈乎乎，本金不過花二十五兩，結果直接翻了十倍不止。雖然她知道走私賺錢的暴利，但錢來得這麼快，她還是覺得好激動。

三百多兩銀子，她都可以買一間好點的宅子了！榮華咬了咬舌尖，讓自己冷靜下來。

走私就是這樣，一本萬利。

只要貨物交易得更多，那錢就是源源不斷地流進來，就像是有聚寶盆一樣。

當然現在她能這麼輕鬆賺錢，最重要的原因，是邊境無人，天冷沒人在外面晃悠，她在賭不會有人發現她將貨物運到袁朝賣。如果賭輸了被發現，那就是死罪！

她是在刀尖上賺錢，看上去輕輕鬆鬆、簡簡單單，其實是把腦袋拴在褲腰帶上，一點都不安全。

不過她現在也算是有了靠山，那就是穆良錚。

有他在，就算被發現了，想來也不會被砍頭吧？

榮華發現自己想得有點遠了，又狠狠地咬了一口舌尖，讓自己冷靜下來。

抬頭看向林峰，榮華的目光依舊是冷靜、理智，鎮靜地開口道：「就這樣吧！我要將三百兩換成大煜的銀票，然後五十兩給我袁朝的錢票，剩餘則換成一兩銀子。」

三百兩的銀子數目太大了，榮華打算換成銀票。而留五十兩袁朝的錢票，以備不時之需，等到需要在袁朝買東西的時候，直接去錢莊取就是了。

「好。」

林峰拿出銀票和錢票給榮華，請榮華簽字，表示自己收到貨款。

林峰也簽了字，表示自己收到貨物。

林峰看著榮華，其實很驚訝，沒想到榮華竟然這麼鎮定。

雖然前面幾次，榮華拿到銀子也都很淡定，林峰一直以為是她見的銀子少。可是今天，拿到三百多兩銀子，足夠普通家庭吃好幾年，她竟然還能做到喜怒不形於色，林峰忽然覺得，這個小丫頭果真是個幹大事的人。

他有些佩服這個女孩了。

思及此，林峰決定提點她幾句。「妳這次運的貨多，賺得就多，運一趟貨就賺了三百多兩銀子，妳是不是覺得特別開心？如果我告訴妳，我將妳給我的這些貨，再轉手賣出去，又能翻五倍呢？」

榮華有些微愣，就見林峰笑了起來。

「有些東西的物價，千武鎮比你們桃源村高了十倍不止，千武鎮和桃源村僅僅只隔了幾十公里而已。可是在千武鎮之外，還有更加廣闊的天地。那裡比千武鎮更大更富，那裡的居民購買力也比千武鎮強，物價比千武鎮更貴、更高。看樣子妳賺了很多錢，其實我也賺了很多錢，但是我沒有賺妳的錢，妳也沒有賺我的錢，那我們的錢是怎麼來的呢？這就是地方民富差異以及物價差異，造成購買力的差異。同樣的東西，在物價低的地方只能便宜賣，到更富裕的城市去賣，它的價格就更貴。」

林峰說到這裡停頓了一下，看向榮華，面帶微笑問道：「榮華，妳懂我的意思嗎？」

榮華點了點頭。「你的意思是說，決定這些貨物價格的並不是貨物本身，而是購買者的購買力，以及當地的富庶程度？」

林峰臉上露出讚揚的神色，感嘆道：「孺子可教也。」

榮華自然明白林峰說的道理，在窮的地方賣便宜一點，在富的地方賣貴一點，但是因為貨物的進價很便宜，無論怎麼賣都是賺的。

榮華想到現代的那些名牌，他們做大做強，做出自己的口碑，無論在什麼地方都賣很貴，因為他們有自己的名氣，是被消費者認可的奢侈品。

「以後有機會，希望我也能打造出屬於我的口碑，做出頂級、中階、輕奢等不同價位。」

林峰思索了一下，才明白榮華說的意思，他莞爾笑道：「榮華，妳說得不錯，妳能有這樣的志氣很好。我很喜歡妳說話的方式，雖然我可能乍聽無法會意，但反應過來之後，就會覺得妳總是形容得很到位。」

榮華看著林峰，覺得眼前這個偷渡走私客，其實也很有現代人的智慧呢！

林峰又和榮華說了一會兒話，提點了榮華好幾件事。

榮華覺得茅塞頓開，果然林峰這個人精，他的每一句話對她而言都是寶貴的經驗，所以聽得十分認真。

臨別時，林峰看著榮華認真地說：「榮華，我們現在做的事情其實很危險，妳賺到了錢，但不要覺得自己很厲害，我們隨時都會有送命的危機。我希望妳能保護好自己，在賺錢的同時，也要保證自己的人身安全。我想和妳長期合作，我希望我們能一直合作下去，但前提就是妳得好好活著，錢不重要，命才是最重要的，妳懂嗎？」

榮華看著這個非常有人情味的合作夥伴，鄭重點頭。

他的嚴肅和認真其實是對榮華的擔憂。

榮華鄭重地說道：「你放心，我會好好保護自己。」

林峰滿意地頷首，轉身離開。

榮華看著他的車隊消失在地平線的那邊。

榮華想著以後有一天，她會有一支屬於自己的商隊，那支商隊走南闖北，可以去到大地的每一個角落。

而榮華也可以去到任何一個地方，她的精神像風一樣自由，在這個世界上沒有什麼可以禁錮她。

榮華的心情很是澎湃，臉上都是激動的神色。她想要在這個各方面還不完善的世界裡大展拳腳，活出自己的精彩。

轉頭時，榮華才看到穿雲正目光灼灼地盯著自己，她微微歪頭打量了穿雲幾眼，好奇地問道：「穿雲，妳為什麼這樣看著我？」

穿雲起先沒有說話，榮華追問她，她才開口道：「我只是沒想到妳掙錢竟然這麼簡單，如果掙錢這麼容易，為什麼還會有那麼多人餓死？」

「因為他們恐懼，恐懼皇室的壓迫。可是我敢爭取，無論是什麼樣的結果，無論是怎樣的命運，我都不會選擇逆來順受。如果明天我就要被砍頭，那麼今天我也要想辦法讓自己吃飽。如果大煜所有百姓都能有抗爭的精神，我想他們的日子應該會好過很多，但是他們沒有。不過，這是可以理解的，畢竟他們世世代代都活在皇室的壓迫下。」

榮華以前可是活在二十一世紀，接受的是新世紀的教育，對於這樣的封建帝國統治者，她心裡相當抗拒。

大煜皇室真的讓人無力吐槽。

穿雲點了點頭。「我懂了，妳膽子大，所以敢做這樣的生意。」

榮華看向天際，聲音有一些虛無。「可能也不只是膽子大吧！或許是我從心裡就不認可大煜皇室的所作所為，我從心裡也不認可帝國主義的統治手段，所以我並沒有像其他百姓一樣對皇室畢恭畢敬，將他們的話當成聖旨，我想，我可能擁有一個自由的靈魂。」

榮華轉頭看向穿雲。

穿雲直視著她的眼睛，她的眼睛很亮，明亮璀璨，像夜幕上的星辰，閃爍著熠熠光輝。

穿雲忽然覺得這個在桃源村長大的女孩，好像並不簡單。她無法預見榮華的人生，榮華未來會成為怎樣的人，做出怎樣的事，有多大的成就。

穿雲無法預測。因為榮華不像桃源村裡的其他女孩一樣，擁有一眼就望得到盡頭的人生，她的人生好像是掌握在自己手裡。

榮華嫣然一笑，拉著穿雲的手搖晃道：「穿雲，妳一直盯著我看，看了好久，我都害羞了！」

穿雲「呃」了一聲，看著榮華，低聲道：「我們回去吧！」

「嗯，好啊！穿雲，今天辛苦妳啦，謝謝妳幫我送貨。」

榮華親暱地挽著穿雲的手，穿雲其實有些不適應，她不習慣別人這麼熱絡地靠近。

但是她並不討厭這樣的感覺，在營地的時候，她每天面對的都是生死，睜眼看到的都是將士、兄弟，沒有這麼嬌軟可愛的小姑娘挽著她的手，親熱地喊她的名字。

由榮華口中喊出來的名字，嬌嬌軟軟的還帶著尾音，穿雲聽了都忍不住想要勾起唇角。

她喜歡這樣的感覺，好像這天下不是亂世，而是太平盛世一般。

她們就這樣手挽著手，說說笑笑，好像走在盛世人間。

穿雲駕著馬車回去，馬車上沒有貨物，三匹馬跑得飛快。

榮華坐在小車廂裡，時不時和穿雲說著話。閒聊間，兩人回到桃源村。

穿雲把馬車停好，拉著三匹馬拴到馬棚裡。榮華開開心心地回到自己房間。

這一次賺了這麼多錢，榮華真的想換一間房子，住這茅草屋真的難受死了。

只不過如果她買間房子，帶著爹、娘、弟弟、妹妹搬過去，那麼以爹爹的性子，他肯定要帶著榮老太太一起。

榮華是一丁點也不想和榮老太太還有二嬸、三嬸他們住，何況還有四姑那對惡毒的母女，她絕對不願意和他們同住在一個屋簷下！

難道一直無法逃離他們嗎？

榮華覺得搬家的事情還是要從長計議，最起碼等到分家以後才能搬。

但是大煜王朝以孝治天下，如果被冠上不孝的名義，是可以去官府論罪的。

所以這件事就很難辦，榮華不僅要想辦法讓爹爹心甘情願和榮老太太他們分家，也要堵住悠悠眾口，哪怕分家也落得一個孝順的好名聲。

這件事有點難，但是如果做不到，以後就會有無窮無盡的麻煩，像二嬸和三嬸這兩個極品，真的是誰和她們一起住誰倒楣，榮華已經儘量無視，卻還是覺得難受。

除了還可以往來的幾個姊妹們之外，她一定要想辦法擺脫這群極品親戚！

既然不能分家，榮華覺得現在就先這麼姑且住下去吧，她會盡快想出辦法。

榮華將自己的銀票和錢票妥善藏在房間裡，可是無論藏在房間的哪個角落，她都覺得不太安心。

之前四十兩銀子的時候還沒感覺，現在這三百多兩的銀票和錢票，榮華放在家裡真的覺得不安全。

無論放在哪裡，榮華看著都有種此地無銀三百兩的感覺。思來想去，榮華還是將這銀票放在貼身的小兜裡，每天帶在身上，這樣才能安心。

摸著兜裡的三百多兩，榮華暗笑著自己沒見過世面，這才三百多兩就已經讓她這麼藏著、掖著，真是小家子氣。

不過小家子氣就小家子氣吧！反正她也不是大家閨秀。

有了這三百多兩，榮華覺得自己更有底氣了。而且房間裡還有十四兩銀子，今天還多出來一兩銀子，還有十五兩碎銀可以供她花銷。

今天二十一，過幾天還能再送一趟貨，二月份就要正式開始新的供貨規則了，到時候送貨的頻率會大大增加，賺的錢就會越來越多。

想來不用多久，榮華就能在村子裡開辦編織品的作坊了。

她想一想就開心，不僅自己能富裕，還能帶著村裡所有人一起富裕起來，這種感覺太美好了。

榮華喜孜孜地跑去王氏的房間，窩在她懷裡說了好一會兒悄悄話。

就在這時候，聽到外面傳來一陣馬蹄聲。

那不是一、兩匹馬所能發出的聲音，嗒嗒嗒的馬蹄聲恍若驚雷，就像電視劇裡的那種特效音一樣，彷彿有千軍萬馬而來。

榮華一下子驚呆了。

難道出什麼事了嗎？

他們這個小小的桃源村，怎麼會有這麼多的馬蹄聲呢？

榮華的心一下提了起來，王氏的臉上也有些著急。

榮華急忙安撫住王氏，對她說道：「娘妳躺這裡別動，我出去看看。」

王氏拉住榮華的手，聲音焦急。「華兒，妳不要出去，外面可能出了什麼事情，萬一有危險怎麼辦？妳就待在房間裡，哪裡也不要去。」

榮華靜靜等了一會兒，正想著這些馬蹄聲，會不會只是路過桃源村而不會駐足呢？

可是，這馬蹄聲就在村子裡停下了。

是的，這些人馬就是朝桃源村而來！

榮華得出了這個結論，是怎麼也坐不住了，對王氏說：「娘，妳看好弟弟、妹妹，我出去看看，不會有事的。」

王氏嘆了口氣，覺得孩子真是大了，再也不是當初那個聽到打雷聲，就害怕地蜷縮在自己懷裡的小丫頭了。

榮華不是非要湊熱鬧不可，她並不想湊這種熱鬧，只是她心裡有一些疑惑。

難道這些鐵騎是來抓她的嗎？
難道她去袁朝做生意的事情被發現了？
不至於吧？抓她一個走私做生意的人，需要出動上百的人馬嗎？
那也太大驚小怪了。
榮華一邊不相信是因為她，一邊心裡又有些不安。
所以她跑出房屋後，就迫不及待去前院看，究竟發生了什麼事。
這一看不打緊，榮華發現桃源村裡現在布滿鐵騎。
那些人騎著高頭大馬，神情冷峻，身上穿著盔甲，手握尖刀、長矛，視線不停在村內掃視著，似乎在尋找什麼。
榮華和其中一個鐵騎目光對視，心裡發虛，但是她眼神很鎮定，並未閃躲，只是平靜地望著對方。
出動了那麼多人，他們究竟在找什麼？
「所有人都給我過來，我有話要問你們。」為首的鐵騎大聲吼道。
他的聲音像是從丹田內發出來的一樣，榮華因為離得比較近，耳朵震得發麻。
村民們都走到鐵騎面前，榮華沒辦法，也跟著挪動腳步走過去。
「所有人都聽好了，我問你們，你們村子裡最近有沒有什麼形跡可疑的男子出現？」
村民們你看看我、我看看你，都茫然地搖頭。

鐵騎面無表情，冷漠地繼續問道：「有沒有出現看上去比較面生的年輕男子？」

村民們依舊搖頭。

榮華聽得膽顫心驚，一顆心差點跳出了胸腔。

她明白了！這些人不是為她而來的，他們是來搜查穆良錚的！

天哪！

榮華驚得出了一身冷汗，突然想到，穆良錚送給她的那件黑色皮毛大氅，還在她的房間裡。

如果被搜出來，不知道會不會坐實了穆良錚回過桃源村的嫌疑？

最重要的是，桃源村和袁朝如此相鄰，如果有人在這上面作文章，那穆良錚真是跳進黃河也洗不清了！

怎麼辦？怎麼辦？

榮華額頭上沁出一層冷汗，真想回去把那件皮毛大氅給藏起來，但是眾目睽睽之下，如果她現在膽敢回房，只怕立馬會被抓住詢問。

她只能裝作若無其事的樣子，心中暗自祈禱，希望他們不會每家每戶搜查。

但是天不遂人願。

下一秒就聽見那個為首的鐵騎，說：「搜，挨家挨戶的搜！」

他們第一個搜的屋子，就是距離鐵騎最近的榮家。

榮華心裡十分焦急，但面上沒有表現出來，低頭垂眸站在那裡，看上去並無異常。

氣勢洶洶的鐵騎衝進榮家，開始翻箱倒櫃，每個角落都不放過，每個房間都搜查得十分仔細。

很快地，他們就搜查到榮華的房間。

榮華扭頭看向鐵騎，看著他們的動作，雙手不由地攥在一起。

馬蹄聲嗒嗒響起，最終停在榮華的身側。

為首的鐵騎看著榮華，語氣冷凝道：「妳很緊張嗎？」

榮華詫異地抬頭，對上鐵騎將領的目光，又迅速垂下頭。「我一個小小女子，第一次看到如此多鐵騎，心中自然緊張。」

這位鐵騎將領聲音平靜。「不用緊張，我們鐵騎從不傷害普通百姓。」

榮華應了一聲，不再說話。

兩名鐵騎氣勢洶洶衝進榮華的房間，約莫片刻後他們出來了，手上空空，什麼都沒有。

榮華提著的心終於放下去，她剛剛就想到，或許穿雲看到這一幕，會偷偷把那件大氅拿走也不一定。

如今看來，果然是穿雲將衣服拿走了。

幸好有穿雲。

前往搜查的鐵騎回來報告。「諸葛將軍，並未發現異常。」

為首的諸葛將軍，目光掃過榮家的院落，掃過榮家的房子，又掃過眼前站著的榮家人。這麼貧窮的房子，這麼普通的村民，為什麼家裡能養三匹戰馬？

他跨坐在馬背上並未下馬，伸手用劍鞘抬起榮華的下巴。「妳是這戶人家的？有養馬令嗎？」

冰冷的劍鞘抵著下巴，榮華必須用力抬起頭，露出一段優美的脖頸線條。一旁的村民和榮家其他人看到這一幕，心都提了起來，緊張得不知所措。

「是的。」榮華目光平靜。「有。」

榮華從懷裡拿出養馬令。

諸葛將軍仔細看了兩眼，上面果然印著官府的印章，確實是養馬令，並無造假。

他伸手捏著養馬令，表情似笑非笑。「馬哪兒來的？」

榮華正要說話，忽然聽到有一個沈穩的男音說：「將軍，這馬是我借給榮家的。」

榮華和諸葛將軍一起看向說話的人。

來人身著官府，正是筠州城戰馬司的官員。

諸葛將軍皺著眉。「你為什麼要把戰馬借給一個普通農家女？」

「將軍，這三匹馬並不是借給我的。」榮華適時出聲。「我爹爹是桃源村的村長，這三匹馬是他們借給我爹的，因為馬上就要春種了，而我們桃源村沒有耕牛，所以就去借了三匹戰馬來替代耕牛，幫助村民度過春種。」

果真是這樣嗎？

緊急趕來、聽到所有對話的榮耀祖，立馬站了出來。

「回稟將軍，小女所說句句屬實，確實如此。」

諸葛將軍這才沒有說話，目光在那三匹戰馬上流轉，眸中流露出讚賞的神色。「你們戰馬司養的馬倒是好。」

那個說話的官員，雙手作揖、臉上陪笑。

榮華看了他兩眼，這個人剛剛說話幫她解圍。

他說戰馬是借給榮家的，榮華才好說出下面那一段為了度過春種的話，消除了諸葛將軍的疑心。

若不是他起了頭，讓她有了接下來的應對之法。不然，一個小小農家怎麼能擁有三匹戰馬？

怪不得諸葛將軍懷疑，因為很多家庭就算買得起，卻也沒有官府頒發的養馬令。

戰馬是達官顯貴們才能擁有的資源。

這邊榮華洗脫嫌疑，諸葛將軍帶領著鐵騎去往下一戶人家。

馬蹄聲浩浩蕩蕩，驚起滾滾煙塵，弄得桃源村雞犬不寧，大家都人心惶惶。

第十三章　驚天惡耗

搜查從上午一直到下午都未結束。

天色漸晚，傍晚時分，榮華站在院子裡看著外面的鐵騎。

那些鐵騎並未離去，他們騎著高頭大馬在村子裡走來走去。

村民們都早早回家，關著門、關著窗，看都不敢看。鐵騎的威懾力對他們而言太大了。

吃過晚飯，榮華臨睡前又看了一眼，鐵騎們依舊沒有離開，他們似乎準備鎮守在桃源村。

榮華皺著眉，懷著重重心事睡下。

其實她睡不著，因為白天穿雲不見之後，現在都還沒有回來。

躺在被窩裡，榮華心緒不寧。她在想究竟是誰走漏了風聲，讓人知道穆良錚回到桃源村呢？

而且穆良錚前幾日才剛剛離開，如果他當時沒有離開，現在這不是撞個正著？

他的離開究竟是早就得到風聲，還是真的只是湊巧？

或者說這個風聲是別人放出來的，還是他自己放出來的？

榮華思來想去，一直到深夜都沒能睡著。

深夜的村莊是極為安靜的。饑荒年代，人人都吃不飽，哪還有飯去餵小動物，所以桃源村內連狗都沒有，這種時候，萬籟俱寂。

此時，榮華聽到極其細小的聲音在窗外響起。她立馬從床上坐起，輕輕推開窗戶，看到了穿雲。

榮華眸中一喜，下床去打開門，讓穿雲進來。

穿雲隱藏在夜色中，像一隻蓄勢待發的獵鷹，眸光明亮。

把穿雲拉進房裡，榮華急忙問道：「妳知道這究竟是怎麼一回事嗎？」

穿雲搖了搖頭，一臉凝重。「我也不知道究竟發生了何事，白天的時候這些鐵騎都在，我沒辦法過來和妳見面。」

榮華問道：「是妳拿走了那件黑色大氅嗎？」

穿雲點頭。「確實是我拿走的。當時我一發現有鐵騎進村，心裡覺得不妙，就偷偷把大氅拿走，然後自己也跑到村外躲起來。」

「穿雲，這次真是多虧了妳，如果不是妳，只怕事情會變得很糟糕。」

如果被鐵騎發現這件黑色皮毛大氅，那麼他們一定會心生懷疑。

因為這件大氅的皮毛，是邊關特產且非常少有，窮困的桃源村不可能買得起。

穿雲也很擔心，這些鐵騎威名赫赫，直接隸屬於皇室軍隊，只為皇帝一人效命。如今這些鐵騎出現在這裡，不難猜出是出自誰的命令。

功高震主，自然得上位者忌憚，哪怕將軍已經偏安一隅，他們仍不願放過他。

穿雲一想到這些事，忍不住雙手握拳。

這樣的皇室，這樣的統治者，她真的不明白，將軍為何還要效勞於他！

接下來的幾天，這些鐵騎一直都待在桃源村，每天都要審問村民，翻來覆去問的就是那幾句話。「有沒有見過陌生男子？有沒有見過可疑人士？」

穆家更是特別受到關照的對象。

但是他們不敢對穆家人如何，只是反覆問去參軍的兒子有沒有回來。

他們每次一問，穆大娘就開始呼天搶地。「我苦命的兒子呀！你十年前去參軍，這一走就毫無音訊，我都不知道你是死了還是活著……我苦命的兒子呀！你什麼時候才能回來看看老娘我？」

穆大娘一哭鬧，鐵騎也沒有辦法，村民們在一旁安慰。

由於桃源村被搞得烏煙瘴氣，榮華看這情勢，這幾天沒法去送貨了，只不過她該如何把取消送貨的消息傳遞給林峰呢？

榮華還沒想出該怎樣傳遞消息，林峰倒是託人給她送信過來。

榮華再次對林峰的人脈感到驚奇。

她看了那封信，林峰已經知道桃源村內的情況，如今邊境線附近也有鐵騎巡邏，所以在鐵騎離開之前，所有的送貨計劃全部取消，最後還提醒榮華注意安全。

榮華對林峰的好感度很高，這是一個值得她長期合作的商業夥伴。榮華安心地待在桃源村內，她已經對這些鐵騎可以做到視若無睹了。隨他們，愛怎樣就怎樣唄，反正和她沒什麼關係。只是她心裡有時候會隱隱替穆良錚擔心。希望他一切安好。

鐵騎在桃源村內待了一週，榮華照常吃喝上學，小日子過得瀟灑，都把自己養胖了一些。

穿雲一直沒回村子裡，有時候深夜，她會過來和榮華說幾句話，然後再趁著夜色迅速離開。

鐵騎問話的內容，一直都是有沒有陌生男子來村裡的事情。村民們對鐵騎特別畏懼，因此他們問什麼才說什麼，他們沒問的就一句話也沒多答。

關於榮華在做生意、在村子裡大肆收購的事情，竟然沒有一個人告訴諸葛將軍。當然她做生意和諸葛將軍找人的事情一點關係也沒有，榮華只是有些慶幸，這些人沒發現自己違法走私。

畢竟那樣大肆收購，如果被人發現追查下去，那些貨物究竟賣去哪裡，榮華還真沒想好該怎麼解釋。

這一天下午，諸葛將軍又召集村民去村頭問話。

他也不說自己在找誰，只是翻來覆去地審問。

當然他的重點關注對象一直都在穆家。本來穆良錚成為大將軍的事情，大家都只是猜測，然而這個諸葛將軍的所作所為，反而坐實了大家的想法。

鐵騎問話的時候，村外忽然有一隊人騎著快馬飛奔而來。

「將軍，剛剛邊關急報，鎮北大將軍意外身亡了！」

所有人都是一驚。

諸葛將軍沈聲喊道：「你說的是真的嗎？」

來人鄭重點頭，送上密信。

諸葛將軍看完密信，臉色越發凝重。他握緊韁繩，揚起馬鞭，重重抽在馬屁股上，馬兒嘶鳴了一聲，朝著村外跑去。

所有鐵騎魚貫而出，瞬間撤離桃源村，激起陣陣煙塵。

鐵騎一走，村民們就開始議論紛紛。

「這個鎮北大將軍就是穆家那個小子嗎？」

「穆家那小子是死了嗎？」

「真可憐啊，當將軍還沒過上幾天好日子就死啦！」

「連媳婦都還沒娶呢！」

穆大娘整個人直接跌坐在地上，一臉不敢置信，半晌，眼中的淚奪眶而出，喉間逸出一陣陣的悲鳴。

「我的兒！」

穆八牛漲紅著臉，大聲喊道：「我不信、我不信！」

榮華聽到這個消息，也是腿一軟，差點跌倒。

這簡直是驚天惡耗！

她不相信那個如天神般的戰神會死掉。

她真的不相信……

那個人兩次救了她的命，在她每次需要的時候，他都如神兵般降臨。

他是老百姓心目中戰無不勝的戰神，在戰場中他沒有被敵軍殺死，怎麼會在這個時候意外身亡呢？

怎麼會這樣？她不信！

榮華有些精神恍惚。

她不知道自己是怎麼回到房間的，覺得有些渾渾噩噩。

那個人怎麼會就這樣死掉呢？

過了大概一個時辰，穿雲才過來。

榮華看到她，立馬握住她的手，急切地問道：「穿雲，妳聽說了嗎？他們說穆良錚死了。」

穿雲安慰地拍了拍榮華的手。「妳放心吧，將軍不會這麼輕易死掉的。」

榮華瞬間鬆了一口氣。「妳的意思是說……他沒死對不對？」

穿雲點頭。「沒錯，就是這個意思。」

榮華又問：「妳是如何知道的，難道穆良錚提前告訴過妳嗎？」

穿雲搖頭。「將軍沒有提前告訴我，是我剛剛遇到將軍的人，一看到他，我就明白，這一切都是將軍的計劃。」

「那妳有沒有告訴穆大娘，讓她放心呀！」

「穆家那邊有人照顧，將軍早已安排好人，妳放心好了，妳只需要照顧好自己。」

榮華拍著胸口，原來一切只是虛驚一場。

此時，世界上最美好的四個字，大概就是虛驚一場了。

穆良錚沒事，他還好好活著，活在一個榮華從沒去過的地方。

榮華唇角帶著笑。

穿雲將大氅拿過來，交給榮華。「鐵騎大概不會再來了，這是將軍送妳的東西，還給妳。」

榮華接過大氅，將它妥貼地放在床頭的位置。她伸手輕輕撫摸著大氅上的毛，覺得柔軟又溫暖。

這場所謂的驚天惡耗，原來只是一場烏龍。

榮華放下心來，這才發現自己的內衣都被冷汗浸濕了。

她去換了一身衣服後，忽地想到什麼，對穿雲認真地說：「穿雲，謝謝妳把我當自己人，將這件事告訴我。」

穆良錚現在傳出死亡的消息，這是他的計劃之一。

穿雲把這件事告訴榮華，讓榮華很是感激，如果她不說，自己一定會擔憂很多天。

穿雲凝視著榮華的雙眼，正色道：「不是我把妳當成自己人，是將軍把妳當作自己人。」

穿雲記得將軍說起榮華的時候，說榮華是他的未婚妻。但她沒有說出這句話，她認為將軍以後應該會親口告訴榮華。

今天發生了好多的事情，榮華覺得有些累。

這些天以諸葛將軍為首的鐵騎駐紮在桃源村，大家都被他們弄得精神緊張，如今他們走了，榮華想要好好睡一覺，放鬆一下精神。

「我先睡了，晚飯不吃了，不用喊我。」

穿雲應了一聲，幫她拉好被子，轉身走了出去。

桃源村外，榮耀祖這時候剛從縣裡回來。

想起縣令說過的話，他心情十分沈重，走起路來都顯得有氣無力。

走到村口時，鐵騎正飛速離開。

看著鐵騎離開的背影，榮耀祖還沒反應過來。

他們怎麼走了？

榮耀祖雖然只是個小小的村長，對於這些官場上的事情，還是懂一些。

鐵騎奉皇命來搜查，不找出一些蛛絲馬跡是不會甘休的。

他走進村子，聽到村民們的議論聲。

榮耀祖一聽清楚他們在說什麼後，驚得後退了好幾步，如同被雷劈中一般，顫抖著嘴唇說不出話來。

有人迎上來說：「村長，他們說鎮北大將軍死了，鎮北大將軍就是穆家那個參軍的孩子嗎？」

榮耀祖感覺自己的思緒完全空白，雙眼無神地看著圍在面前議論紛紛的村民。他悲從中來，悲慟地喊道：「天要亡我啊！」

榮耀祖踉踉蹌蹌地跑回家，沈默不言，不吃飯也不說話，臉色越來越難看。

王氏問他好幾次怎麼了，他也不答。

直到夜半時分，眾人睡得正香甜，榮華突然聽到王氏的一聲尖叫。

「孩子他爹！耀祖！」

榮華自夢中驚醒，睜開眼看著漆黑一片的房間，有一瞬間覺得自己剛剛聽到的尖叫是在作夢。

「來人啊，快來人啊！」

王氏的哭喊聲清晰地傳了過來，伴隨著她的哭喊，弟弟和妹妹的哭聲也在深夜裡響起。

「爹、爹，你怎麼了？」

榮華立馬披上衣服，起身下床，大聲喊道：「娘，怎麼了？」

王氏無助的聲音從院子裡傳來。

「華兒啊，快來啊！」

榮華飛快地跑出去，此時夜色如墨，外面基本上什麼也看不清楚，只有院中那棵歪脖子樹邊有一點豆大的光亮。

靠著煤油燈小小的光亮，榮華看到歪脖子樹上，吊著一個人！

那個人是她爹爹！

榮耀祖吊在樹上，雙腿不斷掙扎，面色漲紅，眼睛激凸，看上去分外駭人。

榮華驚得瞪大眼睛，大喊一聲。「爹！」

說完，榮華立馬跑過去抱住榮耀祖的雙腿，用力把他往上抱。

初春的深夜格外寂靜，榮家院裡的動靜傳出去好遠。

榮家其他人都醒了，看到這場面都嚇了一跳，最後一起幫忙把榮耀祖從樹上給救了下來。

榮耀祖被救下來後，猛吸好幾口氣，然後昏了過去。

榮家上下都慌了手腳，榮華讓他們冷靜下來，先讓二房的兩個小子幫忙把榮耀祖抬到床上，又吩咐他們去喊大夫。

二房的兩個小子腳程快，他們撒開腳丫子跑，很快就能回來。

小小的茅草屋裡圍了一大群人，榮華請他們先出去，隨後倒了熱水替榮耀祖擦臉，又用棉布蘸水，點在他的嘴唇上。

榮華伸手探了探榮耀祖的鼻息，呼吸雖然微弱但還尚存，她又俯身聽了聽心跳，在心中默數，一分鐘大概一百下左右，默數了幾分鐘，感覺榮耀祖的心跳漸漸安穩下來，穩定在一分鐘八十左右。

眼看心跳、脈搏、呼吸都正常，榮華終於放心了。

王氏在一旁嚇得渾身發抖，榮嘉和榮欣抱著她哭得聲嘶力竭。

兩個小孩還這麼小，竟然就看到這樣的情景，幸好他們沒有親眼目睹爹爹吊死在歪脖子樹上，不然只怕會是一輩子的陰影。

王氏之前臉色好很多了，不過經過剛剛那一嚇，現在整個人都縮在一起，唇色發青，看上去比爹爹的臉色還要難看。

她對榮耀祖用情至深，本來就在榮家日子不好過，若是榮耀祖今日死了，只怕她也活不下去。

榮華看著昏睡的榮耀祖，感到怒從心中起。

究竟發生了何事，他要去尋死，留下孤兒寡母？

他也不想想，自己若死了，老婆、孩子怎麼辦？

有村民聽到動靜，跑過來問發生何事，全被二嬸搪塞了過去。

「我的兒啊！」

聽到動靜、穿好衣裳的榮老太太，這時候才趕過來。她一進房間，看到自己兒子生死不知地躺在床上，臉上頓時青一片、白一片，揚起枴杖，狠狠地朝坐在床邊的王氏頭上敲去。

「妳這個剋夫的女人，我打死妳！」

榮華來不及反應，本能地推開王氏，自己卻沒躲開，那一枴杖，狠狠砸在她的肩膀上。

「呃！」榮華扶住肩膀，痛得眉頭緊緊擰在一起。即使咬牙忍著，還是忍不住發出痛苦的呻吟聲。

「華兒！」

王氏慌忙扶住榮華，將她護在身後，不敢置信地看向榮老太太。

只見那榮老太太，看這一下沒砸到王氏，立馬又掄起枴杖，朝頭砸來。

看她那架勢，不打死王氏不甘休啊！

榮華氣憤地伸手，狠狠地抓住枴杖，然後拉著枴杖用力一扯，讓榮老太太踉蹌地後退了好幾步，差點一屁股坐在地上，幸好被榮珍寶扶住了。

安生幾天的榮珍寶，此時尖著嗓子大喊大叫。「打人了、打人了！榮華打自己奶奶了！榮華打長輩了！快來人啊，看啊！榮華這個不孝女打人了！

「榮華的娘是個剋夫精，把我哥剋死了！她女兒現在又要打我娘，這是要把我們家整死啊！二哥、三哥，你們還愣著幹什麼，把榮華抓起來送到官府去！現在穆家那個什麼將軍死都死了，你們還怕什麼？」

榮珍寶的嗓子又尖又細，此時扯著嗓子喊，殺傷力十足。

王氏聽到她的話，理也沒理，目光凝視著榮耀祖，眼中都是絕望。

這樣的人家，這樣的婆婆，這樣的妯娌，這樣的小姑子……如果不是因為她對榮耀祖情真意切，她早忍不下去了。

可是現在，她忍無可忍了！

一直沒說話的王氏，此時猛地站起來，聲色俱厲。

「夠了！耀祖還沒死呢！他現在生死不知，你們竟然還在這裡大吵大鬧，擾他休息，你們給我滾出去！滾啊！」

榮珍寶仰著頭，雙手扠腰。「這裡是我家，我憑什麼滾？要滾也是妳滾！」

「好，等耀祖醒了，我們即刻就走！」

榮華還是第一次見到王氏這麼厲害的樣子，不禁在心中為她拍手叫好。

王氏說了這麼幾句話，便似上不來氣一般，搖搖欲墜，榮華立馬扶住她坐下來。不過手臂一動，一牽動到肩膀，榮華發出「嘶」的一聲。

王氏緊張地扶住榮華的胳膊，眼淚嘩啦啦地往下流，聲音哽咽道：「華兒，是不是傷得很重？妳管娘做什麼，這麼傻，還替娘擋，剛剛若是偏一點砸到妳的頭，妳讓娘怎麼辦？」

「娘，我沒事。」榮華安慰了王氏之後，偏頭看向榮老太太和榮珍寶，眼眸很冷。「奶奶，四姑，這是我最後一次這樣叫妳們，妳們不配做一個長輩！」

「反了天了！沒有穆家撐腰，我看妳囂張什麼！」

榮珍寶挽起袖子，伸手就要打榮華。只是手臂剛揚起來，就被人抓住。她努力掙扎，但那人的手像鐵箍一樣，掙也掙不開。

穿雲抓住榮珍寶要打人的手，她使勁一扭，就把榮珍寶摔到地上。

榮珍寶哎喲一聲，大臉貼地。

穿雲一手扭著榮珍寶的手，一腳踩在她身上。

榮珍寶發出痛苦的呻吟，掙扎不得。

穿雲視線一掃，發現王氏的手正小心翼翼扶著榮華的胳膊，冷著嗓子問：「誰傷了妳？」

她視線掃過屋內所有人，榮老太太觸及她的目光，畏縮地後退一步，一點也不像剛剛那個掄起楞杖砸人的威風樣子。

榮華揉了揉肩膀，看向穿雲。「把這個女人綁樹上去，她太吵了，記得堵上嘴。」

穿雲應了聲，單手拎著榮珍寶，拖著她往外走。

榮珍寶拚命掙扎，口中大呼救命。

榮華將榮耀祖換下來還沒洗的臭襪子扔過去，穿雲撿起來就塞進榮珍寶的嘴裡。

榮珍寶期期艾艾大叫，又酸又臭的腳臭味熏得她翻白眼，連掙扎的力氣都沒有了，像死豬一樣被拖走。

榮老太太看著自己最疼愛的女兒這般模樣，當下心疼得無以復加，忍不住出聲道：「榮華是妳什麼人，妳這樣聽她的話？」

穿雲目不斜視，眸光冷淡。「她是我主子。」

榮老太太對穿雲無話可說，便看向榮華，想拿出長輩的姿態來教訓她。

榮華直接對穿雲道：「還有誰敢鬧事，妳也一起捆了綁樹上。對了，剛剛砸我的人，就是這個老太太。」

穿雲的目光如刀般射向榮老太太。

榮華在那一瞬間，感受到她的殺機。

榮老太太被盯得瑟瑟發抖，拄著枴杖道：「什麼老太太，我是妳奶奶！」

「妳剛剛想要打死我娘的時候，可一點也沒想到我是妳孫女。」

榮華看也不看她，下了逐客令。「老太太請回吧！我們屋子小，容不下你們這麼多人。」

「反了、反了！」

榮老太太唸叨個不停，但到底是怕了穿雲，還是轉身離開了。

二房、三房的長輩也非常識時務，隨後跟上。

他們走到院裡，看到榮珍寶被綁得死死的，手腳都不能動彈。

看著榮珍寶求助的目光，他們都無能為力。

誰敢當著煞星的面放了她？若是他們敢放了榮珍寶，只怕下一刻被綁在樹上的人，就變成自己了！

榮珍寶跑出來的時候，沒穿棉襖，此時穿著兩件單衣，在這冰天雪地的初春夜裡差點凍死過去，冷得瑟瑟發抖。

她真的覺得邪門，以前也不是沒欺負過榮華和王氏，怎麼最近每次倒楣的都是她？

女兒的高燒都還沒退，現在她又被拴著。榮珍寶怎麼也想不明白，為什麼王氏和榮華，不再是以前那個逆來順受、任勞任怨、任打任罵的樣子。

過沒多久，大夫請來了，榮華和王氏都讓出位置。

大夫認真地把了脈，然後說：「救下及時，不礙事，好好休息，我再開兩帖藥，也就無礙了。」

榮華道謝，隨後說：「大夫，請你也替我娘親看一看吧！」

大夫替王氏複診，把過脈。「上次看夫人的身體狀況比榮村長差得多，最近用藥調養了一番雖有好轉，但方才又心悸受驚，以前的病根還沒養好，切莫大悲大喜、情緒波動太大。想要把身體養好，就需要好好休養。」

「大夫，無論用什麼藥都可以，請你一定要治好我娘。什麼名貴的藥都儘管用，不用擔心錢的問題。」

大夫點了點頭，去堂屋寫了兩張藥方。

榮家其他長輩們都回去了，榮絨卻大膽地偷溜出來，看看能否幫上什麼忙。

榮華拿錢給榮絨，請她跟著大夫一起去，待會兒拿藥回來。

榮絨安慰地拍了拍榮華的手，跟著大夫一起離開。

王氏若是往常聽榮華這麼說，一定會說：「花這個錢做什麼？娘親熬一熬就好了。吃那麼貴的藥幹麼？華兒要把錢好好存起來，將來做嫁妝。」

可是現在，她的全部心神都在榮耀祖身上，榮華說什麼，也就是什麼了。

穿雲走進來，拉住榮華的手，兩人回到榮華的房間。

穿雲拿著藥酒，示意榮華脫掉衣服。

榮華脫去衣服，穿雲在她肩膀上仔細抹上藥酒，還揉了揉。不過她手勁有點大，榮華疼得不行。

穿雲解釋道：「這個藥酒活血化瘀效果很好，不過用的時候，要使勁揉瘀腫的地方。」

榮華咬牙忍著痛，輕輕點頭，等穿雲說好了之後，她穿好衣服，疼得一腦門子汗。

穿雲收好藥酒，看著榮華，眼中有讚賞。「沒想到妳還挺能忍的。」

榮華朝她笑了一下，擦了擦臉上的冷汗，回到爹娘的房間。

王氏依舊守在榮耀祖身邊。

榮華看著王氏，認真地說：「娘，妳也看到今天的情景了，我們必須要分家，不然我們以後的日子，會越來越難過的。榮老太太隨時想要打死我們，這樣提心弔膽的日子，要怎麼過得下去啊？娘，我知道妳不想爹爹為難，但我們不能再忍了，這一次，妳一定要說服爹爹，讓他分家！」

王氏沈默一會兒，擦了擦眼淚，才點頭。「好，華兒，我聽妳的。」

榮華勾起唇角，有些開心。

這還是娘第一次支持分家。

不過榮華覺得奇怪，爹爹好好的，為什麼要自殺？

她想不明白，明明現在她能賺錢了，家裡有吃、有喝的，以前天天餓肚子的時候都撐下來了，沒道理現在去自殺啊？

榮華看向王氏，柔聲問道：「娘，爹爹究竟是怎麼了？」

王氏抹掉臉上的淚，仔細回憶今天發生的事情，緩緩開口道：「其實我也不太清楚，這些天他一直都很焦慮，好像在擔心什麼事情，我問他怎麼了，他也不說。今天他從外面回來後臉色特別難看，可是他什麼都不肯告訴我。後來他讓我和嘉兒、欣兒先睡，自己一個人坐在那裡，也不知道要幹什麼。我擔心他，所以沒真的睡著，只感覺到妳爹爹站在床邊看了我們好久。我覺得很奇怪，不知道他為什麼這樣子，就沒出聲打擾。最後他又去妳房間，我悄悄去看了兩眼，看見他也站在妳床前，默默看了妳一會兒，一邊看一邊嘆氣，最後說了句：『爹爹對不起你們。』

「後來他一個人出了門，我心裡特別擔憂，所以去點了盞煤油燈，也跟了出去，想看妳爹爹這大晚上要去哪裡。結果跟出去一看，他已經一脖子吊上去了！我真的是嚇死了！華兒，我當時嚇得話都說不出來了，我想叫人，可喉嚨像是被人掐住了，吊在樹上的人彷彿是我，我一個字都說不出來。我當時在想，如果妳爹爹死了，我就一頭撞在那棵歪脖子樹上，和他一起走！

「後來我又想到你們，我不捨得你們，那一瞬間我想了好多事情，說起來好複雜，其實就是看到妳爹爹吊在樹上那一瞬間，心底千迴百轉，想到了所有的可能。後來我就趕緊跑過去，我想把他救下來，可是我一點力氣都沒有……

「華兒，我真沒用，我當時只知道哭喊，沒辦法把他救下來！華兒，是我的錯，如果我當時早點追出去，如果我有多一點的力氣，如果我的身體不是那麼弱，我就可以早點救下他，他就不用現在還昏迷不醒了！」

王氏淚流滿面，哭得渾身顫抖、後悔自責，一直用手捶打著自己的胸口，泣不成聲。

「難道我真的是剋夫嗎？」

榮華看得鼻頭發酸。在這個世界，她喜歡弟弟榮嘉，也喜歡妹妹榮欣，但她最喜歡的人是娘親王氏。

因為王氏給了她那麼深的母愛。

娘親的眼神永遠那麼溫柔，看過來的目光總是那麼慈祥。榮華愛她，非常的愛。

這就是她想像中的母親，也是她一直夢寐以求想要的母愛。

她想要的愛、想要的關懷、想要的溫暖，娘親都給了她。

榮華過往夢寐以求，以前求之不得、從未體會過的，所有的一切，都是娘親給了她。

她不再是沒有娘的孩子，她有娘疼、有娘愛，她和其他的孩子都一樣。

榮華真的好喜歡這個娘。

所以為了娘，她可以接受榮耀祖的迂腐愚孝；為了娘，她可以接受榮家這一大家的奇葩。她之所以能忍，是因為這些和娘的愛比起來，都不重要。

現在看著王氏後悔自責的樣子，榮華心疼死了。

榮華伸手握住王氏的雙手，哽咽道：「娘，不是妳的錯，和妳沒關係！哪怕是我，我也沒辦法把爹爹救下來的，爹爹太重了，我也做不到，妳做不到很正常。而且是妳第一個發現爹爹出事的，是妳救下了爹爹，如果不是妳，爹爹不知道會怎麼樣呢！所以娘啊，妳不要這麼自責，真的不關妳的事啊！剋夫那是封建迷信，這件事和妳沒有任何關係！」

王氏眼淚止都止不住，這些年她都過得很苦，但榮耀祖對她很好，她也能苦中作樂。若是榮耀祖死了，這一點樂也沒了。

榮華發現王氏眼睛裡的光一分一秒暗下去。

那光大概是希望和求生的意志。

榮華心慌得厲害，王氏的身體雖然一直不大好，但她求生意志很強。

如果一個身體本來就不好的人，求生意志薄弱，自己不想活了，榮華簡直不敢想下去！

榮華皺著眉頭，忽然伸手按住自己肩膀，誇張地「嘶」了一聲。「啊！娘，我好疼！」

王氏像是從自己的世界裡醒過來一樣，她突然反應過來，女兒為自己擋了重重的一枴杖！

王氏想碰又不敢碰榮華的肩膀，眉梢眼角都是焦急的神色。「哎呀，是不是特別疼？剛剛怎麼忘了讓大夫給妳看看！妳都記得讓大夫給我看病，我卻忘了妳也受傷了。來，華兒，快讓我看看妳的肩膀怎麼樣了。」

榮華現在需要做的，就是轉移王氏的注意力。

王氏親眼看見榮耀祖自殺，對她的打擊太大了，所以就算大夫說榮耀祖沒事，王氏也無法接受，她沈浸在自己的想法裡，越陷越深。

所以榮華用自己的傷來吸引王氏，把她從那個夢魘般的想法拉出來。

榮華半解開衣服，王氏拿著煤油燈，仔細看了看她的肩膀。

榮華的肩膀很瘦、很小，即使最近長了點肉，還是骨頭凸著，所以那一大塊烏青腫塊格外矚目。

王氏看著，心疼不已。榮華一直喊疼，王氏便一直哄著她，漸漸從那種極端焦慮的情緒中抽離出來。

榮華看時候差不多了，就拉著王氏的手，溫和地說：「娘，我剛剛已經上過藥酒了，不礙事。妳也不要太擔心我，也不用太擔心爹爹。剛剛大夫說過，爹爹沒事，一會兒就醒過來了。」

「對，大夫是說過。妳瞧娘親，都老糊塗了，都忘了大夫說的話。」

王氏表情有些恍惚，榮華扶著她坐下，搖了搖頭。

之前娘親什麼話都聽不進去，真的是打擊太大了啊！

幸好現在好了，不然要是親人再出點什麼事，榮華真的不知道該怎麼辦，她無法接受娘親的離世。

就在這時候，榮耀祖發出一聲呻吟，慢悠悠地睜開了眼睛。

他一醒，王氏馬上端水餵過去。

榮耀祖就著王氏的手喝了大半杯水，又重重躺在床上。

由於脖子火辣辣的疼，榮耀祖覺得自己說話困難。他看著床邊站著娘子和孩子們，一個個都哭紅了眼睛，不由得眼角流下一滴淚來。

榮欣剛剛哭得太凶，嗓子都哭啞了。她爬上床，拉住榮耀祖的手，抽抽噎噎地說：「爹爹，你不要嚇欣兒，你不要離開欣兒！」

榮欣哭，榮嘉也哭，王氏也哭。

只有榮華眉頭微皺，心裡有些氣，但看到榮耀祖脖子上的勒痕，又有些心疼。

王氏既心疼又擔憂。「究竟有什麼事，值得你這麼做？你也不想想我們，竟這麼狠心，要拋下我們走！以後可不許再做這種事情了，真是嚇壞我們了！」

榮耀祖喘著氣，搖頭嘆息。他摸著脖子，想起那種窒息的感覺，依舊膽顫心驚。

求死，是真的想求死；現在害怕，也是真的害怕。若讓他再來一次，他是真的沒有勇氣了。

哭哭啼啼的場面維持很久，最後榮嘉和榮欣都哭累了，抱著榮耀祖睡著了。

榮華將兩個小孩抱在床上躺好，又拿了濕毛巾給王氏擦了擦眼淚，最後扶著王氏上床，讓他們好好休息。

榮華本來想問榮耀祖究竟是什麼意思，後來看他說話有困難，實在是不忍心發問，便囑咐道：「爹、娘，你們先睡一會兒，到天亮還有一段時間呢！有什麼事情，我們等天亮了再說。」

榮華想著榮耀祖脖子一定很疼，便拿熱毛巾敷在他的脖子上，輕聲道：「這樣敷著舒服點。」

榮耀祖張了張嘴，想要說話。

榮華道：「說不出話來就不要說了，明天再說，你們先睡吧！」

榮耀祖努力試圖發出聲音，艱難地吐出幾個字。「對、對不起……」

榮華撇過頭，嘆了口氣，替他將被子拉好。

榮耀祖眼角有淚滴落。

死過一次，才知道活著有多好。

這麼好的妻兒子女，他怎麼捨得離開？

但他又不得不死，若是他不死，自己的家人就會遭罪。

榮耀祖絕望地閉上眼睛，一滴濁淚順著眼角滑落。

真是世事難兩全，活著好難啊！

吹滅了父母房裡的煤油燈，榮華走出他們的房間。

她昨天睡得早，下午就入睡，現在被這麼一鬧，一點都不睏，還相當清醒。

榮華心裡煩悶，最近許多事一波未平一波又起。前頭諸葛將軍在村裡大肆搜查弄得人心惶惶，後腳爹爹就上吊自殺，她想安生一會兒都不行。

榮華走到院子裡，看著頭頂的天空。

夜色如墨，一顆星辰也無。

榮華走到那棵歪脖子樹下，那根麻繩還在樹上吊著，北風一吹，麻繩一蕩一蕩的，像是一個人蕩在那裡，在風中飄搖。

關於爹爹為什麼要自殺，榮華目前想不明白，但無論是什麼原因，她都相信這其中一定有什麼內情，才會導致爹爹走投無路，絕望自裁。

榮華不確定自己能不能幫助爹爹度過難關，但是她願意盡力一試。

他們一家五口，一個都不能少。

「嗚嗚嗚！放、開我！」

被綁在歪脖子樹上的榮珍寶一看到榮華，眼睛一亮，支支吾吾叫出了聲。

榮華看都沒看她一眼，眉眼冷峻，走出院子。

她一個人走在桃源村的鄉路上，聽到很多戶人家裡，都傳出嘆氣聲。

深夜寂靜，茅草房的隔音不好，嘆氣聲就格外明顯。

「日子這麼難熬，我都想一脖子吊死得了。」

「不知道這苦日子，什麼時候才能過去？」

「吊在樹上難受一會兒，活著難受一輩子啊！每天吃不飽、穿不暖，真的是活著好難啊！」

「唉，活著好難……」

榮華抿著唇，聽著聽著，還是忍不住眼睛發酸。

是啊！對他們而言，活著真的太難了……

榮華聽得心酸，甚至不由自主跟著他們一起嘆了口氣。

她真懷念現代啊！現在想想，那是怎樣的世外桃源？

現世安穩，歲月靜好，說的就是現代的時光吧！

這樣的亂世，在歷史上也是有過這樣的時光，但對榮華來說，那不過是書本上的一段介紹，她無法感同身受。

現在倒好，徹徹底底感同身受了。

身後有腳步聲響起，榮華回頭一看，發現是穿雲默默跟著她。

榮華歪頭看著穿雲，穿雲的眼睛在夜色中依舊銳利。

「妳一個姑娘家，大半夜的，哪怕是在自己村裡，我也不放心。」

榮華笑了一下，朝她伸出手。

穿雲愣了下，走過來握住榮華的手。

榮華握著她的手，好像回到和好朋友一起手牽手、壓馬路的悠閒時光，如果能再買兩杯關東煮就更棒了。

冬天吃關東煮真的好開心啊！

捧著一杯關東煮，吃一顆丸子，喝一口湯，然後和好朋友聊著天，感覺冬天都不冷了呢！

穿雲的手掌心有很多繭，但是很暖和，熱熱的。

兩個人並肩走在路上，一時間都沒說話。

走到某戶人家門前時，榮華聽到一個熟悉的聲音。

「唉，也不知道村長怎麼樣了……」

「村長是個好人，肯定會沒事的。」

「村長都活不下去了，我們怎麼辦啊？這世道，一點活路都沒有，唉！」

榮華聽著聲音耳熟，試探性地喊道：「趙大哥？」

黑暗中響起一聲驚訝。「榮華妹妹？」

趙大壯起身，還有他的幾個兄弟，都撓著頭站了起來。

看著他們走出來，榮華有些驚訝。「趙大哥，你們怎麼都沒睡？」

「心裡煩，睡不著。對了，榮華妹妹，村長怎麼樣了？」

見趙大壯急得不行，榮華告訴他。「已經醒了，人沒事。」

「呼，村長沒事就好！」趙大壯鬆了一口氣。「村長可是一個好村長，千萬不能有事。」

他的幾個兄弟附和道：「對、對！」

「好村長？」榮華莞爾。「這麼好的村長，也沒帶你們脫貧致富啊！」

趙大壯嘆氣。

「這種年代，能有什麼辦法脫貧致富呢？而且這也不怪村長，是咱們這裡的地不行，種不出來水稻，而且還乾旱，沒辦法。雖然大家都很窮，但是村長真的是有心為我們做事的，他想讓我們吃飽飯、讓我們過上好日子，只是天公不作美罷了。」趙大壯踢了一腳石頭，恨聲說著。「希望今年不要乾旱了，去年鬧乾旱呀，那地裡的水稻全枯死了。」

榮華搖頭，炯炯有神的一雙桃花眼，無奈地抬頭看天。

這種地方根本種不出來水稻啊！

根本上的問題沒解決，就算想出再多辦法也沒用。

桃源村內收成不好，根本原因是地理位置不適合種水稻，如果不解決這個基本問題，無論怎樣引水、灌溉都是沒用的。

榮華沒說話，沈默地看著天。

趙大壯暗罵自己蠢，把這種事情說給榮華聽。

榮華無論看上去多麼懂事，也不過十三、四歲的小孩罷了，說這些不是平白讓她擔心嗎？

趙大壯打了個哈哈，說：「榮華妹妹，這些事情不用妳操心。妳前段時間不是病了嗎？現在夜裡冷，趕緊回去睡吧！」

榮華點了點頭，和趙大壯幾人告別，轉身往回走。

她並沒有回家，而是換了條路，走到村外。

想起趙大壯幾人，榮華對穿雲說道：「他們不睡覺，一方面是擔心我爹，另一方面恐怕是餓得睡不著。」

「是，肚子咕嚕聲那麼響，隔老遠就聽到了。」

榮華在一塊石板上坐下來，伸手指著對面。「幾十里外就是袁朝，兩個國家不過相隔幾十里，怎麼一邊富裕繁華，一邊就如此淒慘？」

穿雲沒說話。

榮華自問自答道：「民以食為天，因為袁朝有適合種植的農作物，袁朝人人都能吃飽穿暖，多幸福啊！」

榮華又道：「如果大煜也能引進袁朝的作物就好了，為什麼不引進呢？」

穿雲依舊沒回答，這個問題，只有大煜的統治者知道為什麼。因為這個規定，就是大煜的統治者頒布的。

莫名其妙，奇奇怪怪，好讓人討厭啊！

榮華看著遠處的黑暗，雖然什麼都看不見，但她相信幾十里外的袁朝百姓，此時一定睡得十分安穩。

不會餓得睡不著，不會餓得面黃肌瘦，不會餓得在床上輾轉反側，不會擔心明天能不能活得下去。

「不公平。」

榮華下了結論。

「但是這個世界本來就是不公平的。」

榮華自言自語了半天，突然想到了一個問題。

「穿雲，妳說在桃源村日子這麼難過，為什麼他們不跑去袁朝？」

榮華記憶裡，不是有挺多難民去別的地方討生活嗎？

「因為曾經六國混戰時期，民不聊生，有大煜百姓隨著逃難的人跑到別的國家，全部被處死，一個不留。」

榮華瞬間睜大眼睛，不敢置信地看向穿雲。

只聽穿雲又道：「六國混戰的那段時間，隨便一個地方，目光所及之處，看到的都是死人。死的有大煜百姓，有袁朝百姓，有白國百姓，大家打到最後，已經不知道為什麼打了，也不知道和誰打，反正看到人就打，除了自己人都全部殺死，一個不留。所以哪怕現在簽訂了和平條約，六國百姓都不敢去別的國家。因為他們害怕，畢竟他們都是親身經歷過那段時期的人啊！他們知道那段時期有多麼恐怖，所以他們不敢反抗，因為害怕神州大地，再度變成地獄。

「妳看，袁朝邊境和大煜邊境有幾十里的距離，其實一開始，大家相隔的距離並沒有這麼長、這麼遠。之前邊境線只隔了幾百公尺，大煜的百姓每天都能看到袁朝的百姓在做什麼，大家其樂融融，並沒有什麼矛盾。後來戰爭爆發了，邊境線首當其衝，這幾十里荒草之下，曾經都是一個個村莊、一座座城池和數以萬計的百姓。那些百姓消失在戰亂中，連同他們曾經存在過的痕跡，一同消散得無影無蹤。

「邊境線附近的雜草，長得多好啊！哪怕在如此乾旱的土地上，依舊茁壯成長。因為那些地下，埋葬的都是人，有大煜人，有袁朝人。那場戰爭，誰都沒討到便宜，包括袁朝。你看袁朝如今這麼老實，是因為那場六國混戰，大家都傷了元氣，誰也折騰不起了。」

榮華震驚得無以復加，戰爭真的可怕，讓人心驚膽顫，只要想想，就覺得顫慄。

穿雲似乎感受到榮華的心驚，伸手握住她的手，堅定地安慰道：「不要害怕，現在我們有將軍，將軍會保護所有人。」

「將軍……穆良錚。」

榮華唇角揚起了一個笑容，看著穿雲，信任地點了點頭。

榮華和穿雲一直坐在那裡，直到天光亮起魚肚白，火紅色的暖陽打破黑夜。

等天光逐漸大亮，榮華才和穿雲一起慢慢地走回家。

回到家時，發現榮珍寶已經不在那棵歪脖子樹上了。

榮華臉色一變，就聽見坐在堂屋裡的榮老太太，有些膽怯的聲音傳來。「是妳爹爹把珍寶放下來的。」

「哦。」榮華冷淡應了一聲，回到自己屋裡，先去看榮耀祖。

榮耀祖已經醒了，正半坐在床上，神情看上去仍很虛弱。

房間正中間的爐子上在燒水，咕嚕冒著泡。

榮華手伸過去在爐子上烤火，她看到王氏準備起床，問道：「娘，妳要去哪兒？」

王氏溫和地看著榮華。「我去給妳爹爹煮藥。華兒，妳的肩膀還疼嗎？」

「娘，我已經好多了。妳躺著吧！我去煮就行了。」

榮華正準備出去煮藥，榮耀祖叫住她。

「華兒，妳怎麼受傷了？」

榮華看了王氏一眼，便知道她沒有將昨晚發生的事情告訴榮耀祖。

王氏朝她搖頭，示意榮華不要說。

但是榮華偏要說，因為昨晚上發生的事情，爹爹是最該知道的人。

榮華一五一十將所有事情都告訴他，尤其對於榮老太太要打死王氏這一點，榮華反覆訴說，描述得驚險萬分。

榮耀祖越聽臉色越難看，最後沈重地說：「娘真的是越來越過分了！」

榮華打鐵趁熱，還想藉機提起分家的事情，沒想到榮耀祖突然咳嗽起來。

王氏催促榮華去煮藥，榮華只得出門。

走到院子裡，榮華聞到熟悉的藥味。她有些奇怪，剛剛進院子的時候，還沒聞到。

榮華走過去一看，看到榮絨正在煎藥。

榮絨蹲在爐子邊，兩個爐子上熬著兩罐藥，她一邊朝爐子搧著火、一邊拿起藥罐的蓋子，不時往藥罐裡加藥。

看到榮華走過來，榮絨平靜地說：「華兒，那個大夫說熬藥的時候要特別注意火候，所以要有人看著，我拿了藥回來，想著你們肯定累了，所以就直接熬了，不過還要熬一會兒呢！」

榮華看著榮絨，心底對榮絨的定義，已經從可以提攜一把的姊姊變成心腹了。

榮絨一開始毫不起眼，可是她做的事情，一次次都讓榮華感到驚訝。

上次送貨前榮絨來通風報信，今天榮絨又默默地幫她煎藥。

榮絨無論是不求回報地幫她，還是懷著某種目的來幫她，榮華都願意承情。

榮絨一開始就說得很明白，她想要為自己、為妹妹搏一個未來。她的目的明確，知道自己想要的是什麼，也在為這個目標而努力。

榮華笑了下。「絨姊姊，謝謝妳。」

榮絨搖了搖頭，表示沒關係。

榮華又道：「謝謝妳信任我，並且選擇了我。」

榮絨煮藥的手一頓，她的目光和榮華的視線交會在一起。

兩人露出一個心照不宣的笑容。

——未完，待續，請看文創風876《農華似錦》2

文創風

875

農華似錦 1

國家圖書館出版品預行編目資料

農華似錦 / 琥珀糖著. --
初版. -- 臺北市 : 狗屋, 2020.08
冊 ; 公分. --（文創風）
ISBN 978-986-509-132-3（第1冊：平裝）. --

857.7　　　　109009846

著作者　琥珀糖
編輯　黃鈺菁
校對　黃薇霓
發行所　狗屋出版社有限公司
地址　台北市104中山區龍江路71巷15號1樓
電話　02-2776-5889～0
發行字號　局版台業字845號
法律顧問　蕭雄淋律師
總經銷　知遠文化事業有限公司
電話　02-2664-8800
初版　2020年08月
國際書碼　ISBN-13　978-986-509-132-3

定價250元
狗屋劃撥帳號：19001626
網址：love.doghouse.com.tw　E-mail：love@doghouse.com.tw